李碧华 作品

生死桥

新星出版社 NEW STAR PRESS

新经典文化股份有限公司
www.readinglife.com
出　品

目 录

民国十四年·冬·北平

"鬼来了！鬼来了！"

看热闹的人声轰轰炸炸，只巴望一个目标。

小孩们惊心动魄地等。忘了把嘴巴阖上，呵呵地漏出一团白气。

神神魂魂都凝住。

只见左面跳出一只黑鬼，右面跳出一只白鬼，在焚焚的诵经声中，扑动挥舞。黑鬼和白鬼的身后，便是戴着兽面具的喇嘛，他们的职分是"打鬼"，又曰"跳步扎"，鬼是不祥物，要是追逐哄打驱赶出门，保了一年平安。黄教乐器吹打，锣鼓喧嚣带出了持钵念咒的大喇嘛，不问情由不动声色的一张黄脸，一身黄锦衣，主持大局。

远远近近的老百姓，都全神观戏，直至黑白二鬼跳得足了，便脱除鬼服，用两个灰面造的人像作替身，拿刀砍掉，才算完了"打鬼"日。明天还有，唤作"转寺"日。这便是正月廿九至二月初一的雍和宫庙会盛事了。

丹丹才第一次看"打鬼"，两颗眼珠子如浓墨顿点，舍不得眨眨。眼看黑白二鬼又绕到寺的另一方，马上自人丛中鼠窜出去。

叔叔背着人，一转身，才瞥到丹丹那特长的辫子尾巴一飕。

丹丹以为抄小路绕圈子，可以截到鬼迹，谁知跨进第一重门户，转过殿堂，一切混声渐渐地被封住了似的，闷闷地不再闹响。

十岁的丹丹，知道走错路，她也不害怕，只是刹时间无措了。

待要回头觅路，抬头见着踞坐的弥勒佛，像满面堆笑欢迎远方来客。它身畔还有四大天王：一个持鞭，一个拿伞，一个戏蛇，一个怀抱琵琶，非常威武。

丹丹记得此行雍和宫，原是为了她黄哥哥来的。心中一紧，又念到他们那天的杂耍，表演"上刀山"。平地竖起一根粗木杆，两边拉有长绳，杆顶绑着桌子。念到软梯、横梁、明晃晃向上的刀口，光着脚踩上刀口的黄哥哥、攀到杆顶、爬上桌子、拿顶——他摔下来了，地面上炸开一个血烟火……

原来无端到了这万福阁，楼高三层，大佛的头便一直地伸展，到三层楼上去。据说它身长七丈五，地下还埋着二丈四，总计九丈九。

丹丹费了力气，只觉自己矮巴溜丢的，仰头看不尽。她是不明白，这大佛有没有灵，不知可否叫她黄哥哥再如常走一两步——她不要他抛起水流星，腾身跳起，翻个筋斗落地扬手一接。她也不要他跟她来个对头小顶……

只要他平平常常地走一两步，从那个门迈进这个门。

叔叔背了他来庙里求神，他念着有鬼了，只要迎祥驱祟，大概会好起来。所以在喇嘛手挥彩棒法器，沿途撒散白粉的时候，叔叔就像大伙一样，伸手去撮拾，小心放进口袋中，回去冲给身子残废了的病人喝。

黄哥哥是瘫子了。要说得不中听，是全身都不能再动了。就为了"上刀山"摔下硬地来。

"请大佛保佑我黄哥哥！"丹丹磕了三下头，"如果你灵了我再来拜你。你要是不灵，莫说你有三层楼高，我也不怕，我攀得上，给你脸抹黑锅！我们后天回乡下去了，你得快点把身边的鬼给打跑。"

"噢——"

香烟萦绕的殿上传来答应。丹丹猛地四下一看，什么都没有。一定是大佛的答应。她倒没想过，突如其来，恐惧袭上了心头。

她要回到人群中，告诉叔叔去。

一团黑影自她脚下掠过。

丹丹一怔，是啥?

丹丹虽小，可不是养尊处优的小囝儿。自天津到北平，随了黄叔叔一家，风来乱，雨来散，跑江湖讨生活。逢年过节的庙会，摆了摊子，听叔叔来顿开场白:"初到贵宝地，应当到中府拜望三老四少，达官贵人。只惜人生地生，请多多谅解。现借贵宝地卖点艺，求个便饭，有钱的帮钱场，没钱的帮人场，咱小姑娘先露一手吧……"她是这样给拉扯长大过来。

丹丹壮了壮胆子，追逐那团黑影去。

出了阴暗的佛殿，才踏足台阶，豁然只见那黑黝黝的东西，不过是头猫。

便与陌生小姑娘特投缘地在"咪——噢——"地招引。

丹丹见天色还亮，竟又忘了看"打鬼"，追逐猫去了。许她不知道那是头极品的猫呢。全身漆黑，半丝杂毛也没有，要是混了一点其他颜色，身价陡然低了。它的眼睛是铜褐色的，大而明亮。在接近黄昏的光景，不自己地发出黄昏的色彩，被它一睐，人沐在夕照里。

她走近它，轻轻抚摸一把，它就靠过来了。这样好的一头猫，好似乏人怜爱。

正逗弄猫，听后进有闷闷呼吸声。

丹丹抱起猫儿，看看里头是谁?

有个大男孩，在这么的初春时分，只穿一件薄袄，束了布腰带，绑了绑腿，自个儿在院子中练功。踢腿、飞腿、旋子、扫堂腿、乌龙绞柱……全是腿功，练正反两种，正的很顺溜，反的不容易走好。

练乌龙绞柱，脑袋瓜在地上顶着转圆圈，正正反反，时间长了，只怕会磨破。

怪的是这男孩，十一二岁光景，冷冷地练，狠狠地练。一双大眼睛像鹰。一身像鹰。末了还来招老鹰展翅，耗了好久好久。

"喂，"丹丹喊，"你累不？"

男孩忽听有人招呼，顺声瞧过去，一个小姑娘，土红碎花儿胖棉袄、胖棉裤，穿的是绊带红布鞋，纳得顶结实，着地无声地来了。最奇怪的是辫子长，辫梢直长到屁股眼，尾巴似的散开，又为一束红绳给缚住。深深浅浅明明暗暗的红孩儿。

男孩不大搭理——多半因为害羞。身手是硬的，但短发却是软的。男孩依旧耗着，老鹰展翅，左脚满脚抓地，左腿徐徐弯曲成半蹲，右腿别放于左膝盖以上部分，双手剑指伸张，一动不动。

丹丹怎服气？拧了。马上心存报复，放猫下地，不甘示弱，来一招够呛的。

小脸满是挑衅，拾来两块石头，朝男孩下颌一抬，便说：

"瞧我的！"

姑娘上场了。

先来一下朝天蹬，右腿蹬至耳朵处，置了一块石头，然后缓缓下腰，额上再置一块。整个人，双腿掰成一直线，身体控成一横线，也耗了好久。

男孩看傻了眼，像个二愣子。

一男一女，便如此地耗着。彼此谁也不肯先鸣金收兵。

连黑猫也侧头定神，不知所措。

谁知忽来了个猴面人。

"天快黑了，还在耗呀？"

一瞥，不对呀，多了个伴儿，还是个女娃儿，身手挺俊的。

看不利落，干脆把面具摘下，露出原形，是个头刮得光光的大男孩，一双小猴儿眼珠儿精溜乱转。见势色不对，无人理睬，遂一手一颗石弹子打将出去，耗着的两人腿一麻，马上萎顿下来。

"什么玩意？怀玉，她是谁？"

唐怀玉摇摇头。

"你叫什么名字？"

"你呢，你叫什么名字？"丹丹反问。

"我是宋志高，他叫唐怀玉。"

"宋什么高？切糕？"

宋志高趿拉着一双破布鞋，曳跟儿都踩扁了，傻傻笑起来。

"对，我人高志不高，就是志在吃切糕。切糕，唔，不错呀。"

马上馋了。卖切糕的都推一部切糕车子，案子四周镶着铜板，擦得光光，可以照得见人。案子中央就是一大块切糕，用黄米面做的，下面是一层黄豌豆，上面放小枣、青丝、桂花、各式各样的小甜点。然后由大锅来蒸，蒸好后扣在案子上，用刀一块一块地切下来，蘸白糖，用竹签揣着吃，又黏又软又甜……

"嗳，切糕没有，这倒有。"忙把两串冰糖葫芦出示。

"一串红果，一串海棠。你……你要什么？"

正说着，忽念本来是拿来给怀玉的，一见了小姑娘，就忘了兄弟？手僵在二人中央。

志高惟有把红果的递与丹丹，把海棠的又往怀玉手里送，自己倒似无所谓地怅怅落空。

怀玉道："多少钱？"

志高不可一世："不要钱，捡来的。"

"捡？偷！你别又让人家逮住，打你个狗吃屎。我不要。"

当着小姑娘，怎么抹下脸来？志高打个哈哈："怎么就连拉青屎的事儿都抖出来啦。吓？你要不要，不要还我。"

　　怀玉抢先咬一口，黏的糖又香又脆，个儿大，一口吃不掉，肉软味酸。冰糖碎裂了，海棠上余了横横竖竖正正斜斜纹。怀玉又把那串冰糖葫芦送到志高嘴边："吃吃吃！"

　　"喂，吃呀。"志高记得还不知道丹丹是谁，忙问："你叫什么名字？"

　　"牡丹。"

　　"什么牡丹？"

　　"什么'什么'牡丹？"

　　"是红牡丹、绿牡丹？还是白牡丹、黑牡丹？"

　　"不告诉你。"丹丹一边吃冰糖葫芦一边摆弄着长辫子，等他再问。

　　"说吧？"

　　"不告诉你。"丹丹存心作弄这小猴儿。虽然口中吃着的是人家的东西，不过她爱理不理，眼珠故意骨溜溜转，想：再问，也不说。

　　"说吧？"怀玉一直没开腔，原来他一直都没跟她来过三言两语呢。这下一问，丹丹竟不再扭捏了，马上回话。

　　"我不知道。我没爹没娘。不过叔叔姓黄，哥哥姓黄，我没姓。他们管我叫丹丹。"

　　怀玉点点头："我姓唐。"

　　"他早说过啦。"用辫梢指点志高。

　　"嗳，你辫子怎的这样长？"志高问。

　　"不告诉你。"

　　"咱关个东儿吧怀玉。嗳，一定是她皮，她叔叔揪辫子打她屁股，越揪越长。我说的准赢。"

丹丹生气了，脸蛋涨红，凶巴巴地瞪着志高，说不出话来，什么打屁股？

志高发觉丹丹左下眼睑睫毛间有个小小的痣。

"嗳？"志高留神一看，"你还有一个小黑点，我帮你吹掉它！"

还没撮嘴一吹，怀玉旁观者清，朗朗便道："是个痣。"

"眼睑上有个痣？真邪门。丹丹，你眼泪是不是黑色的？"

"哼！"

"我也有个痣，是在胳肢窝里的，谁都没见过，就比你大。你才那么一点，一眨眼，滴答就掉下地来。"志高说着，趁势做个险险捡着了痣的姿态，还用兰花手给拈起，硬塞回丹丹眼眶中去。丹丹咭咭地笑，避开。

"才不，我是人小志大。"

"我是志高，你志大，您老我给您请安！"话没了，便动手扯她辫子。

志高向来便活泼，又爱耍嘴皮子，怀玉由他演独脚戏。只一见他又动手了，便护住小姑娘。怀玉话不多，一开口，往往志高便听了。他一句，抵得过他一百七十句。

"切糕！"怀玉学着丹丹唤他，"切糕，你别尽欺负人家。"

"别动我头发！"丹丹宝贝她的长辫子，马上给盘起，缠在颈项，一圈两圈。乖乖，可真长，怀玉也很奇怪。

丹丹绕到树后，骂志高："臭切糕，你一身腌刺巴臜的，我不跟你亲。"

"你跟怀玉亲，你跟他！"志高嬉皮笑脸道。

怀玉不会逗，一跟他闹着玩儿，急得不得了。先从腮帮子红起来，漫上耳朵去，最后情非得已，难以自控，一张脸红上了，久久不再退。

怀玉抡拳飞腿，要教训志高。二人一追一逃，打将起来。既掩饰了这一个的心事，也掩饰了那一个的心事。

少年心事。当他十二岁，当他也是十二岁。

丹丹嘻嘻地拍掌，抱着黑猫，逗它："我只跟你亲。"说着，把冰糖葫芦往它嘴边来回纠缠。

怀玉待脸色还原，才好收了手脚，止住丹丹："这猫不吃甜的。"

"这是谁的猫？"

"还有谁的？"志高拍拍身上灰尘，"王老公的。"

"王老公？"

"唔，这王老公，我一见他跟他那堆命根子，就肝儿颤。"志高撇撇嘴，"他老像奶孩子似的，摸着猫，咪噢咪噢，嘿，娘娘腔！"

"还他猫去吧。"怀玉道。

志高用眼角扫他一下："还什么猫？你不练字？你爹让你练字，你倒躲起来练功！现在又不练功，练还猫给王老公。"

"爹老早走了，"怀玉得意，"叫我掌灯前回去，看完'打鬼'才练字。今儿个晚上有得勤快。"

"好了好了，还给他。说不定他找这黑臭屎蛋找不着，哭个唏里花拉。"

"喂，王老公是谁？"丹丹扯住志高，非要追问，"是谁？"

"我不告诉你。"志高捏着嗓子学丹丹。

怀玉也不大了然，他只道："爹说，他来头大得很，从前是专门侍候老佛爷的。"

"老佛爷是谁？"

老佛爷是谁，目下这三个小孩都不会知道。毕竟是二三十年前的事儿了。

别说老百姓，即使是紫禁城中，稍为低层的小太监，自七岁起，于地安门内方砖胡同给小刀刘净身了，送入宫中，终生哈腰劳碌，到暮年离开皇宫了，也没见过老佛爷一面呢。

王老公来自河北省河间府，三代都是贫寒算卦人，自小生得慧根，可是谋不到饱饭，父母把心一横，送进宫去。

"净身"是他一辈子最惨痛的酷刑，他从来不跟人家提起过。而他的慧眼先机，也从来不跟人家提起过。

他最害怕这种能耐给识破了，一直都装笨，以免在宫中，容不下。当然又不能太笨。

为什么呢？

那一回，他曾无意中给起了个卦，只道不出三年清要亡了。

不知如何传了出去……

老佛爷听说了，要彻查"不规"的来源。她刑罚之残酷，骇人听闻。

没有人知道王老公这专门侍候老佛爷膳食的太监会算卦，他只管设计晚餐，埋首精研燕窝造法：燕窝"万"字金银鸭子、燕窝"寿"字五柳鸡丝、燕窝"无"字白鸽丝、燕窝"疆"字口蘑肥鸡汤……在夏天，一天送三百五十个西瓜给慈禧消暑降温。此人并不起眼。

老佛爷查不出什么来，便把三十六个精明善道、看上去心窍机灵的太监给"气毙"了。用七层白棉纸，沾水后全蒙在受刑人的口鼻耳上，封闭了，再以杖刑责打……

自此，王老公更笨，也更沉默了。

——一直挨至清终于亡掉。

果然，在两年另十个月后，清室保不住了，他算准了。

皇朝覆灭，大小太监都失去了依凭。有的从没迈出过宫门一步，不知道外头的世界。

王老公出紫禁城那年，捐出一些贵人给他的值钱首饰，故得以待在雍和宫养老。庙内的大喇嘛，因有曾指定当皇帝的"替身"的，每当皇帝有灾病时，由他们代替承当，故地位尊贵，大喇嘛收容他了，王老公一待二十年。

怀玉先叩门。

"谁呀？"一把慢吞吞的、阴阳怪气的声音在问。像不甘心的女人。

"我，怀玉。"怀玉示意丹丹把猫抱过来，"王老公您的命根子野出去了。"

门咿呀一开，先亮出一张脸。白里透着粉红，半根胡楂子也没有，布满皱纹，一折一折，就像个颜色不变但风干了的猪肚子。粉粉的一双手，先接过猫，翘起了小指，缺水的花般。

猫在他手里，直如一团浓浓黑发，陷入白白枯骨中，永不超生。猫"咪噢——"一叫便住嘴，听天由命。说不出来反常地温驯，再也不敢了。仿佛刚才逃出生天是个梦。

志高努嘴，丹丹往里一瞧。哔，一屋子都是猫，大大小小的猫，在黯室中眼眸森森。

丹丹乍见满屋压压插插都是猫的影儿、猫的气味，不免吃了一惊。还听王老公像个老太太似的，教训着："你到处乱窜，不行的，老公要不高兴了，往哪里找你好？以后都不准出去！"

黑猫挣扎一下，纵身逃出他手心。

王老公意犹未了，以手拍着床铺，道：

"来来来。"

它认命了，无奈地只好跳上床。王老公一手紧扣猫，一手掀开被窝，里头已有两头，都是白的，矜贵的，给他暖被窝。

从前他给大太监暖被窝、端尿盆子、洗袜子……这样过了一生。如今猫来陪伴他，先来暖被窝，然后他便悠悠躺下，缕述他的生平，那不为人知的前尘。多保险，它们绝对不会漏泄。

王老公是寂寞的。

"怀玉，怎的叫你来听故事你也不常来？——"正说着，已吆喝，"志高你这小子，你跟囡儿糊弄什么？——"

"王老公，这猫好像不对啦。"

"别动，它困了。"

丹丹道："它哭呢。"

王老公颠危危迈过来："什么事直哼哼？嗳？"

原来那麻布袋似的小猫，脚底心伤了，有刺。王老公眯睐着眼，找不到那刺。

怀玉过来，二话不说，给拔出来。

"哎呀，你真笨。要磨爪子就到这来磨，"王老公心疼地骂，"来这，记住了。真是的，告诉你们，猫的爪子绝对要磨，如果不磨，爪子太长了，弯曲反插到脚底心，就疼，无法行走。"

他把麻猫领到一块木板处："认得吗？别到外面去磨，免得被什么柱子木条给刺上了。以后都不准出去！"

麻猫惟有敷衍他，好生动一下，王老公满意了。

人与兽，生生世世都相依为命。他习惯了禁锢，与被禁锢。

"不准出去，倒像坐牢似的，王老公，怎不买个柳条笼子全给关起来？您习惯猫可不习惯。"志高看不过。

王老公马上被得罪了。

他装作听不见，只对怀玉道："怀玉你别跟人到处野，要定心，长本事，出人头地。常来我这，教你道理。"

"我还要帮爹摆地摊呢。"怀玉问：

"好久没见您上天桥去了。过年了，明儿您上不上？"

"这一阵倒是不大乐意见人、见光。"

忽地，在志高已忘掉他的无心之失时，王老公不怀好意地阴阴地一笑："志高，你娘好吗？"

志高猛地怔住，手中与猫共玩的小皮球便咚咚咚地溜过一旁，他飞快看了丹丹一眼。丹丹没注意，只管逗弄其他的猫。

志高寒着脸："我没娘！"

王老公仿似报了一箭之仇，嘻嘻地抿了抿，像头出其不意抓了你一痕的猫，得些好意，逃逸到一旁看你生气。

怀玉冷眼旁观这一老一少，不免要出来支开话题，也是为了兄弟，在这样一个陌生小姑娘跟前，他义气地：

"王老公，您不放猫去遛遛，一天到晚捧着，它们会闷死的。"

"上两个月刚死了一头，听说给埋在后山呢。"志高逮到机会反击，"多么可怜。"

"你这小子，豁牙子！"

"老公老公，我问呢，明儿您上不上天桥去？"怀玉忙道。

"不啦，给人合婚啦，批八字啦，也没什么。都是这般活过来的，都是注定的。活在那里，死在那里。唉唉，算来算去，把天机说漏兜儿，挣个大子儿花花，没意思。以后不算啦。"

"人家都说您准呢。"

"算准了人家的命，没算准自家的命，"王老公轻叹一声，尖而寒地，怨妇一样，"我这一生，来得真冤枉，都是当奴才，哈腰曲背。没办法了，现世苦，也只好活过去，只有修来世。唉，我可是疼猫儿，看成命根子一样。"

志高顿觉他对王老公有点过分了：

"您老也是好人。"

丹丹只见两个大男孩跟一个老太太似的公公在谈，中途竟唉声叹气，一点都不好玩。怀中的猫又睡着了，所以她轻轻把它放到床上去，正待要走。呀，不知看"打鬼"的人散了没有，不知叔叔要怎样慌乱地到处找她。一跃而起：

"我走了。"

说着把一个竹筒给碰跌了。

这竹筒是烟黄的，也许让把持多了，隐隐有手指的凹痕。这也是一个老去的竹筒，快变成鬼了，所以站不稳。

竹签撒了一地，布成横竖斑驳的图画，脱离常轨的编织，一个不像样的、写坏了的字。

丹丹忙着掇拾，志高和怀玉也过来，手忙脚乱地，放回竹筒中去。

"这有多少卦？"志高问。

"八八六十四。"

"竹签多怪，尖的。"

——孩子不懂了，这不是竹，这是"蓍"。它是一种草，高二三尺，老人家取其下半茎来作筮卜用。它最早最早，是生在孔子墓前的。子曰……所以十分灵验。王老公就靠这六十四卦，道尽悲欢离合，哀乐兴衰。直到他自己也生厌了，不愿把这些过眼烟云从头说起。以后不算啦。

"给我们算算吧？"怀玉逼切地央求，"算一算，看我们以后的日子会不会好？我不信就是这个样子……"

"老公，您给我们算？最后一次？"志高示意丹丹，"来求老公算卦，来。"

三人牵牵扯扯，摇摇曳曳，王老公笑起来。撒娇的人，跟撒娇的猫都一样。我不依，我不依，我不依。这些无主的生命。现世他们来了，好歹来一趟，谁知命中注定什么呢？

谁知是什么因缘，叫不相干的人都碰在一起。今天四个人碰在一起了，也是夙世的缘分吧。

王老公着他们每人抓一支。

丹丹闭上眼，屏息先抓了一支。然后是志高，然后是怀玉。正欲递与王老公时，横里有头猫如箭在弦，飕地觑个空子，奔窜而出……

"哎呀！"丹丹被这杀出重围的小小的寂寞的兽岔过，手中菁草丢到地上去。因她一闪身，挨倒怀玉，怀玉待要扶她一把，手中菁草就丢到地上去。志高受到牵连，手中的菁草也丢到地上去。

一时间，三人的命运便仿似混沌了。

"又是它。"丹丹眼尖，认得那是在万福阁大佛殿上窜过的黑猫——真是头千方百计的猫。

"老公，我帮你追回来。"丹丹认定了这是与她亲的，忘了自己的卦。

王老公道："由它吧。"

"您不是不准它们出去吗？"志高忙问。

"去的让它去，要留的自会留。"

"它会回来的。"丹丹安慰老人。

怀玉望着门缝外面的，堂堂的世界：

"对，由它闯一闯。要是它找不到吃的，总会回来。找得到吃的，也绑不住它吧。"

怀玉省得他们的卦。拈起三枝菁草，递向王老公。

"来，老公，给我们说说，我们本事有多大？"怀玉澄澄的眸子，满是热切期望，仿佛他是好命，他的日子光明，他觉得自己有权早日知道。目下还未到开颜处，绸缪一下，也就高升了。他心中也有愿呀。

志高丹丹凑上一嘴："说，快说呀。"

王老公摇首，只道："看，都弄胡涂了，这卦，谁是谁的？来认一认。"

三人认不清。

"不要紧，您都一起说了，我们估量一下是谁的命。"

算卦的老太监闭上眼睛。啊，黄昏笼罩下来了，疲倦又笼罩了他，他有点蔫不唧的，萎靡了。只管把玩手中的卦，十分不耐烦。

"不算了。年纪轻轻的，算什么卦？"王老公说。

"老公骗人，老公说话不算数！"

三个孩子都气了。

老人闹不过，推了两三回，终妥协了：

"好好好。我说，我说。不过也许要不准的——"

"您说吧，我们都听您的。"怀玉道。

"——一个是，生不如死。一个是，死不如生。"王老公老脸上带着似笑非笑的、暧昧的表情。是你们逼我的，我不想泄漏的，"还有一个，是先死后生。"

"那是什么意思？"丹丹绕弄着她长辫梢上的红头绳，等着这大她一个甲子的公公来细说她命里的可能性。

老公没有再回答。他不答。

"哦？老公原来自家也不懂！"丹丹顽皮地推打他，"您也不懂，是吧？"

"生不如死，死不如生，先死后生……"怀玉皱着他横冷的一字眉。

"哈，谁生不如死？谁又死不如生？嗳，看来最好的就是先死后生。"志高在数算着，"说不定那是我——不不，多半是怀玉，怀玉比我高明。"

说着，不免自怜起来了："我呢，大概是生不如死了，我哎，多命苦！呜呜呜呜！"

然后夸张造作地号啕大哭，一壁怪叫一壁捶打着身畔的红木箱子。

"别乱敲！你这豁牙子！"王老公止住，不许志高乱动他的木箱子，保不定有些什么秘密在里头，或是贵人送给他的、价值不菲的首饰，他和猫的生计便倚仗这一切，直到最后一口气。

"丹丹！丹丹！"

外头传来一阵喊声。

丹丹应声跃起至门前，不忘回过头来："黄叔叔找来了！我要走了！"

志高忙问："到哪儿去？"

"回天津老家去，给黄哥哥养病。"

院子里出现一个矮个子的四十来岁的壮汉，久经熬练，双腿内弯成弓形，步履沉沉稳稳，一身江湖架子。背上是个脸色苍白中带微黄的、穿得臃肿的十来岁少年，两只手软垂着，眼睛中有无限期望，机灵地转动。嘴一直咧着，不知道是不是笑意。

他是丹丹那此生也无法再走一两步的黄哥哥。

"走啦！"叔叔唤丹丹。

这苦恼的邋遢的老粗，身上棉袄不知经了多少风霜雨露，竟变得硬了。如同各人的命，走得坎坷，渐渐命也硬了。因为命硬，身子更硬了。

他爱怜着眼前这没爹没娘的牡丹。"牡丹"，花中之王呀，改一个这样担待不起的名字？

"你怎的溜到这里来，叨扰人家啦，回去吧。'打鬼'完了，人都散了。"

末了又谦谦对王老公说道："不好意思，小姑娘家蹦蹦跳跳的，话儿又村。您别见怪。丹丹，跟公公和哥们说再见。"

丹丹笑着，挥手：

"王老公，怀玉哥，切糕哥，我们再见！"

叔叔在她耳畔骂："看，到处找你，累得滋歪滋歪的！"

怀玉笑："再见。"

志高努力地挥手："再见再见。喂喂喂，什么时候再见？我请你吃切糕。真的，什么时候？会不会再来？摇头不算点头算。"

"我不知道呀。"

丹丹远去了，三步一蹦，五步一跳，辫子晃荡在傍晚太阳的红霞中。少年的心也晃荡在同一时空内。

初春的夕阳不暖，只带来一片喧嚣的红光，像一双大手，把北平安定门东整座雍和宫都拢上了，绝不放过。祖师殿、额不齐殿、永佑殿、鬼神殿、法轮殿、照佛楼、万福阁……坐坐立立的像，来来去去的人，黑黑白白的猫，全都逃不出它的掌心。

"老公，她会不会再来？"志高问。怀玉没有问。他心里明白，志高一定会问的。但怀玉也想知道。

王老公没答。在人人告别后，院子屋里，缓缓传来算卦人吹笛子的怪异闷哼，似一个不见天日的囚徒，不忿地彻查他卑微而又凄怆的下狱因由。青天白日是非分的梦。

人在情在，人去楼空，这便是命。

腾腾的节气闹过了，空余一点生死未卜，恍惚的回响。怀玉和志高已离庙回家去。

中国是世上最早会得建桥的国家了：梁桥、浮桥、吊桥、拱桥。几千年来，建造拱桥的材料有木、有石，也有砖、藤、竹、铁，甚至还动用了冰和盐。

桥，总是横跨在山水之间，丰姿妙曼，如一道不散长虹。地老天荒。

在北平，也有一道桥，它在正阳门和永定门之间，东边是天坛，西边是先农坛。从前的皇帝，每年到天坛祭祀，都必经此桥。桥的北面是凡间人世，桥的南面，算是天界。这桥是人间、天上的一道关口，加上它又是"天子"走过的，因而唤作"天桥"。

天桥如同中国一般，在还没有沦落之前，它也是一座很高很高的石桥，人们的视线总是被它挡住了，从南往北望，看不见正阳门；从北向南瞧，也瞧不着永定门。它虽说不上精雕细琢，材料倒是汉白玉的。

只是历了几度兴衰，灯市如花凋零……后来，它那高高的桥身被拆掉，改为一座砖石桥，石栏杆倒还保存着，不过就沦为沼泽地、污水沟。每当下雨，南城的积水全都汇积于此，加上两坛外面的水渠，东西龙须沟的流水汇合，涨漫发臭，成了蚊子苍蝇臭虫老鼠的天堂。大家似乎不再忆起了，在多久以前？天桥曾是京师的繁华地，灯市中还放烟火，诗人道："十万金虬半天紫，初疑脱却大火轮。"

年过了，大小铺子才下板，街面上也没多少行人。

两只穿着破布鞋的脚正往天桥走去。左脚的脚趾在外头露着，冻得像个小小的红萝卜头儿。志高手持一个铁罐子，低头一路捡拾地上长长短短的香烟头，那些被遗弃了的不再被人连连亲嘴的半截干尸。拾一个，扔进罐子里头，无声地。只有肚子咕咕响。

过了珠市口，呀，市声渐渐便盖过他的饥肠了。

真是另有一番景象。

才一开市，满是人声、市声、蒸汽，连香烟头也盈街都是。志高喜形于色。

虽然天桥外尽是旧瓦房、破木楼，光膊赤脚、衣衫褴褛的老百姓，在这里过一天是一天，不过一进天桥就热闹了。

大大小小的摊棚货架，青红皂白的故衣杂物……推车的、担担的，各就各位了。那锅里炸的、屉里蒸的、铛里烙的……吃食全都散发着诱人的香味。

志高走得乏了，见小罐中香烟头也拾得差不多，先在一处茶摊坐下来，喝了一碗大碗茶。口袋里不便，只好对卖茶的道：

"三婶子，待会给您茶钱。"

三婶子见是志高："没钱也敞开了喝吧，来吧，再喝。"

"不了，一肚子是茶水。"

志高蹲到茶摊后面旯旮儿，小心地把烟头剥开，把烟丝一丁点一丁点地给拆散，再掏出一沓烟纸，一根一根卷好，未几，一众无主的残黄，便借尸还魂，翻新过来。志高把它们排好在一个铁盒上，一跃而起，干他的买卖去。

"快手公司！快手牌……爷们来呀，快手牌烟卷，买十根，送洋火！"

——他根本没洋火，事实上也根本没有一买十根的顾客。都是一根一根地卖出去，换来几个铜板。不一会，他也就有点赚头了。

好，先来一副芝麻酱烧饼油条，然后来点卤小肠炒肝，呼噜呼噜灌一碗豆腐脑，很满足，末了便来至一个黏食摊子前。卖的是驴打滚。只见一家三口在分工，将和好的黄豆面，擀成薄饼，撒上红糖，然后一卷，外面沾上干黄米面，用刀切成一截一截，蘸上糖水，用竹签挑起吃。

正想掏个铜板买驴打滚，又见旁边是切糕车子，一念，自己便是丹丹口中的"切糕"啦，马上变了卦，把铜板转移，换了两块黏软的甜切糕，还对那人道：

"祥叔，往后我不唤志高，我改了名儿，唤'切糕'。哈哈哈！"

"得了，瞧你乐鸽子似的！"祥叔笑骂。

忽闻叮咚乱响，有人嚷嚷："来哪，大姑娘洗澡啦……"

那是一个满嘴金牙的怯口大个子，腮帮子也很大，脸鼓得像个"凸"字。看来才唱了一阵，嗓门不大，丹田不足，空摆出一副讲演的架势，你无法想象他是这样唱的：

"往里瞧啦往里瞧，'大姑娘洗澡'！喏，她左手拿着桃红的花毛巾，右手掇弄着澡盆边……咚咚咚呛，咚咚咚呛……"

大个子站在一个长方形的木箱子旁边，箱子两头各拴了绳子，他便一边响起小锣小鼓小镲，一边拉绳子，箱子里头的一片片的画片，便随着他的唱词拉上拉下。

"又一篇呐又一篇，'潘金莲思春'在里边，她恨大郎，想武松，想得泪颠连……咚呛，咚呛，咚咚咚呛……"

观众们就坐在一条长板凳上，通过箱子的小圆玻璃眼往里瞧。聚精会神的，脖子伸得长长的，急色的。拉洋片的大个子，不免在拉上拉下的当儿，故弄玄虚，待要拉不拉，叫那些各种岁数的贫寒男人，心痒难熬，在闷声怪叫："往下拉！往下拉！"

各自挂上羞怯的暧昧的鬼鬼祟祟的笑，唱的和看的，都是但求两顿粗茶淡饭的穷汉，都是在共同守秘似的交换着眼色。

大个子心底也有不是味儿的愧怍，好似虎落平阳——谁知他是不是虎？也许只错在个头太大，累得他干什么都不对劲，尤其是这样地贩卖一个女人的淫荡，才换几个大子儿。但他支撑着他的兴致，努力地吆喝：

"哎，又一出，又是一出……"

志高目睹这群满嘴馋液的男人，天真而又灼灼的眼神，他想起……呸！他没来由地生气了，他觉得这样的兽无处不在，仿佛是他的影子，总是提醒他，即使光天白日，人还是这样的。志高充满憎厌和仇恨地，往地上吐了一口唾沫，怪叫：

"洗澡！洗澡！妈的，看你们老娘洗澡！"

然后转身朝桥西跑了。

天桥最热闹的，便是这边的杂耍场。他扒开人群，钻进一个又一个的场子找人去。

在天桥讨生活的行当很多，文的有落子馆、说书场。武的就数不尽了，什么摔跤、杠子、车技、双石、高跷、空竹、硬气功、打把式、神弹弓、翻筋斗……天桥是一个"擂台"，没能耐甭想在这混饭吃，这块方圆不过几里的地方，聚集着成百口子吃开口饭的人。虽云"平地抠饼"，到底也是不容易的。

故，每个撂地作艺的摊子，总有他们的绝活儿，也不时变着新花样。

志高钻进一个场子去，左推右撞地才钻出个空儿，只见怀玉正在耍大刀。

大伙都被这俊朗的男孩所吸引。他凝神敛气，开展了一身玩意，刀柄绑上红绸带，随着刀影翻飞。刀在怀玉手中，忽藏忽露，左撩右劈，不管是点、扫、推、扎……都赢得彩声叫好。

他一下转身左挂马步劈刀，一下左右剪腕叉步带刀，纵跳仆步，那刀裹脑缠头，又挟刀凌空旋风飞腿，一招一式，都在显示他早早流露的英姿。

刀耍毕，掌声起了，看客们把钱扔进场子里。怀玉的爹唐老大，马上又赶上场来。

唐老大是个粗汉，身穿一件汗衫，横腰系根大板带，青布裤，宽肩如扇面展开。在这刚透着一丝春意，却仍料峭的辰光，穿得多，露得少，他手里拎着一把大弓，扎了马步，在场中满满地拉开，青筋尽往他脖子和胳膊绕。看客自他咬牙卖力的表演中满足了，也满意了，扔进场子里的钱更多，有几张是花花的纸币，更多的是铜板，撒了一地。

江湖卖艺,要的是仗义钱,行规是不能伸手,所以等得差不多了,怀玉方用柳条盘子给捡起来。

演过一场,看客们也纷纷散去。

板凳旁坐了志高,笑嘻嘻地,把一块切糕递给怀玉。

"唐叔叔。"志高忙亲热招呼。

"唔。"唐老大淡淡应一下,只顾吩咐怀玉,"拿几枚点心钱,快上学堂去。别到处野啦,读书练字为要。去去去!"

唐老大说着,便自摊子后头的杂物架上取过布袋子,扔给怀玉,叮嘱:

"回来我要看功课。"

怀玉与志高走了。

"你爹根本不识字,还说要看你功课呢。"

"他会的,他会看字练得好不好,要看到蹊蹊跷跷的,就让我'吃栗子'。他专门看竖笔,一定得直直的,不直了,就骂:'你看你看,这罗圈腿儿!'可厉害着呢。"

唐老大不乐意怀玉继承他的作艺生涯。在他刚送走怀玉的时候,便有官们派来的人,逐个摊子派帖子,打秋风来了,什么"三节两寿",还不是要钱?

怀玉心里明白,吃艺饭不易,父子二人虽不至饥一顿饱一顿,不过赚得的,要与地主三七分账,要给军警爷们"香烟钱"。要是来了些个踢场子找麻烦的混混儿,在人场中怪叫:"打得可神啦!"你也得请他"包涵"。

爹也说过:

"咱两代作艺,没什么好下场,怀玉非读书不可!穷了一辈子,指望骨血儿中出个识字的,将来有出息,不当睁眼瞎,不吃江湖饭,老子就心满意足了。"

——怀玉不是这样想。

他喜欢彩声。

他喜欢站在一个睥睨同群的位置，去赢得满堂彩声。

不是地摊子，不是天桥，飞，飞离这臭水沟。

所以他有个小小的秘密，除了志高之外，爹是不知道的。

"志高，我上学堂了。待会你来找我，一块到老地方去。"

"唉！我到什么地方遛弯儿好？"

怀玉不管他，自行往学堂上路去。

志高百无聊赖，只得信步至鸟市。前清遗老遗少，每天早晨提笼架鸟，也来遛弯儿。

他们玩鸟，得先陪鸟玩，鸟才叫给你听。要是犯懒，足不出户不见世面，喂得再好，鸟也不肯好好地叫。志高走至鸟市，兴头来了。

这个人，总有令自己过瘾的方法。

说起来也是本事。什么画眉、百灵、红蓝靛颏、字字红、字字黑、黄雀等，叫起来千鸣百啭，各有千秋。志高听多了，也会了，模仿得叫玩鸟的人都乐开了，有时也赏他几枚点心钱。

志高于此又流连了一阵。

怀玉的教书先生今年五六十。他穿长袍马褂，戴圆头帽。学堂其实在绒线胡同的大庙里，这是间私塾，只有十个学生，全是男孩，从五岁到十五岁都有。

怀玉不算"学生"，因为他没交学费，只因唐老大与丁老师有点乡亲关系，求他，管怀玉来听书和干活。

怀玉来了，算对了时间，便径往大庙院内的树下敲钟，当当当，学生陆续也到了。一般自己走来，也有有钱的，穿黑色的无翻领的中山装，铜钮扣儿，皮鞋，坐洋包车来了。脚踩铜铃响着——怀玉看在眼内，不无艳羡之情，好，我也要这一身。

人齐了，怀玉才到学堂最后一条二人长桌前坐定。一见桌上，竟有小刀刻了中间线。他一瞥身畔那学长，是班上最大的，十五岁，家里有点权势，一直瞧不起卖艺人。

"唐怀玉，你别过线！"

"哼！谁也别过线！"

老师今天仍然教《千字文》：

"……交友投分，切磨箴规。仁慈隐恻，造次弗离。节义廉退，颠沛匪亏。性静情逸，心动神疲。守真志满，逐物意移……"

正琅琅读着这些困涩难懂似是而非的文字时，班上传来拌嘴口角。

一个竹制的精致上盖抽屉式笔盒应声倒地。一个布袋儿也被扔掉，墨盒、压尺和无橡皮头的木铅笔散跌。

"叫你别过线！老师，唐怀玉的大仿纸推过来，我推回去，他就动粗！"

"老师——"

"唉，怀玉，你收拾一下，罚到外头给我站着。"丁老师无法维护这个不交学费的学生。同学们只见怀玉侧影，腮边牙关一紧，冷冷地，出去了。

等到课上完了，不见有人敲钟，老师出来一瞧，怀玉不知什么时候，一走了之了。老师只得吩咐放学。

院内有接放学的，也有娘给送加餐来了。孩子一壁吃点心，一壁眉飞色舞地叙述唐怀玉跟何铁山的事。家长也乘机教训他们要孝义。

何铁山还没走出绒线胡同口，横地来一记飞腿，他中了招，马上还击，仗着个头大，拳来脚往，好不热闹。

"打起来了！打起来了！"

何铁山又怎是对手？怀玉不消几下功夫，就把他打个脸蹭地，哪儿凸哪儿破，嘴唇和下巴颏上头也流血了。

志高赶来时，吓傻了，忙怪嚷：

"什么事什么事？"

何铁山落荒而逃。

怀玉拍去泥尘，只道：

"没事。"

"什么事？"

"没事，走吧。"

前因后果也不提，便示意志高走了。志高颠着屁股追问。不得要领。

丁老师，他知道也好，也许听不见。只在大庙后他的小房子里，寂寂地拉着胡琴。当年，他也是个好琴师，一段反二簧，竹腔似断非断，一弓子连拉五个音……

为了生活，不得不把他赢过的彩声含敛，把他的学问零沽。今日也没所谓升官发财，来识字又是为了什么？时髦一点的都上教会洋学堂去了。终于他又拉了一段"楚宫恨"，悠悠回旋地唱："怀抱着年幼儿好不伤情……"

怀玉领志高来到了"老地方"，这是肉市广和楼。自后台门进出，也没人拦阻，因为二人常来看蹭儿戏，小孩子家，由他们吧。志高很会做人，经常帮忙跑腿，递茶壶饮场，收拾切末。

怀玉呢？他还喊李盛天师父的——这是他的小秘密。

今天日场上"四五花洞"。志高最喜欢看这种"妖戏"了。

因为是日场，不必角色上场，一般都是热闹胡闹的戏。"四五花洞"演的是武大郎与潘金莲因家乡久旱成灾，同赴阳谷县投奔武松去，途经五花洞，洞内妖魔金眼鼠和铁眼鼠变化为假武大假金莲，与真武大真金莲纠缠不清，官司闹到矮子县官胡大炮那里，反而越搅越胡涂，此时正逢包拯过境，便下轿察看，也难辨真假，无法判断。后来江西龙虎山的张天师到来，便用"掌心雷"的法宝，两妖才现出原形，真相大白。

日戏时几个小花旦为要踏踏台毯，都得到机会出场，妖魔化身为金莲，一变变了三个，是谓"四五花洞"，一真三假的玩笑戏，好不风骚热闹——这几个未成角儿的小花旦，全是十几岁的男孩，也有刚倒呛过来，嗓子甜润嘹亮。

志高听着那人唱："不由得潘金莲怒上眉梢，自幼配武大他的身量矮小……"

他用肘撞撞怀玉："怀玉你瞧，金宝哥给咱们飞眼。"

然后两个孩儿就在上场门边打了个招呼。台上的戏依旧在唱，小花旦又装作若无其事。

二人一瞥前台稍空，便偷偷自后台走到前台去。

才一上，那空位有人占先，只好站到一旁观看便是。广和楼楼下靠墙有一排木板，高凳儿，二人一先一后，踮起脚尖儿，站了上去。

妖戏完了，志高忘形地鼓掌，忽地发觉怀玉不在身边。志高自散场的观众间逆向钻回后台去。

怀玉磨在他"师父"李盛天身后，看他勾脸，看得神魂迷醉似的。

夜场上"艳阳楼"，又称"拿高登"，李盛天贴高登，他是班上的武生，年纪有四十多五十，但武功底子数他稳厚，扮相极有派头。戏中所持兵器乃七星大刀。那刀怀玉自是扛不动，他想，总有扛得动的一天。

李盛天已然换上水衣，又用细棉布勒住前额，白粉打了底。只见他在眼眶、鼻下人中处抹黑灰，再把眉定位，高登画的是刀螂眉。

怀玉看傻了眼，每一回，一张模糊的脸，于彩匣子前，大镜子外，给了一勾一抹一揉，红黑黄蓝白金银……渐渐地它变了，像图画一般，脸上全是故事，色彩斑斓，眼花缭乱，定了型，最后在脑门上再勾一长条油红，师父便是千百年前的一个古人。他是奸臣高俅之子，他倚仗父势鱼肉乡民……后来，他死在艳阳楼上。

李盛天开始扮戏了，虽然他自镜中也瞧见了这身手机灵、心比天高而又沉默苦干的大男孩，不过他从来没把感觉外露，他调教他，基于看他是料子，但总要让他明白，世上并无一蹴登天的先例。

李盛天换衫裤，系腰带，穿上厚底靴，扎紧裤腿，搭上胖袄衬里，再搭上厚护领。二衣箱给他穿箭衣，系大带。盔头箱处勒上网子及千斤条，插耳毛，戴扎巾，戴髯口。

最后，再到大衣箱给穿上褶子，拿大折扇。

——这一身，终于大功告成了。

"师父！"怀玉此时才敢恭敬地喊一声。

"唔。"李盛天应了，兀自养神入戏，不再搭理。

怀玉知机地便退过一旁。

退回后台，退至上场门外一个角落，一直地退，他还是个雏儿，上不得场——他的场只在天桥地摊。

夜戏散了，怀玉跟志高嘞嘞絮叨他师父的那份戏报：

"老大的一张戏报，大红纸，洒上碎金点儿，上面写着'李盛天'、'艳阳楼'这样的字儿。其他的名儿都比不上我师父，缩得小小地给搁在旁边。你看见没有？真红！嗳，你识字的呀，你认得那个'天'字的呀……"

志高觑不到空档儿接碴儿。

只见街巷上点路灯的已扛着小木梯子，挨个儿给路灯添煤油点火了。一个人管好几十个灯，有的悬挂在胡同铁线上，好高，要费劲攀上去。

虚荣的小怀玉,也许他惟一的心愿是:老大的一张戏报,大红纸,洒上碎金点儿,上面写着"唐怀玉"三个字。

沿街又有小贩在叫卖了。卖萝卜的,吆喝得清脆妩媚:"赛梨,萝卜赛梨,辣了换!"卖烤白薯的,又沉郁惨淡:"锅底来!——栗子——味!"

勾起志高的馋意。

他伸手掏掏,袋中早已空了。怀玉的几枚点心钱,又给买了豆汁、爆肚。怀玉见志高一脸的无奈,便道:

"又想吃的呀?"

"对,我死都要当一个饱死鬼!要是我有钱,就天天吃烤白薯,把他一摊子的白薯全给吃光了。"

"你怎么只惦着吃这种哈儿吗儿的东西?一点小志都没有,还志高呢!"

"哦,我当然想吃鸡,想吃鸭子,还有炒虾仁,哪来的钱?"

"你闭上眼睛。"

"干么?"怀玉把东西往他袋中一塞,马上飞跑远去。

一看,原来是十来颗酥皮铁蚕豆,想是在广和楼后台,人家随便抓一把给他吃的。怀玉没吃,一直带着,到了要紧关头,才塞给志高解馋来了。怀玉这小子,不愧是把子。志高走在夜路上,把铁蚕豆咬开了壳儿,豆儿入口,又香又酥又脆,吃着喜庆,心里痛快。慢慢地嚼,慢慢地吞咽,壳儿也舍不得吐掉。他心里又想:咦,要是有钱,就天天吃酥皮铁蚕豆、香酥果仁、怪味瓜子、炒松子……天天地吃。

月亮升上来了。

初春的新月特别显得冻黄,市声渐冉,人语朦胧。来至前门外,大栅栏以南,珠市口以北,虎坊桥以东——这是志高最不愿意回来的地方。非等到不得已，他也不回来了。不得已，只因为钱。

胭脂胡同，这是一条短短窄窄的小胡同。它跟石头胡同、百顺胡同、韩家潭、纱帽胡同、陕西巷、皮条营、王寡妇斜街一般齐名。

大伙提起"八大胡同"，心里有数，全都撇嘴挂个挂不住的笑，一直往下溜，堕落尘泥。胭脂胡同，尽是挂牌的窑子。

只听得那简陋的屋子里，隐隐传来女人在问：

"完了没有？完了吧？走啦，不能歇啦。完了吧？哎——"

隐隐又传来男人在答：

"妈的！你……你以为是挑水哥们呀，进门就倒，没完！"嘿儿喽的，有痰鸣。

女人又催：

"快点吧——好了好了，完了。"

悉悉的穿裤子声，真的完了。

志高甫进门，见客人正挑起布帘子，里头把客人的破棉衣往外扔。

客人把钱放在桌上茶盘上，正欲离去，一见这个混小子，马上得意了。一手叉住志高的脖子，一边喝令：

"喊爹，快喊爹！"

志高挣扎，他那粗壮的满是厚茧的手更是不肯放过。上面的污垢根深蒂固，真是用任何刷子都刷不掉。他怎么能想象这样的一双手，往娘脸上身上活动着，就像狂风夹了沙子在刮。志高拼命要挣脱，用了毕生的精力来与外物抗衡，然而总是不敌。

有时是拉洋车的，有时是倒泔水的、采煤的、倒脏土的、当挑夫的……

这些人都是他的对头人。今天这个是掏大粪的，身上老有恶歹子怪味，呛鼻的，臭得恶拉扒心。

"我不喊。老乌龟！大粪干！"

"嘎！我操了你娘！你不喊我爹？"

布帘子呼地一声给挑起了。

"把我弟放下来！"平板淡漠地。

那汉子顺着女声回过头去：

"嘿，什么'弟'？好，不玩了，改天再来，红莲，我一定来，我还舍不得不操你呢！小子，操你娘！"

红莲，先是一股闷浓的香味儿直冲志高的小脑门。

然后见一双眼睛，很黑很亮，虽然浮肿，那点黑，就更深。

颧骨奇特地高，自欺而又僭越地耸在惨淡白净的尖盘儿脸上。

她老是笑，不知所措地笑，一种"赔笑"的习惯，面对儿子也是一样。

只有在儿子的身上，她方才记得自己当年的男人，曾经的男人，他姓宋。志高的爹称赞过她的一双手。

她有一双修长但有点嶙峋的白手，手指尖而瘦，像龟裂泥土中裂生出来的一束白芦苇：从前倒是白花，不知名的。不过得过称赞。男人送过她一只手镯。

红莲在志高跟前，有点抽搐痉挛地把她一双手缠了又结，手指扣着手指，一个字儿也不懂，手指却兀自写着一些心事。十分地畏怯，怪不好意思地。

她自茶盘上取过一点钱，随意地，又赔罪似的塞给志高了：

"这几天又到什么地方野去？"

"没啦，我去找点活计。"

"睡这吧？"

志高正想答话，门外又来个客人，风吹在纸糊窗上，哑闷地响，就着灯火，志高见娘脖子上太阳穴上都捏了痧，晃晃荡荡的红。

"红莲！"

娘应声去了。

志高寂寂地出了院子。袋里有钱了，仿佛也暖和了。今儿个晚上到哪儿去好呢？也许到火房去过一夜吧，虽然火房里没有床铺，地上只铺上一层二尺多厚的鸡毛，四壁用泥和纸密密糊住缝隙，不让寒风吹进，但总是有来自城乡的苦瓠子挤在一起睡，也有乞丐小贩。声气相闻的人间。说到底，总比这里来得心安，一觉睡到天亮，又是一天。

好，到火房去吧。快步出门了，走了没多远，见那掏大粪的背了粪桶粪勺，推了粪车，正挨门挨户地走。

志高鬼鬼祟祟拾了小石子，狠狠扔过去，扔中他的脖子。静夜里传来凄厉的喝骂：

"妈的！兔崽子，小野鸡，看你不得好死，长大了也得卖！"

志高激奋地跑了几步，马上萎顿。胭脂胡同远远传来他自小便听了千百遍的一首窑调，伴着他凄惶的步子。

"柳叶儿尖上尖唉，柳叶儿遮满了天。在位的明公细听我来言唉。此事唉，出在咱们京西的蓝靛厂唉——"

志高的回忆找上他来了。

他从来没见过爹，在志高很小的时候他已经不在了。为什么不在？也许死了，也许跑了。这是红莲从来没告诉过他的真相，他也不想知道——反正不是好事。

最初，娘还没改名儿唤"红莲"呢。当时她是当缝穷的，自成衣铺中求来一些裁衣服剩下的下脚料，给光棍汉缝破烂。地上铺块包袱皮，手拿剪子针线，什么也得补。有一天，志高见到娘拎住一双苦力的臭袜子在补，那袜子刚脱下，臭气薰天，还是湿濡濡的，娘后来捺不住，恶心了，倚在墙角呕吐狼藉，晚上也难受得吃不下饭，再吐一次。

无论何时，总想得起那双摸上去温湿的臭袜子，就像半溶的尸，冒血脓污的前景。

……后来娘开始"卖"了。

志高渐渐地晓得娘在"卖"了。

他曾经哭喊愤恨：

"我不回来睡，我永远也不回来！"

——他回来的，他要活着。

他跟娘活在窑调的凄迷故事里头：

"一更鼓来天唉，大莲泪汪汪，想起我那情郎哥哥有情的人唉，情郎唉，小妹妹一心只有你唉。一夜唉夫妻唉，百呀百夜恩……"——一直地唱到五更。

唉声叹气，唉，谁跟谁都不留情面。谁知道呢？每个人都有他的故事，说起来，还不是一样：短短的五更，已是沧桑聚散，假的，灰心的，连亲情都不免朝生暮死。志高不相信他如此地恨着娘，却又一壁用着她的钱——他稍有一点生计，也就不回来。每一回来都是可耻的。

经过一个大杂院，也是往火房顺路的，不想听得唐老大在教训怀玉了：

"打架，真丢人！你还有颜面到丁老师那儿听书？还是丁老师给你改的一个好名字！嘎，在学堂打架？"

一顿劈劈啪啪的，怀玉准挨揍了。志高停下来，附耳院外。唐老大骂得兴起：

"还逃学去听戏！老跟志高野，没出息！"志高缓缓地垂下头来。

"他娘是个暗门子，你道人家不晓得吗？"

"不是他娘——是他姊。"怀玉维护着志高的身世。

"姊？老大的姊？你还装孙子！以后别跟他一块，两个人溜儿湫儿的，不学好。"

"爹，志高是好人。他娘不好不关他的事，你们别瞧不起他！"

唐老大听了，又是给怀玉一个耳雷子。

"我没瞧不起谁，我倒是别让人瞧不起咱。管教你就是要你有出息。凭力气挣口饭，一颗汗珠掉在地上摔八瓣呢！你还去跟戏子？嘿！什么戏子、饭馆子、窑子、澡堂子、挑担子……都是下九流。你不说我还忘了教训你，要你识字，将来当个文职，抄写呀，当账房先生也好——你，你真是一泡猴儿尿，不争气！"

狠狠地骂了一顿，唐老大也顾不得自己手重，把怀玉也狠狠地打了一顿。

骂声越来越喧嚣了，划破了寂夜，大杂院的十来家子，都被吵醒了，翻身再睡。院子里哪家不打孩子？穷人家的孩子都是打大的，不光是孩子，连媳妇儿姑娘们也挨揍。自是因为生活逼人，心里不好过。

唐老大多年前，一百八十斤的大刀，一天可舞四五回，满场的彩声。舞了这些年了，孩子也有十二岁。眼看年岁大了，今天还可拉弓舞刀，明天呢？后天呢？……

"你看你看，连字也没练好！"

不识字的人，但凡见到一笔一划写在纸上的字，都认为是"学问"。怀玉的功课还没写，不由得火上加油。真的，打上丢人的一架，明天该如何向丁老师赔礼呢？丁老师要不收他，怀玉的前景也就黯然。

唐老大怒不可遏：

"给我滚出去！滚！"

一脚把怀玉踢出去，怀玉踉跄一下，迎面是深深而又凄寂的黑夜，黑夜像头蓄锐待发的兽。怀玉咬紧牙关，抹不干急泪，天下之大，他不知要到哪里是好？爹是头一回把他赶出来。他只好抽搐着蹲在院里墙角，瑟缩着。便见到志高。

"喂，挨揍了？"

志高过来，二人相依为命。怀玉不语。

"喂，你爹揍你，你还他呀，你飞腿呀，不敢？对不对？怕抛拖！"志高逗他。见怀玉揉着痛楚，志高又道：

"不要怕，你爹光有个头，说不定他是个脓包啊——"

"去你的，"怀玉不哭了，"还直个劲儿跟人家苦腻。我爹怎么还呀？你姊揍你你还不还？"

"我姊从来也不揍我。"志高有点惆怅，"我倒希望她揍我一顿，她不会，她不敢……"

"刚才你不是回去吗？"

"我回去拿钱。"

"那你要到哪里去？睡小七的黄包车去？"

志高朝怀玉眽眽眼睛：

"哪儿都不去了，见您老无家可归，我将就陪你一夜。"

"别再诓哄了，谁要你陪，我过不了吗？我不怕冷。"

蜷缩坐了一阵，二人开始不宁。冷风把更夫梆锣的震颤音调拖长了。街上堆子的三人一班，正看街巡逻报时，一个敲梆子，一个打锣，一个扛着钩竿子，如发现有贼，就用钩竿子钩，钩着了想跑也跑不了。

更夫并没发现大杂院北房外头的墙角，这时正蹲着两个冷得半瘫儿似的患难之交。

志高想了一想，又想了一想，终把身上袄内塞的一沓报纸给抽出两张来，递给怀玉：

"给。加件衣服！"

怀玉学他把报纸塞进衣衫内，保暖，忍不住，好玩地相视笑了。志高再抽一张，怀玉不要。志高道：

"嘴硬！"

"你不冷？"

"我习惯了呢。我是百毒不侵，硬硬朗朗。"

怀玉吸溜着，由衷对志高道："要真的出来立个万儿，看你倒比我高明。"

怀玉一夸，志高不免犯彪。

"我比你吃得苦！"志高道。

方说着，志高气馁了，他马上又自顾自：

"吃得苦又怎样，我真是苦命儿，过一天算一天，日后多半会苦死。"

"不会的。"

"会！嗳嗳怀玉，你记得我们算的卦吗？"

"记得，我们三个是——"

"甭提了，我肯定是'生不如死'，要是我比你早死，你得买只鸭子来祭我。"

"要是我比你早死呢？"

"那——我买——呀，我把丹丹提来祭你。"

"你提不动的，她蛮凶的。"

"咦？丹丹是谁呢？吓？谁？"志高调侃着，怀玉反应不及："就是那天那个嘛。"

"那天？那个？我一点都记不起了。哦，好像是个穿红袄的小姑娘呢，对了，她回天津去了，对吧？嗳，你怎么了？"

"怎么？别猫儿打镲了，不听你了。"

"说真的，还不知道有没有见面的日子呢。要是她比我哥儿俩早死，是没法知道的。"

"一天到晚都说'死'！怪道王老公唤你豁牙子！"

"哦，你还我报纸，看你冷'死'！还我！好心得不着好报！"

"不还！指头儿都僵了。"

——房门瞅巴冷子豁然一开，凶巴巴的唐老大吆喝一声：

"还不滚回屋里去？"

原来心也疼了，一直在等怀玉悔改。

怀玉嘟着嘴，拧了，不肯进去。

"——滚回去！"做爹的劈头一记，乘势揪了二人进去。冷啊，真的，也熬了好些时了。

渴睡的志高忙不迭怂恿："进去进去！"又朝怀玉眈眈眼睛，怀玉不看他，也不看爹。

是夜，二人蜷睡在炕上。志高还做了好些香梦：吃鸭子，老大的鸭子。梦中，这孩子倒是不亏嘴的。直到天边发白。

民国廿一年·夏·北平

"醒了吧？小老弟。"

志高听得模模糊糊的一阵人声。

"嗳，天都亮了，快起来让客人上座啦。"

志高用手背抹抹嘴角的残涎。

一梦之中，尽是称心如意。乍惊，不知人间何世，天不再冷了，夜不再昏了，人也不再年少。

一觉醒来，人间原来暗换了芳华。

民国廿一年夏。去秋九一八刚发生变故，半年间，日本人逐步侵占东北了，一直待在北平的老百姓，还是不明所以。中国的军队？外国的军队？反正不是切肤之痛。甚至有不愿意追究的八旗子弟，当初的风光梦魂般缠绕着他们，虽则沦落为凡人了，他们的排场和嗜好还是流传下来，日子过得结结巴巴，倒也熬一头鹰。鹰，是他们凶悍的回忆，破空难寻，最后不免又回到主子手中了。

鹰性野，白天从来不睡，只有晚上才肯安睡。要熬它野性子就不能让它休息，要叫它连闭眼的时间也没有。熬鹰人晚上都带了鹰，五六知己，吃饱了进前门到天安门，沿长安街奔西单、西四，到平安里的夜茶馆去聚会，相对请安寒暄，问问重量大小，论论毛色浓淡。

鹰怕热，不能进茶馆里边，他们便坐到外头的板凳，沏一包叶子，喝儿碗，来两堆花生，半空儿的，一边吃一边聊。

东方朦胧亮了。

志高一身汗濡挣扎起来，四下一看，奇怪的声音：扑扑扑扑扑。鹰的精神来了，身子全挺起，乱飞，马上，熬鹰人给戴上遮光的帽子，退它野性，好习惯人气，胸无大志。

借宿一宵的志高，又得起来让出一条板凳。看来那板凳实在太短，容不下志高成长了的身子，不过他像猴儿般灵便，仿佛什么地方，即使是一棵树吧，他都有办法睡个安稳的。

他弹跳而起，揉揉眼睛，一壁十分通情达理地帮茶馆的抹桌子搬板凳，收拾一顿，一壁跟汉子聊：

"这鹰驯了吧？没辙了，对，要放也飞不远！"

"不呢，"那汉子道，"我这就难熬了。我给它上宿，一人担前夜，一人担后夜，待会儿还交白班看管，三个人轮班地熬，过了十多天，还没驯好，撒不出去放。"

——对的，花花世界，鹰也跟人一般，有的生在哪儿，驯在哪儿，有的总是不甘。驯鹰是养鹰人的虚荣。不驯的鹰是鹰本身的虚荣。

不管怎样，生命是难喻的。

三伏天，热得连狗也把舌头伸出来，这几亩水塘，一直被称作"野凫潭"，又唤作"南下洼"，是北平西南城区的一块低地。油垢和污水，经年不断灌注到潭中，雨过天晴，烈日一蒸，更是又臭又稠。

这样的一处地方，配不上它原来的好名儿："陶然亭"。

北面是一片平房，东面是累累荒冢，南面是光秃秃的城墙，西面是个芦苇塘。附近纵有些树，但也七零八落，谈不上绿荫扶疏，只有飞虫乱扰。

陶然亭不是一个"亭"，是一个土丘，丘上盖了座小巧玲珑的寺庙。香火是寂寞的。陶然亭之所以得了这么大的名声，只因为它是一个练功喊嗓的好地方，它是卖艺人唱戏人的"第一块台毯"。

只见一个俊朗的年青人在练双锤，耍锤花，这两个大锤在他手中，好像黏住了似的，随他意愿绕弄抛接，无论离手多远，他总是一个大翻身马上背手接住。

多年以来，七年了吧，唐怀玉在他师父李盛天的夹磨底下，十八般武艺也上路了。师父是一时的武生，"九长"：长枪、大戟、大刀、铛、钺、戈、矛、殳、槊；"九短"：锤、杵、剑、斧、刃、盾、钩、弓、棍，都有一手。不过怀玉的绝活儿是锤。

这天他苦练的是"顶锤"，把锤高抛，于半空旋转一圈后，落下时顶住。他抖擞着精神，非要那锤于半空旋转两个圈不可。

怀玉试了很多遍，都顶不住。志高咬着个硬面饽饽，一嘴含糊地扬声："这几天'躺僵尸'躺得怎么样？"

怀玉把双锤一抛一顶，一拧一接，也不望志高，只一下招式吐一个字：

"怎——么——躺——就——怎——么——疼！"

志高笑了：

"好呀，终有一天，真躺成了僵尸了！"

原来这几天李盛天着怀玉开始练戏了。把子功不错，晚上广和楼戏散了，便到毯子上躺僵尸。

舞台上，一场剧战之后，武生要死了，总不肯马马虎虎的死，总是来个"躺僵尸"，当他这样干了，观众们便会落力地鼓掌吆喝，称颂他死得好样。

这做功，是先闭住气，随着激越震撼的板鼓，忽地一下板身，直板板地脸朝天背贴地，就倒下了。

李盛天教怀玉：

"千万要闭住气，一点也不泄，这样不管怎么摔怎么躺，也不疼，不会弄坏脑仁儿。"

不过最初的练习，谁有窍门呢？怀玉躺了几天，不是身子瘫了，不够板，便是脑袋瓜先着地——又不敢让爹知道。

爹实在只是装蒜，儿子大了，有十九岁了，身段神脆，长相英明，横看竖看，也是块料子。何况师父李盛天待他不薄，处处照应。这种只有名分没有互惠的师徒关系，倒是一直密切的。唐老大过年时也给李盛天送过茶叶包儿。

"怀玉，你喊嗓没有？"师父问。

"喊了。"

——其实怀玉没喊嗓子。他自倒呛后，练功放在第一位，嗓子受了影响，不开。每练"啊——"、"咿——"这些个音，都不灵活，所以拉音、短音、送音、住音，换气不自如，每是该换气时而不换，所以音量无法打远、亮堂。

"来一遍。"

怀玉无可奈何，只得像猫儿洗脸，划拉地草草唱一遍。

先来大笑三声：

"哈哈，哈哈，啊哈哈……"

志高捂着半边嘴儿忍笑。

怀玉唱"水仙子"：

"呀——喜气洋呀，喜气洋，笑笑笑，笑文礼兵将不提防。好好好，好一似天神一般样。怎怎怎，怎知俺今日逞刚强。"

李盛天眉心一皱，十分不满意："哦，这就叫天神呀？你给我过那边再喊嗓去。去呀，锤先放下来！搁这边。搁！"

目送怀玉终于听了，李盛天绷紧着的脸宽下来。每个人对怀玉都是这样，这孩子宠不得。明明宠他，不可以让他知道，他是天生的一股骄气，也许这骄气会害了他。

怀玉气鼓鼓地瞪着笑得前仰后合的志高，往地势开阔，但又缀满乱坟的荒野开始了：

"啊——咿——呜——"

志高瞅着他：

"我就不明白有什么难？这么几句，老子随随便便打个呵欠就唱好了。"

"别神啦。"

"你不信？"

志高马上随口溜，把刚才"水仙子"唱了一遍：

"呀——喜气洋呀，喜气洋。笑笑笑，笑文礼兵将不提防。好好好，好一似天神一般样。怎怎怎，怎知俺今日逞刚强。"志高天赋一副嘹亮的嗓子，质纯圆润。虽他没苦练，听戏听多了，又常随怀玉泡一块儿，耳濡目染，也会唱好几出。意犹未尽，再唱另一出：

"只杀得刘关张左遮右挡，俺吕布美名儿天下传扬——"

李盛天听了，过来，拍着志高的肩膊："志高，你还真有点儿猫儿佞，小聪明。"

志高不好意思了：

"不不不，我是口袋布作大衣——横竖不够料。"

"你不跟一跟？跟跟就上啦。"怀玉道。

"我？唱戏就是唱气。每回发声动气，动了丹田气，我就饿了。不如学鸟叫，学鸟叫还可以挣几个大子儿。"

正说着，那边又来了一伙人。

有男有女，大概六七人，由一个个头不高的精悍的中年人领着，分头在练习，地方空阔，也就分成几组了。

两个年青男孩，十七八岁的，跟着那中年汉子练摔跤基本功夫：举铃子、倒立、翻筋斗……然后二人互相撩扒。

中年汉子在旁指点：

"给他脚绊子，对，你还他几个'插闪'，下盘，下盘，来点劲呀！"

另外两个女的，在抖空竹。

空竹是木头制成的，在圆柱的两端各安上圆盘，两层、中空、边镶竹条，上有四个小孔，用两根竹竿系上白线绳，在圆柱中间绕一圈，两手持竹竿抖动，圆盘就旋转，抖得快，旋转得也迅速，从竹条小孔发出嗡嗡的声音来，洪亮动听。两个女孩把空竹抖出些花样，扔高、急接，倒有点名堂。只听她两在扬声："猴爬竿，张飞骗马，攀十字架——"

还有一个中年妇人，梳髻的，一个人在远处练双剑，长穗翻飞着，看来像是汉子的媳妇儿。

她身旁的女孩，身子软得很，在倒腰，倒成拱桥，头再自双腿间伸过来一点，伸过来一点……

怀玉问李盛天：

"师父，这一帮子人不知道是干啥的？从前也没见过。"

"对。"

"都是练把式杂技的呢。"志高道。

"说不定也是来此讨生活的。"李盛天跟怀玉道，"不是说'人能兴地，地也能兴人'么？"

"我在天桥也没见过他们呀。"

"今儿不见明儿见，反正是要碰上的，也总有机会碰上的。"

那伙人练得几趟下来，也一身的汗，便一起到陶然亭那"雨来散"茶馆去。

"雨来散"，其实是摆茶摊卖大碗茶的，借几棵柳树树荫来设座。

志高蓦地一扯怀玉：

"怀玉怀玉，你瞧。"

"瞧什么？"

"那个女的——"

顺志高手指，那伙人已弯过柳树的另一边坐下来了，参差看不清。

他们围着一个小矮桌，桌上放了几个缺齿儿的大碗和一个泡茶用绿瓷罐，外面还包着棉套的。瓷罐里已预先泡好茶水了，不外是叫"高碎"或"满天星"的茶叶末罢了。

姑娘提了有把有嘴的瓷罐，倒满了几大碗茶。太热了，晾着。几个人说说笑笑。

李盛天见怀玉分了神，有点不高兴。志高见他脸色快变趣青了，只好这样地兜托住了：

"人家一个女的也练得这般勤快，你看你，不专心。"

乘机挑唆，睨着师父加盐儿。

"李师父，我替你看管怀玉去。"

师父临行对怀玉说：

"怀玉你要出人头地，非得有点改性不可。"

怀玉觑李盛天和几个师兄弟的背影远去，便骂志高：

"神是你，鬼也是你。"

志高不理他，忙朝"雨来散"茶馆瞧过去，这种茶摊儿，风来乱雨来散，茶客也是待一阵，不久也散了。

不等志高说话，怀玉也看见一个影儿，随着一众，三步一蹦，五步一跳的，辫子晃荡在初阳里。

是的，那长长的辫梢，尾巴似的，一甩一飕，就过去了。

怀玉与志高会心一望，不打话，走前了两步。

但见人已远走高飞，怎么追？追上了，若不是，怎么办？若是，她忘了，怎么办？若是，她记得，又怎么办？——一时之间，想不出钉对的招呼。

而且，多半也不是的。

志高回头来，望怀玉：

"上呀，别磨棱子了！"

"爹等着呢。你今天上场呀，你都搭准调儿了吧？"

"——呀，老子得上场了！"

二人盘算着时间，到了天桥，先到摊子上喝一碗豆汁。小贩这担子，一头是火炉，上面用大砂锅熬着豆汁；一头是用筐托着的一块四方木盘，木盘上放了几盘辣咸菜，都是腌萝卜、酱黄瓜、酱八宝菜，和一盘饼子。

志高放下两个铜板，每人一碗甜酸的豆汁跟焦圈、馃子，很便宜，又管饱。

正吸溜着，便听得敲锣了——

"各位乡亲，今天是咱头一遭来到贵宝地——"

志高道：

"嗳，也是初上场的嘛。"

那叫扬声继续：

"先把话说在前面，人有失手，马有失蹄，吃饭没有不掉米粒的，万一有什么，还请多包涵。孩子们都是凭本事卖力气，功夫悬着呢。现在小姑娘把功夫奉敬大家——"

"哗！"人声一下子燃起来了。

二人不用钻进场子去，也见了半空隐约的人影。

那是一根杠子，直插晴空，险险稳住，下头定是有人肩了。在杠子上，悬了一个姑娘，只靠她一根长辫子，整个身子直吊下来，她就在半空倒腰、劈叉、旋转……最后不停地转，重心点在辫梢上，转转转，转得眼花缭乱，面目模糊。

大伙都轰然喝彩了。

这是天桥上新场子新花样呢。

末了把姑娘放下来，姑娘抱拳跟大伙一笑："谢各位爷们看得起！"

她身后的中年夫妇也出来了：

"好，待姑娘缓缓劲，落落汗，待会还有其他吃功夫的把式……"

怀玉和志高，在人丛外钻至人丛中，认得一点点，变个方向再看，又变个方向，歪着头，是她吗？是她吗？很不放心。

很不放心。

姑娘拎着个柳条盘子来捡散在地上的铜板，捡了刚一站起来，眼睛虽然垂着，左下眼睑睫毛间的痣一闪，果不其然就是她——

"丹丹！"

丹丹睫毛一扬，抬起头来。

含糊的，渐渐清晰了。不管她走了多么远，她"回来"了。

一双黑眼珠子，依旧如浓墨顿点，像婴儿。新鲜的墨，正准备写一个新鲜的字。还没有写呢。

对面的是切糕哥吧，嗳，眼睛笑成了三角形，得意洋洋的，十分顽皮。就是那个猴面人，摘下了面具，猴儿眼，亮了，放光，也放大——虽然原来是不大的。

还有怀玉哥，怀玉有点羞怯，他的眼睛，焦点不敢落在她身上呢，总是落在稍远一点的地方。

每个人的心都在兴奋，又遇上了。

真的吗？

在天桥的地摊场子上，遇上了。

"切糕哥！怀玉哥！"

——不知怎么样话说从头好。

"哦，你的辫子是用来吊的。"志高终于知道这个秘密了，马上给揭发，"吊死鬼！"

"志高，看你，什么吊'死'？不像话！"怀玉止住他。

"你们来这转悠呀？"

"不，"怀玉笑，"我们都是行内的呀。"

"真的？"

"真的，志高也上场啦，我们在那边撂地摊，你来看？"

"好，我来找你们！"

"一定？"

"一定！说了算数。在哪里？"

唐老大见二人今儿来晚了，有点气。他刚耍了青龙刀，一百八十斤。前些儿还没什么，最近倒是喘着了，汗哗哗地也往裤裆里流。

在天桥这些年日了，看客日渐少了，而且这地方，场上人来人又去，初到的总是新奇，一喷口就黏住了好些人。

怀玉还不来？志高这小子，也是的，没心。

怀玉飞身进了场子。

他先来一趟新招，那是软硬兼施的把式——

江湖艺人讲究跑码头，闯新场子，所以要想在同一个地方长期待着，跟流水式的抗衡，非得变换着活儿不行，生活才可将就混下去，不必开外穴去。

怀玉今儿耍的是红穗大刀跟九节鞭。九节鞭是铁链串成的长鞭，要运用暗力，鞭方可使直；要使用敛功，鞭方可回缠。每当这鞭与刀，一左一右，一软一硬，一长一短，在交替兼施时，怀玉的刁钻和轻灵，总也赢来彩声。

只见他一边耍，有点心焦，场子上有没有一位新来的看客呢？

她来了没有？在哪一个角落里，正旁观着他的跌扑滚翻？在一下抢背时，那刀还差点伤己。

他又不想她来。

他甚至不算是想她——只要不可思议地，他跟她又同在一个地方各自卖弄自己的本事，彼此耗着。

终于怀玉还是以一招老鹰展翅来了结。到收了刀鞭，他看见丹丹了，丹丹很开心地朝他笑着，还拍掌呢。幸亏没有抛拖，怀玉也就放下心事。原来他是想她来的。

他有点惹，上前道：

"耍得不好呀，太马虎了，下回是更好的。"

丹丹道："好神气呀！"

"说真格的，这鞭是很难弄的，你拎拎看，对吧？"

怀玉把九节鞭梢往丹丹手心搔，搔一下搔两下搔三下。

丹丹咬着唇忙一把抓住，用力地晃动直扯：

"哎，你这小子'扛芝麻酱'，谁给你逗乐——"

正笑骂，忽又听得一阵鸟叫。

真是鸟叫，清婉悦耳的鸟声，叫得很亮。

只几声"叽叽，叽叽喳，叽叽喳——"就止住了。

志高煞有介事地，"哗"一声打开了一把大折扇，不知从哪儿顺手牵羊来的，先跟怀玉丹丹使个眼色，然后傲然上场。

志高首先向四周看完武场的客人拱拱手：

"各位父老各位乡亲，在下宋志高！又叫'切糕'——"

见丹丹留了神，便继续吹了：

"人送外号'气死鸟'。我一直都是这儿拉扯长大了，现在空着肚子，搭搭唐老大的场子，表演一些玩意，平地抠个大饼吃吃。恳请多多捧场，助助威，看看不好，也帮个人场，别扭头就走。看着好，赏几个铜子儿。我可是第一回的。今天，先给大伙开开耳界。"

说得头头是道，想是耳熟能详地便来一套。

志高又把那折扇轻轻地摆弄了两下，如数家珍："鸟有杜鹃、云雀、百灵、画眉。现在这扇权当鸟的翅膀。百灵叫的时候——"

他把扇子往后一别，伸着脖子，"叽叽"两声，扇子也随着呼搭了两下。

"哎呀，像极了，像极了！"

人群中一阵骚动，见这是新花样，连提笼架鸟遛弯儿的，也来了几个。图新鲜，又有兴头，簇拥的人渐多。

志高得意了，眼珠一转，计上心头。

接着他又说道：

"画眉叫的时候呢，两个翅膀是闭拢的——"

听的人被黏住了，瞪着眼竖着耳。有个老大爷，提着笼也在听，捋着胡子的手都不动了，只随志高手挥目送，鸟声远扬。志高在场子中可活了，一鸟入林，百鸟压音似的，还作了个扑棱状……

忽然便见那老大爷，在志高的表演中间，嚷嚷起来：

"哎，我的鸟死了！"

他把笼子往上提，人人都看见，那只画眉已经蹬腿儿了。没一阵就一命呜呼。

老大爷在怪叫：

"怎么搅的？"

"老大爷，你这画眉气性很大呢，好胜，一听得我学鸟学得这么像，被叫影了，活活气死啦！"志高笑道。

"看啊！多棒呀，看啊！这'气死鸟'多棒！"

围观的人都在惊呼了。扔进场子中的铜板也多了。

老大爷忿忿然：

"你混小子，快赔我鸟！"

志高忙道："实在对不起您，招得您鸟气死了，我给赔个不是，不过，我们卖艺的靠把玩意儿演好了挣饭吃，学什么像什么——"

"对呀，"旁观的都站在志高那边，"是他艺高，您老的鸟才一口气咽不下呢！"

正说着，忽见场子外传来一声暴喝：

"呔！你今天算撞在我手里了！"

来了一个四十多岁的流氓丁五，看他耷拉眼角的三角眼，揸着鼻叉的塌鼻子，翻嘴唇里龇出的两颗黄板牙，威风凛凛地踏进来。一手抢了笼子，指着：

"看，什么'气死鸟'？我就见这混小子掣了石子在手，趁大伙不觉，射将中了，喏，画眉不是躺在这石子旁边吗？"

大众哗然。

丁五还道：

"我看你也挺面熟的，你不能说没见过老子吧？实话实说，好像也没打过招呼呢，你倒说说是什么万儿的？"

志高脸上挂不住了：

"别盘道了，我叫我的，你走你的，来刨个什么？"

"哦？那脆快点儿，你赔老大爷一只鸟，付我地费，大家就别黏缠了。"

"我才刚上场，还没挣几枚，没有！"

"你问唐老大他们，可有什么规矩？"

"不用问了，我是单吊儿，不跟他们一伙，我也不怕你，要有钱也扔到粪坑里！"

说着说着，叮当五四的，竟打起来了，怀玉见势色不对，马上进场，把丁五推开，三人一顿胖揍，唐老大无法劝住。

怀玉打得眼睛也红了，竟回身抄起家伙。那边厢丁五是见什么砸什么，志高就被砸中了头，血流披面。事情闹大了，两下不肯收手。

唐老大一见怀玉要抄家伙给志高出头，慌乱得很，莫不要出事了，死拖活扯，不让怀玉欺身上前。

一壁又交待几个正躲在一旁的看客把他给耽搁住，自己上去把丁五连推带拉，说好说歹，请他得些好意便高抬贵手。

唐老大这么的粗汉，还是个拉硬弓的，一下子便分了三人。丁五牙关传来磨牙砺齿的声音，一脸一手是青红的伤和血痕。

唐老大塞给他一点钱：

"请多包涵，小孩儿家不懂江湖规矩，您别跟他们一般见识，别忘了带点香烟钱，谢谢！谢谢！"

怀玉不知道他爹还跟丁五嘀咕些什么，只见二人拉扯离了场子去。

丹丹扶不起倒地的志高。

志高支撑着，但一脸的血，疼得迷离马糊儿，不争气，起不来了。

血又把他的眼睛都浆住，丹丹用衣袖给他抹，没有止。

看热闹的人见一场戏外的打斗完事了，没切肤之痛，便又靠拢上来——也因为好心肠。

更有个娘们，一手抱了小孩，二话不说，逗他撒了一泡尿……

志高一头一脸给这童尿一浇，马上又疼得弹起来，怪叫怪嚷：

"哗！这尿真狼虎！什么玩意儿？——"

吓得这好心肠的女人，满腔委屈：

"童尿嘛，止血的，我们家都常用童尿止血消肿，对你有好处的。"

大伙不免哄笑起来。

志高气了。

"妈的！全给老子滚开！"志高粗暴地把尿给抹了，血似因此而稀淡了点，也许只是一些混了尿的旧迹，而又真的止住了。

怀玉跟丹丹张罗点布条儿来给扎上。旁边地摊上是卖大力丸和药品，有热心的人马上随手抓来一些丸散膏丹，想给他敷上。

还没打开包包，又有人排众上来了。

"让开！让开！"

嫌人客让得慢了，那人粗里粗气地闯进来，喊：

"喂喂，那药散拿回来！"

原来是旁边那卖大力丸和药品的，抢回正待敷上的一包药散，换上另一包。

"那不管用！我来我来！"

然后熟练地给他敷药疗伤。志高头破血流，疼得不安分，便被一手按住：

"你给我坐得矩矩儿的！动什么动！"

却原来，他地摊上卖的，不过是假药，说得天花乱坠，什么狗皮膏、止血散、牙疼药，还有治男子肾亏肾寒、妇女赤白带下的……也是充的。为了治人，一腔热血，忘记了生计，马上自后头木匣中给取了"真药"来……

三两下子，把志高摆弄妥当。受了怀玉丹丹跟唐老大的道谢，方才悟得，脸涨红了。

当然，人群之中也有澄明的，但见他治人心切，也就不打话了。

而大部分单纯憨厚的老百姓，根本联想不起，只交头接耳称颂他，忘记了他为什么给"换"了管用的药来。

待治人的走了，老百姓又忘记了志高落得此下场，只因为使了奸计。

那死了画眉的老大爷，忽地省得他失去了的，又嘟嘟囔囔：

"你们赔我鸟，赔呀！"

"算啦老大爷，"他们竟劝住了，"别让他赔了，您不见他伤了？身上还刮破好几道，红赤拉鲜的，好可怜嘛！"

"对啦，算了吧？"

唐老大只好过来，又塞给老大爷一点钱，安慰他几句，二人拉扯离了场子去。

志高眼见景况如此，好生悲凉。

从来没上过场，一上场，本以为扎好根基立个万儿，谁知自己是一粒老鼠粪——搅坏一锅汤。

砸了唐老大场子不算，这还是头一回露点本事，本事也不赖呀，偏就人算不如天算，台还塌给丹丹看！丹丹见了，不知有多瞧不起，说不定心里头在取笑："还跑江湖呢，别充大瓣儿蒜了。"

刚才还份儿份儿，趾高气扬地往场子里一站呢，志高一念及此，恨不得地上有个缝儿让他一头钻进去好栖身，再也不出来了。还有怀玉，怀玉是怎么地期望他好好地表演一场，大家携手并肩的呢。

唉，众目睽睽，无地容身，他该当如何才铺个台阶，好给自己下台？十九年来，从未遭遇这番难题呀。

勉力抖擞一下，抱拳敬礼：

"唐叔叔，不好意思，这点钱我一定还您！各位乡亲父老，不好意思，您们就此忘了我吧！您们就当我死了吧！"

"哎，别这样——"

志高踉跄地离了此地。一路上，怀玉和丹丹在他身畔搀着。志高道：

"你俩回去吧。"

怀玉见他不稳，坚持：

"到我家躺一会去。"

"我还好意思上你家？"志高也坚持，"不去！"

眼看自己一身血污，天星乱冒，既已落得这番田地，一点面子也没了，还充鹰？胃里不舒服，闹心，又打了个贼死的，浑身拧绳子疼，觅个安乐乡躺下来睡个天昏地暗才是。

真的，也不是走投无路。横竖名誉扫了地，乐得豁出去——

"我到我姊那儿去！"

"送你去。"怀玉不肯走。

"送吧。丹丹回去！"

"我也要送！你赶我不走！"丹丹蛮道。

"送吧送吧，都一块去。反正我逃不了！"逃不了啦——

志高负气地，步子也快起来。

大白天，到处都热闹喧嚣，惟独这胭脂胡同呢，晨昏颠倒了，反倒宁静。

有一大半的人没起来呢。起来的，也是像闹困的迷路小孩，慵倦的，没依凭的。

红莲打着个老大的呵欠，跟隔壁的彩蝶儿懒道："哎，今儿闲着，我'坏事儿'来了呢。"

呵欠没完，半张嘴，蓦地见了这三人。

"哎吔，志高，什么事？"红莲赶忙延入，坐好。

"上哪儿打油飞去了？打上一架了？"一壁进进出出给张罗洗脸水，一壁问："伤在哪儿？疼不疼？"

"疼呀。"志高道，"这是丹丹。我姊。"

"丹丹坐。"

丹丹见他姊，真是老大不小的了，有四十了吧？身穿一件绿地洒满紫蓝花的上衫，人儿瘦，褂子大，移襹的，看上去似风干了的一块菜田，菜落子都变了色。

奇怪，一张蜡黄的颧骨硬耸的脸，有点脂粉的残迹，洗一生也洗不干净，渗在缝里的。

红莲常笑，进进出出也带笑。没笑意，似是一道纹，一早给纹在嘴角，不可摆脱。

红莲畏怯而又好客地，问："怀玉饿不饿？丹丹要不要来点吃的？"

她其实一颗心，又只顾放于志高的伤上。

志高见娘此般手足无措，只他一回来，平添她一顿忙乱。看来还没睡好呢，眼泡肿肿的。因专注给他洗净脸上的血污，俯得近乎，志高只觉那是一双睽违已久的眼睛。当他还是一个很小很小的孩子时，他也曾跟她如此地接近——谁又料到，这眼睛仿佛已经有一千岁。

"疼不疼？疼不要忍，哼哼几下，把疼都给哼出来，唔？"

一股暖意在心头动荡，她仍把他看作小孩……志高马上道："疼死啦！"

又道：

"姊，你给我来点吃的。我饿，一顿胖揍，肚子里又空了。"

听得他有要求，红莲十分高兴。

丹丹道："切糕哥你歇着，我得回去跟苗师父师娘说一声，晚点才来看你。"

"晚了不好来！"志高忙答。

"收了摊子我们来。"怀玉与她正欲离去，门外来了个偏着头、脖上长了个大肉疙瘩的男人。

志高愣住了。

怀玉冷眼旁观，二话不说，扯了丹丹走。幸好丹丹也看不清来客。

志高见这矮个子，五短身材，颈脖方圆处，有老大一块肉茧，好像是随人而生，日渐地大了，隆起，最后长成一个肉瘤子了，挂在脖上，从此头也不能抬直，腰板也不能挺直，原来便矮的人，更矮了。

那大肉疙瘩，便是因一个天上伸出来的大锤子，一下一下给锤在他头上，一不小心，锤歪了，受压的人，也就压得更不像样。

这矮个子，倒是一脸憨笑，眼睛也很大呢，在唤着红莲时，就像一个老婴儿，在寻找他的玩伴。

志高忍不住多看一眼。

"先回去。"红莲赶他。

"什么事？"

"叫你先回去——我弟出事了。"

"出了什么事？"

"别管啦，打架，现在才是好点。"

志高在里头听见红莲应对，马上装腔：

"还疼呀——腿也麻得不能抬，哎——真坏事，沉得噜。唉——"

"你过三天来。"红莲悬念着志高。

"过两天成不成？"

"成啦成啦。"

"你弟，看我帮得上帮不上？"

红莲把他簇拥出门，他还没她高呢，哄孩子一般：

"去去去，狗拿耗子，我弟是乱儿搭，强盗头子，你帮不了。鲁大哈的，还来插一手。妈的，别拉扯！"

送走了客，红莲又回到屋子里，二人竟相对无言，各自讪讪的。

若他不是伤了，也不会待得这样久吧。她又只好找点活来干，弄点吃的去。

"贴张饼子你吃？"厨房里忙起来。又传来声音：

"还是热几个窝窝头。呀不，饼子吧？有猪头肉，裹了吃。"

"省点事就是。"志高出其不意试探他娘，"那武大郎是干什么的？"

"是个炒锅的。"

"卖什么？"

"多啰，什么炒葵花子、炒松子、大花生、五香瓜子……最出名的是怪味瓜子。"

"脖子才是怪。"

"从前他是个窝脖儿的。"

"哦——还以为身体出了毛病。"

志高夹着猪头肉，给裹在饼子里，一口一口地，吃得好不快活。

红莲坐到他的对面，很久没仔细端详这个长大了的孩子。

他来吃一顿，隔了好一阵，才来吃另一顿——那是因为他找不到吃的。

红莲没跟他话家常，也没什么家常可话，只是绕在那矮个子的脖子上聊，好像觅个第三者，便叫母子都有共同的话儿了。

"你知道，干他们这行，总是用脖颈来承担百多斤的大小件，走了十几里，沿道不能抬头，也不能卸下休息。"

"哪有不许休息的？"

"搬家运送，都是瓷器镜台脸盆什么的，贵重嘛，东家一捆起来，摆放保险了，用木板给放在脖颈上，从这时起就得一直顶着上路啦，不容易呀。"

志高想起他也许是长年累月地顶着，买卖干了半生，日子长了，大肉疙瘩便是折磨出来的——又是一个哈腰曲背的人。多了个粗脖肉瘤，那是老天爷送的，非害得他更像武大郎了不成，推也推不掉。

"武大郎姓不姓武？"

"啐，什么武大郎？"志高不提防娘啐他一下，想起小时候，有一天，她坚决地打扮着，插戴了一朵花。志高向她瞪着小眼睛。娘朝他啐一下："小子，瞪什么？要你爹在，你怎么会认不得娘？"说着夹了泪花千叮万嘱："以后就叫我姊，记得吗？叫，叫'姊'！"

"姊！"

"唔？"红莲应，志高神魂甫定，只好问道："姓什么的？"

"姓巴。"

"巴？"志高笑，"长得没有巴掌高的'巴'？"

"别缺德了。"

"好怪的姓，没我的姓好。"

红莲不知心里想着什么，忽而柔柔牵扯一下。踌躇着，好不好往上追溯？只是她不知道他跑到哪里去。一个男人不要一个女人，她往往是在被弃之后很久，方才醒过来，但没明白过来。这世界阴沉而又凄寂，仿佛一切前景转身化作一堵墙。

"你姓好，命不好。"红莲对志高道，"我是活不长了，只担着心，不知你会变成个什么样儿的。唉。"

"过一天算一天，有什么好担心？别说了。"志高不愿意重复方才刁刁叨叨，束手无策的话儿。他最拿手的功夫是回避，马上想以一觉来给结束了前因后果。

红莲喊他进房里，他道：

"我睡这。"指指墙角落儿。有意地不沾床边。

"睡床上吧？"红莲又赔着笑，也不勉强，"要不我也躺一会。"

好久没逮着这般的机会了，红莲像有好多话，待说从头。母子一高一下地对躺，稀罕而又别扭。志高一蜷身子面壁去。

"我也不想修什么今生来世。前一阵，四月八日不是佛祖过生日吗？庙里开浴佛会呢，我去求福了。我没敢进去，只在外头求，诚心就灵了。我求佛祖指点你一条明路——"

"不管用，狗头上插不了金花。"

"你会有好日子的。"

"好好好，要我有好日子，那你就不干这个了——"志高没说完这话。说不下去。哪有什么好日子？漫漫的一生，起步起得冒失，都是命，跟个灯篓风儿似的，一点儿囊劲也没有。比一个卖身的女人更差劲。志高想，唉，烂眼睛又招苍蝇，总之是祸不单行。

红莲倒是捡了这话："说真格的，要是不干这个，也不致饿死，我是对你不起。"

"你倒是让多少个男人睡了？"志高冒猛地回身问她。

红莲正思量该当怎么回答。

志高再问了："你倒是让多少个男人睡了？"

"怎的问起这个来呢？"

红莲迟暮的眼睛垂下来了，垂得几乎是睡死了，嘴角那微弯却是根深蒂固的，看清楚，原来这是天生的"笑嘴"。红莲也没看志高。儿子盘问起她的堕落经来了。

"志高，"她只得淡淡地道，"你长大了，难道不晓得，我只跟'一个'男人睡了！要不怎么有你呢？也许，你是到死都不原谅我，那由你——"

"姊——"

"哎，没人，你就别喊我姊！"

"不，喊着顺溜了，改不了。"志高试探：

"那姓巴的，瓜子儿巴，对你倒是不错吧？"

"都是买卖嘛，零揪儿的。"红莲道，"别胡说了。"

志高马上拿腔儿，装得欢喜轻松。

"喏，你当是为了我，别当为自己，对吧？你瞧你，擦了这许多的粉，还干巴疵裂的，打了这么多的褶子。嗳，再过一阵，穿得花巴棱登的，都不管用——"

"你看你这张损人的嘴——"

"不呢，我说的是真心话，你要是专门侍候一个，你想呢，哈，要不知道是谁得了美。我们都是断了腿的蛤蟆了——跳不了多高，我又没办法养活你……"

才在笑，打哈哈，志高没来由一阵心酸，这样的话，不知是什么话，志高说着，缓缓地把脸别过墙去。

转一下身，轻轻打个呵欠，再用手掌掩一掩嘴，手顺势往眼角一抹，就这样，把那将将要偷偷窜出来的泪水不经意地、也不着迹地，给抹掉了。

"我困了。"再也不打话。

红莲看不出什么来：

"不再聊一阵？"好不容易母子聊了一阵话，他竟又困了。

志高一睡，解了千古忧困。

黄昏时分，丹丹一个人来了。

志高还没有醒过来呢。丹丹摇晃他，唤："切糕哥，天亮了，起来了！"

他接近软化的四肢，开始有点知觉，腰酸背疼的，也不知睡了多早晚，太阳确已西下，还是熬人的，背上也就汗濡一片。志高擦擦眼睛，又醒过来了，以为是一天了，谁知还没过去。见着丹丹，只一个人，问：

"怀玉呢？"

"还说呢，唐叔叔生气啦，骂你，怀玉帮他收拾烂摊子，还不巴巴地跟着回家去？"

志高听了，口鼻眼睛都烦恼得皱成一团，像个干瘪老头儿，无限地忧伤。怎么解决呢？

只好把汗臭的上衣给换了，披件小背心，领丹丹出来。回头跟红莲道：

"姊，我走了。"

红莲眼看一个大姑娘，跟自己儿子那么地亲近无猜，心中不无拈酸醋意，到底是什么人？她一来，他就待不住了？也是个吃江湖饭的标致娃儿，轻灵快捷，几步就蹦出胡同口了。红莲目送二人走远。

"你姊真怪，不笑也像笑样。嗳，她瞪着我看，好愣，你姐怎么这么地老？那你娘不是更老了吗？你没娘，对吧？"

"丹丹——"

"什么？"

"没什么了。"志高回心一想，急急地说了，怕一迟疑，又不敢了，"丹丹，我还是告诉你吧，瞒下去是不成的，反正你迟早都会知道，我非卷起帘儿来唱个明白——"

"你说吧，啰里啰嗦的，说呀。"

"好，我说。"志高坚强地豁出去了，"刚才的，就是我娘。"

"哦？怪道呢，这么地老。"

"她是我娘，因为——她干的是'不好'的买卖，管我喊她姊……我此后也是喊她姊的。你就当给我面子，装作不知道。怀玉也是这样的。"

"好呀。"

"答应了？"

"好呀，我不告诉人家，我也不会瞧不起你们，你放心好了。"

"丹丹你真好。"

"我还有更好的呢！"

志高放宽了心，人也轻了，疼也忘了。自以为保了秘密，其实北平这么一带的，谁会不知道？不过不拆穿便了。亏志高还像怀里揣了个小兔子，一早晚怦怦直跳——也因为她是丹丹吧？

如今说了，以后都不怕了。

"你怎么不跟黄叔叔呢？你黄哥哥呢？现今下处在哪？来这耽多久？"

"哎，"丹丹跺足，"又要我说！我呀，才刚把一切告诉怀玉哥了，现在又要再说一遍。多累！"末了又使小性子，像她小时候，"我不告诉你。"

"说吧？"志高哀求似的，逗她，"我把我的都告诉你了。"

原来丹丹随黄叔叔回天津老家去，黄叔叔眼看儿子不中用了，也就不思跑江湖，只干些小买卖，虽是爱护丹丹，但小姑娘到底不是亲骨血儿，也难以照拂一辈子的。刚好有行内的，也到处矗竿子卖艺，便是苗师父一伙人，也是挂门的，见丹丹有门有户地出来，一拍胸口，答应照顾她，便随了苗家一伙，自天津起，也到过什么武清、香河、通县、大兴……大小的地方，现在来了北平，先找个下处落脚，住杨家大院，然后开始上天桥撂地摊去。

丹丹又一口气地给志高说了她身世。

"你本是黄丹丹，现在又成了苗丹丹。怎么揽的,越活越回去了？还是苗呢？过不了多久，倒变成籽了，然后就死了。"志高道。

丹丹嘟着嘴，站住不肯走了。

也不知是什么的前因后果呀。丹丹，她原来叫牡丹。"牡丹本是洛阳花，邙山岭上是我家，若问我的名和姓，姓洛名阳字之花。"——丹丹是没家的，没姓的，也配不上她的名的。花中之王，现今漂泊了，还没有长好，已经根摇叶动。真的，在什么地方扎根呢？是生是死呢？这么小，才十七，谁都猜不透命运的诡秘。志高被她的刁蛮惯住了——就像头憋了一肚子气的猫。明知是装的。

"你别生气，我老是说'死'，是要图个吉利，常常说，说破了，就不容易死了。"志高慌忙地解说。

"要死你自己死！"

丹丹说着，辫子一甩，故意往另一头走，出了虎坊桥，走向大街东面。

"丹丹，丹丹！"志高追上去，"是我找死，磕一个头放三个屁，行好没有作孽多，我是灰耗子，我是猪八戒……"

"哦，你绕着弯儿骂你娘是老母猪？"丹丹道。

"不不不。"志高急了，想起该怎么把丹丹给摆平？他把她招过来，她不肯，他走过去，因只穿件小背心，一招手，给她看胳肢窝，志高强调：

"我给你看一个秘密：我这里有个痣，看到吗？在这。嗳，谁都没见过的，看，是不是比你那个大？"

"嗳，真像个臭虫，躲在窝里。"

志高笑起来。

他很快活，恨不得把心里的话都给掏出来，一一地告诉了丹丹，从来没那么地渴望过。

真好，有一个人，听几句，抬杠几句，不遮不瞒，不把连小狗儿龇牙的过节儿记在心里，利落的，真心的，要哭要笑，都在一块……

咦，那么怀玉呢？

——忽地想起还有怀玉呀。

"丹丹，你先回家，我找怀玉去。"

志高别了丹丹，路上，竟遇上了大刘。他是个打硬鼓儿的，手持小鼓，肋夹布包，专门收买细软，走街串巷找买卖。许多家道中落的大宅门，都经常出入。

这个人个头高高，脸长而瘦，在盛暑，也穿灰布大褂，一派斯文。敲打小鼓儿，一边吆喝：

"旧衣服、木器，我买。洋瓶子、宝石，我也买……"

见到志高，大刘问：

"你姊在吗？她叫我这两天去看她的一只镯子。"

"不在。"志高回大刘：

"她不卖了。"

"'不卖'的是什么？"大刘也斜着眼问。一种斯文人偶尔泄漏出来的猥琐。

"镯子。"

"哦——"

志高只想着，娘仅有一只镯子，猜是下落不明的爹所送。卖了，反悔了，难免日思夜惦，总想要回东西。志高估摸娘实是舍不得，马上代推掉了。然后心里七上八落——钱呀，想个法子挣钱才是上路。

来到了怀玉的那个大杂院，远远便听得哭喊声，见一个呼天抢地的母亲，把孩子抱出来，闹瘟疹，死掉了。在她身后，也有四个，由三岁到十一二岁的。穷人就有这点划算，死掉了一个，不要紧，还有呢，拉拉扯扯的，总会得成长了几个，然后继承祖先的"穷"，生命香火，顽强地蔓延下去。

那伤心的母亲领了他兄弟姊妹，拿席子卷了尸首去——死了一个，也省了一个的吃食呀。志高心头温热，他竟是活着呢，真不容易。

敲了唐家的门子，一进去，不待唐老大作声，也不跟怀玉招呼，志高扑一下给跪下来："唐叔叔，我给您赔罪！"

唐老大气还没消，这下不知如何收拾他。

志高又道："对不起您，以后我也不敢搭场子了。"

说完了，起来逃一般地走了。

唐老大也不好再责怪什么了，看着他背后身影："这孩子就是命不好。"

怀玉跟他爹说：

"命好不好，也不是没法可想的。虽是谋事在人，成事在天，也得去'谋'呀——爹，我也不打算永远泡在天桥的，我明天跟李师父说去，让他给我正正式式踏踏台毯。"

"你去练功，我不数算就是，不过你去当跑龙套的，什么时候可以出头？连挣口饭吃的机会都没有！"

"我要去，不去我是不死心的。"

"你不想想我的地步？"

"爹，撂地摊吃艺饭又是什么地步？圣明极了也不过是天桥货。"

"没有天桥，你能长这么大？"唐老大气了——他也不愿意怀玉跟随他，永不翻身，永永远远是"天桥货"。但，怀玉的心志，原来竟也是卖艺。卖艺，不管卖气力卖唱做，都是卖。不管在天桥，抑或在戏园子，有什么不同？有人看才有口饭吃，倚仗捧场的爷们，俯仰由人，不保险的，怀玉。

唐老大要怎样劝说那倔强的儿？

"谁有那么好运道，一挑帘，就是碰头彩？要是苦苦挣扎，扯不着龙尾巴往上爬，半生就白过了。"

他说了又说，怀玉只是坚持，强强老半天："千学不如一唱，上一次台就好！"

唐老大明知这是无以回头的。当初他跟了李盛天，早已注定了，怎么当初他没拦住他？如今箭在弦上。唐老大一早上的气，才刚被志高消了一点，又冒了：

"你非要去，你去！你给我滚！"

一把推走这个长大了的儿子。

怀玉踉跄一下，被推出门去了。

唐老大意犹未足：

"你坍了台就别回来！"

然后重重地坐下来。孩子，一个一个，都是这样：以为自己行，马上就坍台了，残局还不是由连苍蝇也不敢得罪的大人来收拾么？早上是志高，晚上是怀玉，虎背熊腰的粗汉，胡子就这样地花白起来了，像一匹老马，载重的，他只识一途，只得往前走，缓缓地走着，是的，还载重呀，终于走过去。他多么希望他背负的是玉，不是石头。怀玉，自己不识字，恳请识字的老师给他起个好名儿呢，怀的是玉。没娘的孩子，就算是玉，也有最大的欠缺。唐老大想了一想，便把门儿敞开，正预备把怀玉给吆喝进来了。

谁知探首左右一瞧，哪里还有他的影儿？做爹的萎靡而仓皇。

——孩子大了，长翅了。

从前叫他站着死，他不敢坐着死。

赶出门了，却瑟缩在墙角落，多么地拧，末了都回到家里来。

啊一直不发觉他长翅了。

他要飞，心焦如焚急不及待地要飞。孩子大了，就跟从前不一样了。

怀玉鼓起最大的勇气，恭恭敬敬地等李盛天演完了一折，回到后台，方提起小茶壶饮场。觑着有空档，企图用三言两语，把自己的心愿就倾吐了——要多话也不敢。他一个劲地只盯着师父一双厚底靴：

"——这样地练，天天练，不停练……不是'真'的呀。反正也跟真的差不多了，好歹让我站在台上，就一次……"

李盛天瞅着他，长得那么登样，心愿也是着迹的：要上场！

"哦，你以为上台一站容易呀？大伙都是从龙套做起。"

"您让我踏踏台毯吧，我行。"

"行吗？"师父追问一句。

"行呀行呀，一定行的，师父，我不会叫您没脸，龙套可以，不过重一点的戏我也有能耐，台上见就好。"

李盛天见这孩子，简直是秣马厉兵五内欢腾，颜面上不敢泄漏出来，一颗心，早已飞上九霄云外。

师父忍不住要教训他：

"你知道我头一回上场是什么个景况？告诉你，我十岁坐科，夏练三伏，冬练三九的，手脸都裂成一道血口了。头一回上场，不过是个喽啰……"

李盛天的苦日子回忆给勾起来了，千丝万缕，母亲给写了关书，画上十字，卖身学习梨园生计，十年内，禁止回家，不得退学，天灾疾病，各由天命。他的严师，只消从过道传来咳嗽声，师兄弟脸上的肌肉会得收紧，连呼吸都变细了——全是"打"大的。一个不好，就搬板凳，打通堂。

那一回夏天，头上长了疖疮，上场才演一个龙套吧，头上的疮，正好全闷在盔头里，刚结的薄痂被汗汇水洗的，脱掉了，黄水又流将出来。就这样，疼得浑身打颤，也咬着牙挺住，在角儿亮相之前，跑一个又一个的圆场……

怀玉虽是苦练，但到底是半路出家的，没有投身献心地坐过科。

比起来，倒真比自己近便了，抄小道儿似的。

李盛天没有把这话说出来，他不肯稍为宠他一点，以免骄了——

机会是给他，别叫他得了蜜，不识艰险。

怀玉只听得他可跟了师父上场，乐孜孜，待要笑也按捺住。一双眼睛，闪了亮光，把野心暗自写得无穷无尽。这骗不了谁，师父也是过来人。好，就看这小子有没有戏缘，祖师爷赏不赏饭吃，自己的眼光准不准。功夫不亏人，功夫也不饶人。怀玉的一番苦功，要在人前夺魁，还不是时候；龙套呢，却又太委屈了。李盛天琢磨着。

"这样吧，哪天我上'华容道'，你就试试关平吧。我给班主说去。不过话得说回来，几大枚的点心钱是有，赏的。份子钱不算。"

——钱？不，怀玉一听得，不是龙套呀，还是有个名儿的角色呢，当下呼啸一声……

"怀玉哥，有什么好高兴的事儿？"

在丹丹面前，却是一字不提。

对了，告诉她好，还是瞒着呢？

头一回上场，心里不免慌张，要是得了彩声，那还罢了；要是像志高那样，丢人现眼的，怎么下台？还不知道会有什么结果？心高气傲，更是输不起的人。

不告诉她，不要她来看——要她看，来日方长呀，她准有一天见到他的风光。怀玉倒是笃定。在关口，别叫一个娘们给影响怵阵了。卡算着，就更不言语了。

丹丹跟怀玉走着路，走着走着，前面胡同处青灰色的院墙里，斜伸出枝叶繁茂的枣树枝来。盛夏时节，枣儿还是青的，四合院里有个老奶奶，坐在绿荫下，放上两个小板凳，剥豆角。

蝉在叫。怀玉伸手想摘几个枣儿来解渴。手攀不上呢，那么地高。只因太乐了，怀玉凭着腰腿，一二三蹦地站上墙头，挑着些个头大的，摘一个扔一个，让丹丹给接住，半兜了，才被奶奶发现："哎呀，怎么偷枣儿呢！"她忙赶着。

怀玉道："哈，值枣班来呢。早班晚班都不管用了！"丹丹睨着这得意非凡地笑的怀玉，正预备跳下来。

还没有跳，因身在墙头，好似台上，跟观众隔了一道鸿沟。丹丹要仰着头看怀玉，仰着头。真的，怀玉马上就进入了高人一等的境界了。心头涌上难以形容的神秘的得意劲，摆好姿势，来个"云里翻"。

往常他练云里翻，是搭上两三张桌子的高台，翻时双足一蹬，腾空向后一蜷身……好，翻给丹丹看，谁知到了一半，身子腾了个空，那老奶奶恨他偷枣儿，自内里取来一把竹帚子，扔将出来，一掷中了，怀玉冷不提防，摔落地上。猛一摔，疼得揪心，都不知是哪个部位疼，一阵拘挛儿，丹丹一见，半兜的枣儿都不要，四散在地，赶忙上来待要扶起他。

怀玉醒觉了，忍着——这是个什么局面？要丹丹来扶？去你的，马上来个蜈蚣弹，立起来，虽然这一弹，不啻火上加了油，浑身更疼，谁叫为了面子呀？便用手拍给掉了土，顺便按捏一下筋肉，看上去，还像是掸泥尘，没露出破绽来。忍忍忍！

"怎么啦？"

"没事。"怀玉好强，"这有什么？"

"疼吗？"

"没事。走吧。"怀玉见老奶奶尚未出来拾竹帚，便故意喊丹丹，"枣儿呢？快给捡起来，偷了老半天，空着手回去呀？快！"

二人快快地捡枣儿。看它朝生暮死的，在堕落地面上时，还给踩上一脚。直至老奶奶小脚叮咚地要来教训，二人已逃之夭夭。丹丹挑了个没破的枣放进嘴里：

"唶，不甜的。"

怀玉痛楚稍减，也在吃枣。吃了不甜的，一嚼一吐，也不多话。

丹丹又道：

"青楞楞的，什么味也没有。"

见怀玉没话，丹丹忙开腔："我不是说你挑的不甜呀，嘎，你别闷声不吭。"

"现在枣儿还不红。到了八月中秋，就红透了，那个时候才甜脆呢。"

"中秋你再偷给我吃？"

"好吧。"

"说话算数，哦？别骗我，要是半尖半腥的，我跟你过不去！"

"才几个枣儿，谁有工夫骗你？"

"哦，如果不是枣儿，那就骗上了，是吗？"

怀玉拗不过她，这张刁钻的嘴。只往前走，不觉一身的汗。丹丹在身边不停地讲话，不停地逗他："你跟我说话呀？"

清凉的永定河水湛湛缓缓地流着，怀玉跑过去在河边洗洗脸，又把脚给插进去，好不舒服，而且，又可以避开了跟丹丹无话可说的僵局。她说他会骗她，怎么有这种误会？

丹丹一飞脚，河水撩他一头脸，怀玉看她一眼，也不甘示弱不甘后人，便还击了。

玩了一阵，忽地丹丹道：

"怀玉哥，中秋你再偷枣儿给我吃？"

他都忘了，她还记得。怀玉没好气：

"好吧好吧好吧！"

"勾指头儿！"

丹丹手指头伸出来，浓黑但又澄明的眼睛直视着怀玉，毫无机心地，不沾凡尘地，她只不过要他践约，几个枣儿的约，煞有介事。怀玉为安她的心，便跟她勾指头儿。丹丹顽皮地一勾一扯，用力地，怀玉肩膊也就一阵疼，未曾复元，丹丹像看透了："哈哈，叫你别死撑！"

又道："你们男的都一个样，不老实，疼死也不喊，撑不了多久嘛，切糕哥也是——咦？我倒有两天没见他了，你见过他没有？"

"没有。平常是他找我，我可不知到哪里找他，整个北平都是他的'家'，菜市的席棚、土地庙的供桌、还有饭馆门前的老虎灶……胡同他姊那里倒是少见。"

"他的'家'比你大，话也比你多。你跟我说不满十句，可他都是一箩筐一箩筐地给倒出来呢。"

"他嗓子比我好嘛。"

"这关嗓子什么事？——这是舌头的事。"丹丹笑，"他有两个舌头！"

"你也是。"怀玉道。

二人离了永定河，进永定门，走上永定门大街，往北，不觉已是前门了。

前门月城一共有三道门，直到城楼的是前门箭楼。北平有九座箭楼，各座箭楼的"箭炮眼"，直着数，都是重檐上一个眼，重檐下三个眼；横着数就不同了，不过其他八座箭楼都是十二个眼，只前门箭楼有十三个眼。为什么会多出一个眼来？久居北平城的老百姓都不了了之。

正是多一事不如少一事了。

悠悠地走着，又过了半天。

忽然，前边也走着一队来势汹汹的人呢。说是来势汹汹，因为是密密匝匝的群众。还没看得及，先是鼎沸人声，自远远传来，唬得一般老百姓目瞪口呆。在没搅清楚一切之前，慌忙张望一下，队伍操过来了，便马上觅个安全的栖身之所，只把脑袋伸张一点——

一有不对，又缩回去了。"弹打出头鸟"，谁不明白这道理？都说了几千年了。

怀玉拉着丹丹站过一旁，先看着。

都是些学生。是大学生呢。长得英明，挺起胸膛，迈着大步。其中也有女的。每个人的眼神，都毫不忌惮地透露出奋激和热情，义无反顾。

大家站到一旁，迎着这人潮卷过来。

队伍中，走在前头的一行，举起一面横布条，上面写着："把日本鬼子赶出东三省！"后面也有各式的小旗帜、纸标语挥动着，全是："反对不抵抗政策！""出兵抗日！""抵制日货！""反对廿一条！""还我中国！"……

人潮巨浪汹涌到来，呼喊的口号也震天响至，通过这群还没踏出温室的大学生口中，发出愚钝的老百姓听不懂的怒吼。

"他们在喊什么？"

"说日本鬼子打我们来了。"怀玉也是一知半解的。

"怎么我们都不知道呀？"丹丹好奇问。

"听是听说过的，你问我我问谁去？"天桥小子到底不明国事。

"唐怀玉！"人潮中竟有人喊道。

怀玉一怔，听不清楚，估道是错觉。

在闹嚷嚷的人潮里，跑出一个人。是一个唇上长了几根软髭的青年人，面颊红润，鼻头笔直，眼神满载斗志。

怀玉定睛看看这个头大的学生，啊原来他是何铁山。

"何铁山，认得呀？小时候在学堂跟你打上一架的何铁山呀！"

怀玉记起来了，打上一架，因为这人在二人共用的长桌子上，用小刀给刻了中间线，当年他瞧不起怀玉呢，他威吓他："你别过线！"怀玉也不怕："哼！谁也别过线！"

后来是谁过了线？……总之拳脚交加了一阵，决了胜负。怀玉记起来了。目下二人都已成长。何铁山，才比自己长几岁，已经二十岁出头吧。他家趁有点权势，所以顺理成章地摇身一变，成为大学生；自己呢，还是个没见过世面的雏儿。真的，谁胜谁负？

只是何铁山再也不像当年的幼稚和霸道了，少年的过节，并没放在心上。他英姿勃发，活得忙碌而有意义，读书识字，明白家国道理，现在又参加反日集会，游行示威。

因为家道比较好，懂得也比较多，真的，他变了——惟一不变，也许是这一点执著：

"你别过线！"

谁"过了线"，他便发难。

何铁山递给怀玉一沓油印的传单纸张，道："唐怀玉，拜托你给我们派出去，请你支持我们，号召全国人民抗日、反侵略。你明白吗？现在东北辽宁、吉林和黑龙江三省，两百万平方里领土、三千万个同胞都已沦于敌手，很快，他们就会把中国给占领了……"他说得很快、很流利，自因不停地已宣传过千百遍了。只听得怀玉一愣一愣的。

何铁山一口气给宣传完毕，挥挥手，又飞奔融入队伍中，再也找不着了——在国仇家恨之前，私人的恩怨竟然不知不觉地，一笔勾销。

丹丹犹满怀兴奋，追问着零星小事：

"你跟他打上一架？谁赢了？"

"你说还有谁？"怀玉道。

"哼，是那大个子赢的！"丹丹故意抬杠，"你看是他跑过来喊你。"

"输的人总比赢的人记得清楚一点。"怀玉道。

"我不信！"

娘们爱无理取闹，你说东，她偏向西，都不知有什么好玩儿。怀玉只低首把那宣传单浏览一遍。他觉得，这根本不是他的能耐，多可笑，"号召全国人民抗日"，什么叫"号召"？"全国人民"有多少？怎样"抗日"？该如何上第一步？怀玉皱着眉，那横冷的一字眉浓浓聚合着。

丹丹偏过头望他，望了一阵，见他不发觉，便一手抢了单张去。

"我也会看呢。喏，这是'九一八'，九一八什么什么，日本什么华，行动，什么什么暴露……"

"阴谋！"

"阴谋？是说日本鬼子使坏？是吧？他们要来了，怎么办？"

"呀，不怕，咱有长城呢。"怀玉想起了，"北方的敌人是攻打不过来的。"

"对——不过，如果敌人从南面来呢？"丹丹疑惑。

"没啦。不会的，南面的全是我们自己人嘛。攻什么？都是外头乱说的荒信儿，消息靠不住。"

当下，二人都仿佛放下心来。而队伍虽然朝西远去了，谁知措手不及地，竟又狼奔豕突，望东四散逃窜了，好似有人把水泼进蚂蚁的窝里，性命攸关。

"警察来了！警察来了！"

对，是来驱赶镇压的。手无寸铁的大学生们都只好把旗帜、标语一一扔掉了。"把日本鬼子赶出东三省"的横布条，被千百双大小鞋子给踩成泥尘。鬼子没赶着，警察倒来赶学生，从前当差的老对付书生，今天警察又爱打学生——看来只为赢面大。然而，输了的人总是永远记得的。比赢的人清楚。未几，满世又回复了悠闲，"全国"都被置诸脑后，好像只发生过一场硬生生搭场子的评书。一个人讲完整个简单的故事。

一鸡死一鸡鸣，倒是传来清朗的喊声："本家大姑奶奶赏钱一百二十吊！"

原来自西朝东这面来的，是有钱人家抬扛的队伍呢。这是大殡，丧家讲究体面。有人敲着响尺，远远听见了。

抬扛的一齐高喊："诺！"

丹丹忙瞪着眼睛看那打执事的，举着旗、锣、伞、扇、肃静回避牌、雪柳、小呐。吹鼓手、清音、乐队也列队浩荡前进。很多人都尾随着围观。

本来街上那吹糖人的，正用小铁铲搅乱铁勺内的糖稀，两手拿起一点儿揉弄成猪胆形，预备在折口的管上吹几下，小金鱼还没吹成，孩子们全都跑去看人撒纸钱了。

只见一辆人力车，拉着百十多斤成串的纸钱，跟在一个老头儿身后，老头儿瘦小枯干，穿一件白孝衣，腰系白布孝带，头戴小帽，两眼炯炯有神，走在六十四人扛的大殡队伍前面，取过一沓厚纸钱，一哈腰，奋力一撒，撒上了半空。

这沓白色的圆钱，以为到了不能再高的位置，却又忽地扭身一抖，借着风势，竟似一只一只圆圆的中间有个洞洞的大眼睛，飘远飘高，风起云涌，兀自翻腾，天女散花，在红尘中做最后一次的逍遥。

人们看他撒纸钱，依依不舍，万分地留恋，这盛暑天的白雪，终于软弱乏力地漂泊下堕了，铺满在电车轨上，没一张重叠。

队伍寸进，丹丹瞥到那老头儿，下巴颏儿一撮黑毛。丹丹情不自禁地扯着怀玉："看他的毛多怪！"

"这是鼎鼎大名的'一撮毛'呢！他撒纸钱最好看了！"怀玉道，"绝活儿！"

人人都来看，因为"好看"，谁又明白丧家的心意呢？逢遇庙宇，穿街过巷，一连串地撒，为的是要死者来世丰足。然而他生未卜，今生却只是一些虚像。打执事的，现钱闲子，反而是因着领"现钱"，便更加落力吆喝。

那清朗的喊声又来了：

"本家二姑奶奶赏钱一百二十吊！"

气盛声宏，腔尾还有余音，这不是他是谁？怀玉和丹丹马上循声给认出来了：

"切糕哥！""志高！"二人几乎是同时地唤着。

天无绝人之路，志高不知如何，又给谋得这打执事的差使。跟他一块的，都是年纪差不多的十几二十岁的男孩，打一次执事，可挣几吊钱，要跟了一撮毛爷爷后面呢，打赏还要多一点，志高因为嗓子好，被委以重任。看他那副得意劲，仿佛是副领队。

怀玉过去，在大殡行列旁，捶他一下："好小子！真有瞧头！"

在人家的丧事中，两个人江湖重遇了，又似长大了一点——怀玉更是无法敛着了，他撇开丹丹，向志高低首沉声地讲了他的大志：

"李师父说……"

志高一壁把厚纸钱递与一撮毛，一壁跟怀玉二人犯彪了地笑将起来。

别看一撮毛是个老头儿，他的眼神可真凌厉，一瞥着志高不专心，瞪他一眼，暗道：

"你别混啦，吓？要有点道德，人家办丧事，咱要假科子可得了？"

怀玉识趣。志高跟他打个眼色，二人分手了，怀玉才记起丹丹等在一边。

丹丹追问："嗳，你跟他抹里抹登的，有什么瞒人的事？"

"没有呀。"

"有就是有。你告诉我？"

"没有就是没有。"

"人家跟你俩这么好，你都不告诉？切糕哥什么都告诉我的。"

"以后再说吧。"

"你说不说？我现在就要知道，说嘛——"

"毛丫头甭知道得太多了。"

"说不说？真不说了？"鼓起腮帮子，撒野，"真不说？"

丹丹说着，又习惯性地辫子一甩，故意往大街另一头走去了，走了十来步，以为怀玉会像志高般，给追上来，然后把一切都告诉她，看重她、疼她。在她过往的日子里，她的小性子，往往得着满意的回应。

咦？一点动静都没有，她垂着长睫毛，机灵的黑眼珠偷偷一溜。

这个人！哦？眼看自己拧得没边儿，不搭理啦，只摇摇头，就昂然走了。

丹丹恨得闹油儿，他恼撞她了！

演义小说中，关公面如重枣、卧蚕眉、丹凤眼。李盛天揉了红脸后，眉勾蚕，眼勾凤，并无其他花纹，只脑门有一冲天纹，暗示他日后为人所害，不得善终。又因唱戏的一直敬重关公，不敢真像其貌，故在鼻窝旁边点颗痣，名曰"点破"。

李盛天净身焚香勾脸后，在后台便不苟言笑，一字不答，任从身边人来人往，只闭目养神。

今天上的是"华容道"。三国时，群英会集，尔虞我诈，孔明定计借东风，火烧连环船，至东风起时，周瑜差人杀之，亮由赵云接应，返回夏口，并命赵云张飞劫杀曹军。曹操败走华容道，为关羽所阻，操知关喜读《春秋》，素讲信义，以此动之，关义释曹，自愿回营请罪。

怀玉第一次在广和楼登台，他今天要演的是关平，关平乃关羽之子，也是个有名有姓的。怀玉老早就到了后台，挑了一双略为合脚的厚底靴，用大白刷好，又整理他的软靠——因与关公配合时，关平不扎硬靠。也好，总是一身的"靠"，还有腰间一把宝剑，头上一顶荷盔。这行头，怀玉摩挲了老半天，拎了又放，放下又拎。

管箱师父见了不耐烦，粗气地问：

"你演什么呀？"

"'华容道'！"

"这个我当然知道，是什么角色？"

"关平。"

"哈哈哈……"他仰头笑起来，"你这小子，我还以为你不是曹操就是关羽呢，才关平！去去去！站过一旁凉快去，一会儿有你穿的。"说完又忙他的了。

管箱师父一番无心的话，直刺进怀玉心底，他咬着牙，屈辱而又无奈地，只得站过一旁了。

看那李师父，龙冠上绒球儿如火焰，手把上偃月刀泛青磷，金杆光闪闪，气度寒凛凛……

上了场，角儿们在彩声中演完一台戏。那关平，即使他扮相多么地俊，就一直抱着个印盒，站在关公身后，动也不动，等到幕下。

台上的情情义义，聚聚散散，一切于他，似是莫名其妙的身外事。

在三国戏中，小小一个关平，只是各路英雄好汉中间的陪衬品，为了画面好看，才有这个人。一身的银蓝，衬以黄绫裹着的印盒，抱着它，极之架势，在台的一角，静观台上演着的戏，一时间自己也不过是个观众。

因为如此地空闲，刚上场还有点紧张，慢慢地就发觉：他是不重要的，没有人会特地留意他的表现。他虽没有欺场，只是却有工夫放眼台下众生了。

一张张大长桌顺着舞台成行摆放，桌旁分放两条大长凳，看客们对面而坐，分别将头向左或向右扭向舞台看戏。时间一长，他们不免向反方向转动转动，否则脖子就太吃力了。他们喝茶水嗑瓜子，卖糖果的小贩在穿梭，手巾把儿在他们头上扔来扔去，满场飞舞……志高，他的把兄弟，正在墙边一角，交架着手，盯着自己呢。

"唉，上场上场，就光是上了场，老老实实地足足儿站了半天，我看着也拘挛儿。"

下场的时候，志高不客气地，又损了怀玉一顿："在地摊子上作艺，好歹也是站在场中间，局局面面的。"

怀玉不答他。心下也是七零八落，颜面上又抹不开。只好坚持："我是头一回嘛，先亮个相。"

"宁为鸡首，才不作牛后呢。"志高不忿。

李师父过来了，问：

"你觉摸着是怎么个滋味儿？"

怀玉马上站起来："我还是要演下去的！"

"好！"李盛天点点头，"什么角色都得演，观众心里总是有底的，别想一步登了天。"

待李盛天一走开，志高朝怀玉会心一笑：

"你呀，就是想一步登了天，别以为大伙不知道。"

怀玉只叮嘱："今天踏台毯的事，不要告诉丹丹。"

"哦？"志高笑，"怕丢不起了你？"

怀玉把油彩给抹掉了，他又回复天然。扪心自问，一切自是因师父的成全。他来到李盛天的座前，道：

"师父，不管你要我演什么，我都上。我会饮水思源。"

"成！有这个心就好了。"

怀玉瞥到彩匣子旁，有一本《三国演义》，翻开了的，字里行间还有许多红道道。师父顺他眼神看去，便问：

"现在还看书不？"

"有空也看，不过字认得不多，一边看一边猜，大概也有点准儿。"

"这就是了，怀玉，"李盛天道，"唱戏的叫人瞧不起，就是因为欠点书底子。咱科班里出身的孩子，读书少，你要是多求知识，多写几个字，揣情度理，就会比别人强。"

每一个丧失读书机会的老人家，巴不得他的下一代多翻几页，把自己失去的，又给补偿回来了。爹这样说，师父也这样说，怀玉顶着上一代的冀望做人，怀玉不是不明白。不过对志高来说，读书比较奢侈，填饱肚子是真理。他问："喂，你分头大吧？"

"没什么。"

"没？"志高怪叫，"起了半天云，下不了几点雨，这种馊差事也肯干？"

怀玉回到家里，一言不发——谁知唐老大暗地里已到场看了，心里有数：

"上场倒是矩矩的，没有忙爪儿。"

怀玉一听，知道爹并没固执到底，当下眼睛一亮，道：

"爹，下回吧，下回一定更好的。"

赢了爹的体谅，怀玉却也不宽心，因为，丹丹生气了。

这三天，不管在天桥，在陶然亭，在虎坊桥，即便是小摊子上喝油茶吧，那人刚用高大的红铜水壶给冲了一碗用白面加牛骨髓油炒的茶，并放入芝麻、松仁、核桃仁等，烫烫一大碗，端起来，见丹丹走过，喊她，递上去，丹丹却正眼不瞧一下，转身扬长而去。

怀玉捧着茶喝，呆了半晌，不知如何是好。

怀玉只道自己没错，又没得罪她，怎的惹她生气来了？不瞅不睬的，怪难受。只不过少说几句话吧，不定什么都得让她知道了？只好由丹丹去。

——但，这样地过了三天，三天里见不着她音容，若有所失，若有所待。

怀玉肺腑辗转着，似被扰乱了。

幸好今天夜戏里，师父着他演马僮，有点造功，岔了不宁的思绪。

李盛天的项羽，闻得幕后"挑子"喇叭声吹成马嘶，霸王已是末路，见马亦悲鸣，忙着马僮牵马举鞭上场。怀玉来至"大边"的台口，一轮急牵力扯，把马镇住，待项羽于虞姬身畔，强忍难过，唱散板：

"乌骓它竟知大事去矣，因此上在枥下咆哮声嘶……"然后抚马恋马，不舍。最后，不得不让马僮给牵下去了。

怀玉出下场门，他的戏演完了。把马鞭小心地放好，然后闷闷地嘘一口气。

魏金宝，这与怀玉一同长大的男孩，分行之后，专攻旦角。金宝比他长几岁，今年也二十出头了，风华正茂，在班里也成角儿了。当年他不过是"四五花洞"里头真假潘金莲之一；熬了七年，终于成了"拾玉镯"里头惟一的孙玉姣，真不容易。

也许戏演多了，平素也忘记了自身是谁，总是翘起兰花指，用小牙刷蘸牙粉，把他匣子里的头面，仔细地仔细地刷一遍，无限爱恋。缤纷闪亮的，尽是泡子、耳环、太阳花、顶花、正凤、边凤、上中下廉、耳挖子、双面簪、十簪、泡条……像是虚妄的仙境，寄住的。

金宝爱护着嗓子，镇日说话都不动真气，只阴阴细细。怀玉的行当是武生，跟金宝不一样。金宝倒是跟他投缘，每当有人取笑他娘娘腔，总是逃到怀玉身边。虽则怀玉也是小角色，可因寡言沉实，不论是非，相安无事。

金宝关心地问："怎么啦？心里不痛快？"以为是嫌戏份少。

"你是好料子，学艺全靠自用功，师父是引路人。再熬一阵，就成啦，到那个时候我跟你合演一台。"

"不是的。"怀玉的心事只有自己知道——是不痛快，不过⋯⋯

"你告诉我吧，别憋在心里了。"金宝凝望着他，"如果是志高那小子——"

怀玉心想，怎的每个人都要听他心里的话呢？到底心里有没有话？简简单单的一桩事儿，自家的事儿，哪有什么？世上各人都爱小事化大。怀玉也不是个一点点就瞎拉呱的人呀，当下只推却了金宝。

"金宝哥，我没事。"

魏金宝以眼角送怀玉离了广和楼。

志高倒是数落了他一顿：

"你当然得罪她了！她恼你对她不好，三拳打不出一个闷屁来。龙套就龙套，谁没当过龙套？有人一辈子还是龙套呢。明天一大早请罪去！"

早晨，太阳还没有来得及亮相，由志高出面把怀玉押送到丹丹的下处——杨家大院去。

这大杂院里有十多间房呢，住上了很多家子，坷坎儿吗杂儿都是跑江湖、做买卖。有卖布头的、收破烂的、卖故衣的、变戏法的、还有耍猴的。一进门，就有一只猴儿翻个筋斗，给他俩作揖来了。志高像是志同道合，给它还礼，喊了声："兄弟你早。"

练功的，出门到陶然亭去了。卖豆汁的，也开始把大缸中储存了一天一夜的绿豆汁，经过沉淀，撇出浆水，放入砂锅中熬煮，待它煮阵，酸甜适度，便给挑出去卖……

每家每户每个人，都忙着。苗师父等几个摔跤好汉，正预备出门。没有丹丹份？好生奇怪。志高问：

"丹丹呢？"

苗家不认得二人，只是站住。

怀玉有点大舌头了：

"——我们找丹丹有事。"

其中一个抖空竹的师妹想起来了：有一天，这两个男孩跟丹丹打过招呼，说都是行内的。小不点先瞅二人会心抿嘴，然后跑至北屋檐下，又笑："丹丹！"

呀，原来她一清早洗头发。辫子散了，披了一身，正侧着头，用毛巾给擦干梳好。二人满目是块黑缎，吓了一跳。

黑缎。

怀玉简直为丹丹的一头长发无端地惊心动魄了。他从来都没想象过，当她把辫子拆散之后，会是这样的光景。浓的密的，放任地流泻下来，泛着流光，映着流浪。几乎委地，令他看不清她的本来面目，这仿如隔世仿似陌路的感觉，非凡的感觉。

真的，怀玉已来不及细看她，他竟然拒绝堂堂正正地跟她的眼神对上了。在清晨的微风中，纵有千般燠热，因这奇特的流光，令他年青的心，跳了又跳。

在怀玉简单的生命里，十九年来，他第一次完全见不着志高，只见着丹丹。迷糊、浮荡——但又是羞耻的。他的心，跳了又跳，跳了又跳。

只听见志高跟丹丹的小师妹道：

"我们来看病，听说丹丹病了。"

"她没病呀。"

"有。她是闹瘟，病重了，认不得人，她都认不出我俩来。"

"哼，谁说认不出？"丹丹嗔骂。

"药给送来了，你别嘴硬。"志高掏出一个八卦形的小锡盒，写着"长春堂"三个字，硬递给丹丹看，还顺口溜，"三伏热，您别慌，快买闻药长春堂，抹进鼻子里通肺腑，消暑祛火保安康！"

唱着打开盒盖，用食指蘸上一点儿土红的避瘟散末，拇指食指一捻，再往鼻孔一揉，闭口深吸气。

来自天津的姑娘家，哪里知道这前门外鲜鱼口长巷头条北口的长春堂避瘟散？小师妹忙学志高一吸。丹丹好奇，也蘸一点儿。

但觉一股清凉从鼻而入，沁入肺腑。丹丹玲珑的双目紧闭时，长睫毛俏皮地往外卷，那么煞有介事地闻药，好像马上会上了瘾，永世戒脱不得。

志高取笑："说闹瘟就是闹瘟，这下可好了点吧？——送你。"

"不便宜吧？"

"才几枚铜板，救人一命，胜造七级浮屠。只要你见了我俩，特别怀玉哥，嗳，扭身走了，就是给脸不要脸。"

"哼，"丹丹又朝怀玉一瞪，"这个人才是给脸不要脸。往后你有什么事，看我问不问？才不理呢。我跟你又不亲。"

果真扭身便走，一旋之下，黑发罗伞一般乍张乍聚，怀玉急了，一揪便揪住，疼得丹丹哎唷一声。

怀玉道："丹丹，别走，我告诉你好了——"

"我不听，你放手！"丹丹嚷。

怀玉缩了手，歉意更深了。呆看着自己的手，脸热起来。本来不粗的手，练功过度，结了些茧，被那柔柔的长发掠过，这种感觉，不管在什么时候，都会得记起来。

志高在一旁恨恨，眼看摆平了，又来一趟暴力斗争，怎么结局呢？

便也手忙脚乱地给丹丹揉揉。问：

"疼吗？"

"疼呀！我这样吊辫子，脑仁儿常疼的，一闹起来，像个锥子直往骨头里钻。"丹丹诉苦。

"……我让你打我一顿来消消气吧。"怀玉窘道。毫无求和的经验。

"那敢情好，你自己送上门的——"话还未了，丹丹果然就给怀玉一个耳光。响亮的，不太疼，但也不能说不疼。怀玉不虞有此，不知所措。

丹丹也没想到说打就打，还下卯劲，只好打圆场：

"好，仇也报了。我不生气了。"

心底倒是十分不忍，慌乱，嗳，怎的真打了呢？撅他二十句不就完了吗？

当下，二人便言归于好。

丹丹忘了追问怀玉瞒人的事儿了。只把半湿的长发，给扎成紧密辫子。等干透之后，又是上场作艺的时候了。生命系于千钧一发之间，于她也是等闲。

志高二人闲坐无聊，在院中就丹丹的长发来打话，方知她打七岁起，十年来也没修剪过，由它长着。天天地扎。天天地吊。

"这营生真不好，天天把脸皮往后直扯，日子久了，脸皮都扯松了，二十岁就得打折子。唉，这么年青的花就谢了，唉，好苦呀！"志高夸张地欷歔。

丹丹强了："苦什么？好花由它自谢！"

"什么叫'好花由它自谢'？"

"谁知道。反正是我好不好，用不着你们担关系。"

"这话可就不算是你说的，听回来的对不？"志高道。

"对呀，落子馆里听回来的。"

怀玉没什么话说，只顾游目丹丹这杨家大院，虽则是简陋而又杂乱，但那木窗上，也糊上了冷布，还挂了旧竹帘子呢，日头上了，云天朗朗，麻雀自檐头跳下来觅食。檐下种上一两架藤萝花，看上去甚是繁茂。早春的花缨还是嫩绿，慢慢才变了颜色，到了盛夏，阳光照耀下，它一串串、一簇簇，放出昏暧的香，淡紫的、牵缠的小花，蜜蜂在上头乱飞。忽见金光一闪，原来有极小的蜘蛛拖着极细的游丝，自架上坠下来，闪耀在日影中……岁月便一闪一闪地，过去了。怀玉昏昏暧暧。

北平一年到头少雨，不过在夏末，雨水总是淋涔不断，几乎一年的雨，都集中到这两个月来了，来势汹汹，下水道不及疏通，便到处聚水，胡同里、院子里，常是一个个的小池塘。

如果那雨是午后才下，不消一会定是雨过天青；但若是一早便下的，多半会下足整天。

才开摊子不久，西北天边一丝雨云，凉飙一卷，马上发作了，雨开始自缓而急。天桥因这一阵雨，各地摊子不得不散，有的赶紧回家去，有的拎了家伙，找个地方避雨去，便聚到落子馆。

行内的几伙人，不免于此坤书茶馆中碰上了，苦笑着打个招呼：

"辛苦了！唉，看这雨，真不知下到什么时候！"

天桥一带有很多茶馆，清茶馆、戏茶馆、棋茶馆、书茶馆。

客人都是茶腻子，或有来饮茶消磨时光的，或有打鼓儿的来互通收买旧货情报的，或有来放印子钱的……不过更多是没业的，沏壶茶，吃点大八件、糟子糕、糖豌豆，就着桌上长方条画上棋盘的薄板来对弈，纸上用兵。

忽闻一轮急鼓，敲击动了一众神魂。

这些个失意的官僚、老去的政客，或人海中微末不足道的百姓，一齐扭过头来，看这"聊聊轩"中小小的台子，一幅画板，绘着漫卷祥云，上面又贴了张告示，不知是什么告示，只见得"风、火、毒、热、气"等五个大字，每个大字，下面又有四个小字，反正都是说道茶的好处。

唱京韵大鼓的是凤舞。穿一袭月白洒灰、蓝花的土布旗袍，不烫发，梳个髻，耳畔是一颗眼泪似的珠坠子，三十来岁。才一上场，拿起鼓箭子，急攻密藏，配她的是弦子，一时间，全场马上屏息了。

怀玉跟爹也是半湿了衣衫坐在茶馆靠西，来晚了，座位很后。

凤舞的大鼓书词是"隋唐演义"。一自隋主根基败坏，冷落了馆娃宫、铜雀楼，沦落至寂寞凄凉的田地，猛地风雷乍响，英雄豪杰改朝换代……她唱了：

"繁华消息似轻云，不朽还须建大勋。壮略欲扶天日坠，雄心岂入驽骀群。时危俊杰姑埋迹，运启英雄早致君。怪是史书收不尽，故将彩笔谱奇文……"

总是这样，从一声轻叹，开始了另一回合的是非功过。真命主、狠英雄、奇女子、奸小人……情义纷纭，魂游三界。把一本蒙了薄尘的演义本子，檀口一吹，漏出一隙净土，仔细诉说从头。

唱的是家国恨，儿女情，有刚有柔。凤舞最擅长的是颤音，即使是多么汹涌繁华的事儿，到了她口中，最末的一句，便总是盛极而衰，缘尽花残。只一个鼓箭子，一副竹板子，是男是女，亦忠亦奸，千秋百世集于一身。

怀玉爱听的，是"他"唐朝故事。志高不喜欢，"他"的宋代，全是忠良被害、佞臣当道、帝主苟安。

一段唱罢，茶客都给一两文，也有戳活儿，额外加钱。

苗师父着丹丹递与事先兑换的小竹牌。她站起来，怀玉才见着。

二人指指天雨，作一个无奈的落道的表情。

隔着茫茫人海、袅袅茶香，怀玉只见到丹丹。她连皱眉都跟其他人不同。怀玉怨天的表情，渐渐不可思议地转化成一朵笑容，他看着她，也实在太久了——幸好她不知道，怀玉待要把目光移开，万分地不舍。唐老大拍拍他："你干什么？"

正在这个时候，台上的凤舞姑娘，又开始了另一段，不知如何，是这样的一段：

"……好花应由它自谢，雨滴愁肠碎也。美哉少年，望空怀想，渺渺芳魂乍遇，暗怨偷嗟……"

哦，原来丹丹偷了落子馆"红梅阁"中的词儿。想这李慧娘，乃平章贾似道之妾，随船游西湖，偶遇书生裴舜卿，李失口一赞"美哉少年"，贾妒恨中烧，归府后立斩李慧娘于半闲堂，又诱裴生入府，困禁红梅阁，伺机暗杀……不过少年恋慕，一一便遭了杀身之祸，好花由不得自谢，总是受摧残，难怪连鬼也在嗟怨。

凤舞唱这大鼓，换了另一种柔肠回转的腔口，缠绵而又远送。让听的人总在自恨，好花，要护呀。

余音又被风雨吹送至茶馆檐下了，避雨的也有卖布头儿和绢花纸花的，也有卖烟叶的，很细意地护着他们的货品，情愿自己身子遭点雨打，也不肯让生计受湿。

有个剃头挑子歇着，一头是火盆，上面放着铜脸盆热水；另一头是个带抽屉的小长方凳。剃头的正跟一个人在议价，那人道：

"你闲着也是闲着，剃个头，给你一半的钱，好吧？你看，反正下雨天，不肯就拉倒！"说着说着，他也只好肯了。

那人一屁股给坐到凳子上，翘了二郎腿在抖，待剃头的在小抽屉中拿出剃头刀和木梳子来。

顾客转过半脸来由人动剃刀，原来是志高。很得意，才半价，七八个铜板，真是捡便宜了。

一场苦雨，大概会直下到黄昏。摆地摊的，一天就白过了。挣不到几个钱，也得付租金。

远远望去，灰濛濛，雷走远了，风也弱了，但雨并没有止住的意思。

大伙看着势色不对，只得意兴阑珊地回家转了。

丹丹随苗家出来，一眼见到志高，头剃了一半，便道：

"嗳是你，好体面呀！"其实是取笑他。

志高有点尴尬，顶上就是这个滑稽样，只好解嘲：

"你信不信，头发也有鬼魂的，全给跑到你头上去了。"

"我才不要，去你的！"

"它要找你，你不要也没办法啦，还是快点逃吧。"

志高实在不乐意让丹丹看见他这副怪模样儿，只一个劲叫她走。

纵然是暑天，如此大雨瓢泼，天也凉了，檐下各人趑趄着，走不走好？丹丹猛地打了个寒噤。身畔忽递来一杯热茶。怀玉正是靠近门口，看着丹丹：

"给你渥渥手。"

丹丹接过，也趁势喝一口。怀玉很乐。

是这一次夏雨！雨点太大，太重。雨下得远近都看不清，天河暴注，人间惨淡。

这雨一下便断续下了一季。

直至云收雨散，天也凉了。知了罢叫，蜻蜓倦飞，萤虫也失明了。凉意不知是顿生，还是悄来，总之每下一回雨，凉意深一重。纵使郊原如洗，远山妩媚，但屈居城内天桥里外的老百姓，日复一日，年复一年地过。过了小暑大暑，便立了秋，不觉已是处暑、白露时节。

志高剃过了的头又给长满了，在这小小茶馆檐下，却没再捡到便宜，只是听评书听说相，还是靠边一站，打个招呼，就听上老半天。他喜欢一些浅易而又是玩笑的故事。

人人鬼鬼吃吃喝喝又一场。有说评书的讲"聊斋志异"，这样开头：

"今天说的是一个极小的小段，'劳山道士'，这件事儿在山东。哪一府？哪一县？就别追究啦，反正离着劳山近。只不过，怎么近？步行也得有好几天的行程。这个人姓王，大概排行第七，所以叫王七……"——说了等于没说，但日子过了也就过了。

八月，北平到处飘漾着一种甜香，桂子花虽不美，味却是浓郁的，闻到桂花的香气，就知道中秋快到了。

东四牌楼、西单牌楼、前门大街直达天桥等热闹街道，早已列开果摊，卖鲜货，有红葡萄、白葡萄、鸭儿梨、京白梨、苹果、青柿、石榴、蜜桃……

端午、中秋、除夕是三大节，孩子们看着高兴，大人们却不见得高兴呀。因为这中秋，是要给算了一夏天的账的，平时生活日用，赊下的，中秋要还了。最令唐老大烦恼的，便是付了地摊上的租金、分账，房子也得算账，剩不了多少，眼看就过冬了。而且这个夏天，雨下多了，只挣作艺钱，怀玉上上场，也没多大帮凑。

节，将就总得过。男不拜月，女不祭灶。怀玉跟志高的节目只是逛东安市场去。在王府井大街上，根本看不到什么"不景气"，这里暂时没有皱眉的人，只因目不暇给，赶不及皱眉，马上给牵引住了。

因为这是比较繁华和高级的一个市场，正街上，商店一家连接一家，卖的东西都是时髦的衣料、高等化妆品，就是日用百货都是考究的。像日用百货，就是直接从上海、广州等地采购进时新的商品了。

丹丹尾随怀玉来此开了眼界，在店铺摊贩间穿梭，看见很多奇怪的东西，像开酒瓶的瓶起子、绣上珠花的拖鞋、银盖钮、暖瓶塞、玻璃杯盖，还有赛璐珞的肥皂盒子。最奇怪的，是一边卖梳头用的刨花、网子，另一边，却是外国人的胭脂口红雪花膏。古老的跟时新的，都在一块招展了。

穷家孩子多是看看，也心满意足了。

走了一阵，丹丹见到市场中左右都是这种泥人儿，人脸，嘴是兔唇，头上有两根大耳朵，有大有小，大的高约三尺，小的也有四五寸。全是披蟒扎靠的，骑在麒麟、老虎、狮子、骏马上，威风凛凛。丹丹问："这是什么玩意？"

怀玉递她一个，嘴唇活络，一拉线就乱动。"兔儿爷。我这嘴巴不停动，叫作刮打嘴兔儿爷。"

丹丹也拿在手中把玩，对，一拉中间的线，它就巴搭巴搭的，像在说话儿呢。

丹丹笑："这是切糕哥，他也是刮打嘴兔儿爷。"

才想了一想："他叫我们来会他，怎的还不见？"

怀玉道："我们来早了，不如先带你逛一逛，你知道兔儿爷的故事吗？就是古时候，大地发生了一场瘟疫，只月宫里有这仙药——"

"为什么只得月宫里有？"

"故事是这样说的。有个青年不畏艰辛，冒险进了月宫去盗药——"

"他怎么上月宫去？"

"他终究上了。被天兵天将发现了，布下天罗地网要抓他，危急之时，月宫里善良的玉兔不惜牺牲自己，剥下皮来——"怀玉道。

"剥了皮不是要死吗？"

"它剥皮披在青年身上，让他逃出来，把仙药带给老百姓。"

"哦，所以大家就供奉起它来了？——它怎么这么笨，自己把药带到大地就成了。何必依靠一个中间人？或者它不敢？"

怀玉气坏了："故事嘛，哪有寻根究底的？不说了。"

"说吧说吧。"丹丹又见一份份的纸，上绘太阴星君，下绘月宫玉兔，藻彩精制，金碧辉煌，便问，"这又是什么？"

"不知道呀。"忍着笑转身走了。

小贩忙招徕："大姑娘要买'月光马'？"

丹丹追着怀玉："怀玉哥，给我说月光马的故事。"

一个前一个后地走，真好比穿过一条麦芽糖铺成的甜路，火腿五仁提浆月饼给围成的圈圈。

市场里杂技场内，原来也挤满了各式各样的游艺项目呢，像小天桥一般，也唱戏、玩十样锦、耍武术、说相声……

人群围了一个个一丈五见方的地盘，各自被吸引了。听听，有破灯谜呢："此物生来七寸长，一头有毛一头光。出来进去流白水，捽干之后穿衣裳。"——哎，大伙哗笑，真荤！

"这不好猜！"他们都起哄："这不是……那话儿吗？"都不好意思讲了。

"嘿，我说的东西，人人用，人人有。真的，男人有，女人也有！"

"这倒新鲜！"

"我说的是牙刷子，牙刷不是七寸长吗？哪会两边有毛？都一头光的。你们刷牙不用牙粉牙膏吗？进进出出流出白水白沫来了，还有，捽干之后——"

"我不用牙刷套的呀。"人群中反应。

"你不给牙刷穿衣裳，那你刷完牙，自己也得穿衣裳，对吧？"

这荤破素猜的灯谜果然吸引了不少观众呢，都在等这小子又说什么荤相声来。

原来志高又搭了个场子了："好，我再来一个！"

也是鸟。不过这回不学鸟叫了，他清清喉咙，一人扮了甲乙两声，单口说起相声来——

甲："你那鸟叫得好听，什么名儿？"

乙："百灵。"

甲："我也养了一鸟，就是不叫。"

乙："你得遛呀！"

甲："我遛啦，天天遛弯儿，走到哪里它跟到哪里。"

乙："那还不叫？奇怪，你得喂它，给它水喝。"

甲："它呀，不吃不喝，还常吐水呢！"——

正在此时，丹丹跟怀玉发现他了，马上跳起来挥手，人太挤，挤不进去。二人既是行内，也不叫志高分神，就闪身争取个好位置，看他什么新鲜玩意儿。志高见二人来早了，自己还没收摊子，说相声说到一半，脸都热了，忙止住，向丹丹拱手："姑奶奶您请过那边蹓达去！"那批汉子见姑娘家，也是不好听的，窃笑起来，也帮腔："对呀，这不是人话呢。"

志高江湖起来："姑奶奶，赏个脸，请请请。这满嘴喷粪呢，拜托拜托，怀玉，你带她去呀。"

怀玉会心一笑，扯她走。

志高方肯继续。观众提醒他："吐水呢！"

乙："你拿什么养活它？"

甲："口袋。"

乙："挺特别的。那鸟多大？"

甲："我多大它多大。"

乙："岁数可不少啦，难怪不叫。毛色可好？棕色的吧？"

甲："不是棕毛，是黑毛的，也有一两根白的。"

乙："个子大吗？"

甲："平常，这么个大。有时蹦的，哎，这么个大——"

乙："哎唷！我的爸爸！"

甲："对，就是这名儿！"

志高一鞠躬。他的单口莘相声在哄笑声中给挣来不少铜板呢，大家都乐开了，给钱给得爽快。

不过都是旁门左道，丹丹哪有不晓得？但听下去，都抹不开，反随怀玉再逛一阵吧。丹丹努起小嘴：

"他呀，他最坏了！"

怀玉不说是与非，只笑一下。不知他想着什么，丹丹好不疑惑。这个人，摸不透。丹丹又气了："你跟他是一伙！"

便见有人在前面摊子上卖皮球，木箱堆着圆滚滚的皮球，有两个孩子想买，问："多少钱？"

他说："一个铜板！"

哗，这是多么便宜！原来不是"卖"，是"抓阄儿"，一个铜板抓一个纸卷，上面写上"有"，皮球就归他了。

孩子放下书包来抓，两个人，抓了三四次，都是空白的。小贩忙随手抓出几个阄儿来，五六个里头，倒有一个"有"。孩子想，皮球那么贵，要是抓中一个多好，马上屏住气，闭住眼，终于抓起一个——结果又是空白的。身上铜板都没有了，急得泪水也快流出来。

丹丹过去，道："我给你们抓一个！"付过一个铜板，丹丹一抓，这回竟中了。那人无奈，只好送孩子一个皮球。他们得意地拍着球，谢天谢地地走了。

丹丹拉着怀玉，在他耳畔道："这是骗人的，我最不喜欢他骗小孩子了，所以破了他的法。"

她挨得那么近，第一次那么近，声音就在旋绕，随着八月的桂香。怀玉竟什么也听不清了。

　　志高搭这场子，要荤的有荤的，难不倒他。场主原是个唱戏的，不过落难了，连"四郎探母"也给撒盐花，观众乐么滋儿地扔下不少，志高跟他四六分账，也捞了一票。

　　时候不早，怀玉跟丹丹还没回转，志高左右一瞅，这东安市场最带"洋"气，"其士林"和"国强"的奶油蛋糕都很出名，不过他比较爱国强，因为这家的伙友待客热情，身穿白大褂，干干净净。志高盯着做得漂漂亮亮的奶油蛋糕良久，下不定决心，算计一下，不便宜，有红樱桃果的那种就更贵——把心一横，掏出一大把，要了两件普通的，那是自己跟怀玉吃；一件有红樱桃果的，不消说，孝敬丹丹去。

　　拎着三件奶油蛋糕，蹲在咖啡座的旁边等着。怎么还不来了？肚子咕咕响了，先自把一件干掉。过了一阵，擦身过尽千帆都不是，便把怀玉那件偷吃了一半。吃着吃着，心里想：待怀玉来了，就让他俩分吃一件好了，反正没人晓得，不免心安理得，连尽两件。

　　东华门大街的真光戏院今天上的是什么电影？散场了，来吃咖啡、可可的人多起来。国强的伙友送往迎来："您来呢，里边请！""您走啦！吃好了。"……

　　志高忍不住，伸出手指头，把奶油挖一点，匆匆塞进嘴里，然后把附近的拨好，若无其事。人还不来，是他自误，一拈便把红樱桃果给吃掉了——一发不可收拾，终于在他踌躇满志地擦擦嘴角舐舐唇皮时，丹丹喊他："切糕哥！又说送我们特别的东西？是什么嘛？"

　　是什么好呢？志高搔着头，手指头上的一点奶油便揩在头发上了，他犹不觉。眼珠一转，有了有了有了，连忙掏出三张明星相片来，装作是一早预备的礼物，掩饰了他的馋态。

"这是谁？"

"女明星呀。你看看，都是烫了头发的。"

怀玉也凑过头来。

丹丹笑："她不是演卖花女吗？卖花女也烫头发？不像话。"

怀玉取来一瞧，念：

"段娉婷、程莉莉、凌仙，咦，都是'故园梦'的女主角呢。你从哪里得来的？"

"她们在真光随片登台表演歌舞，我央人送我的，现在送给丹丹。"

"这两个不好，段娉婷好，挺漂亮的。"怀玉说完，还给丹丹。

丹丹听得他夸这女明星，心里有点不高兴，马上沉下脸，道："不漂亮！"不要了。

志高看见丹丹的脸，像马一般往下拉，说不出的嗔怨。趁她不觉，看了又看，忘形道：

"女明星都得靠打扮，丹丹可不呢，不打扮一样地漂亮。丹丹最好看！"下意识这样说了，志高不知怎的，张口结舌了。

丹丹轰地红了脸，捂住往后转，一根大辫子对准了志高，丹丹道："不许看！不许看！"心蹦蹦地跳，害怕碰上他的眼睛。很久很久，也不晓得该怎样把捂住脸的双手放开来。

切糕哥最坏了，刚才他还说荤相声呢。丹丹脸更红。

时间骤然地停顿，怀玉明白了一点，也怀疑一点——只是，三个人还得逛市场去。怀玉道："走吧。"

草草地恢复了常态，镇定了心神。

云团也及时地移开了，被吞没一阵的满月乍涌，银白的一片，轻洒向这热热闹闹的市场。华灯绿树，众生芸芸。东安市场上的行人，竟似分不清春夏秋冬似的，老太太们已穿上扎脚的棉裤了，但摩登的小姐们，依然隐露着肌肤。

志高指给丹丹看："瞧，这'密斯'脚上穿的是玻璃丝袜。"

"哼，你道我看不出来么？"

"我送你玻璃丝袜？"

"我才不穿呢，怪难看，穿了等于没穿，光着大腿满街跑。"

"不要白不要。"志高忽地灵机一触，跑到一间店铺前，若有所思，然后偷偷地笑了。怀玉和丹丹不知他葫芦卖什么药。

那是一间卖化妆品的店铺，唤"丽芳"。柜台上两个巨型的玻璃瓶，一个装梳头香油，一个盛雪花膏。柜台内陈列着双妹牌花露水，有大瓶的，也有小瓶的，是上海广生行出品。还有香料和香面，名贵的装瓶子，散装的撒在棉纸上，并有精致的小石磨、木铐、铜勺、筛子、漏斗等出售。各式各样的绣荷包点缀其中。

店家见志高来近，用小铲铲些香面向他一吹一撒，是茉莉花的味道呢，随风四散，店家问："要买香面送大姑娘吗？"

志高神秘地笑：

"不，我要买香水。"

"嗳，大主顾呢，这边请看。"取出来三瓶，其中一瓶十分华贵，他洋洋地介绍，"这是本店最好的香水，日本来的。"北平的市场中，以东安市场洋货最多，英国货法国货德国货瑞典货都有，不过这时局，日本货往往占了上风，充斥市面，很多人都不爱用土产，所以最体面的，反而是日本货品。

怀玉忙道："别买日本货！"

志高倒是买不起，倾囊只购得一小瓶双妹牌花露水，一长条红棉纸胭脂和口红。买好了，叮嘱店家给他用印了花样的纸包好。袋中所赚得的钱，全给换来这礼品包。店主的脸色也不比当初。

丹丹见他神秘莫测，便问："送谁的？"

志高只腼腆："……这话说着兜嘴，别问啦。不是你就是。"

眼看是送给大姑娘的礼品呢，还在装模作样，他送的人是谁呢？丹丹不好作声。他新近认得了谁？这样吞吞吐吐？平常他有什么话，都像母鸡生蛋咯咯叫，生怕人家不知道。现今收藏了，送的人是谁？丹丹倒有点醋意，人各吃得半升米，哪个怕哪个？——送的人是谁？

"你说呀！"声音都僵起来。

怀玉也想知道，不过见形势不妙，便道："他不说别逼他。等一会他自己就急着要告诉你，骗不了多久。"

"你们谁也别想骗我！"丹丹猛地扯住怀玉，"怀玉哥，你说中秋再偷枣儿给我吃？"

抓住他小辫子了。乘势也让志高晓得。

怀玉苦笑，他们都拿她没办法。

她总是要要要，而他们，又总是："好吧，你要什么就给什么。"——从来不觉得为难，一来她的要求是可爱的；二来，她的人是可爱的。如果轻易地可令她快乐一点，他们都十分愿意给她。

只是，倒真把枣儿给忘掉了。

怀玉只好安慰她："改天吧，一定的，算我欠你！"

"好，看你逃得过！谎皮瘤儿可得掉牙齿！"

志高拎着他的瞒人礼品包，先走了两三步，忽地嚷嚷："丹丹过来看！"

原来附近有几个卖药的摊贩，一个卖牙疼药的，摆着药瓶和一些简单的拔牙用具，还有搪瓷盘，一盘子是拔出来的病牙。志高指着那盘子："看，这全是怀玉的牙齿，他可常说谎话儿的，你数数。"

丹丹笑得弯了腰，怀玉狠狠捶了志高一记。揪着丹丹辫子，着她转过头来。

旁边的一摊是点痦子的。痦子是生在脸上隆起的痣，虽不疼不痒，但不好看，于是常找点痦子的给去掉。这摊上，编绘了一张满脸痦子的人头像，说痦子长在什么地方主何吉凶。怀玉揪住丹丹来这边：

"你的痣主凶呢，是泪痣，现在给你点去。"

"我不我不！"丹丹挣扎，"他是火烧火燎的，我怕疼！"

"不疼的，"摊贩忙道，"不过是生石灰掺碱面，没多少镪水，点一次不成，过两天再点，三遍就去掉了。你的痣长什么地方？"

丹丹逃也似的："我不！"

隔老远就骂怀玉："把我眼睛点瞎了，谁还我？"

原来丹丹当了真。她从来都不当怀玉是假，兀自在算账："你还我呀？"

"好，真瞎了我还你！"

志高也道："他不还我还。"

"去你俩的大头鬼！"丹丹不怒反笑了，"还我四只眼睛，可多着呢，还得捎到市场上卖去！"

中秋过了，秋阳反常地厉害着，晒在人身上，竟似火辣辣的，虽然早晚凉快，但日中心时，穿件背心还要出汗。大伙便道：

"要变天啦！"——真的，听说东北地方现在也挂旗，不过挂的是大红狗皮膏药的日本旗呢。

平日常经的那茶馆，倒没挂上什么旗，因为好像没临到头上来，只悬了"秋色可观"。真是意想不到的雅言隽语，秋色是指斗蛐蛐，可观乃有利可图。这大红纸馆阁礼的帖子，像面国旗般招展呢：看似文绉绉的，也是斗，人在斗，虫在斗，不知谁胜谁负，也许到头来都赔上了心血和时间。只是抱着蛐蛐罐来一决雌雄的，倒真不少。

随着秋意渐深，萧瑟金风纷飞黄叶都在蓄锐待发。

这天，怀玉在场子上耍了一阵红缨枪，正抛枪腾空飞脚，歇步下，枪尖在下戳，忽地跑来一个人，边唤：

"怀玉，怀玉，"喘着气，"李师父着你马上上场去！"

"发生什么事？"

"走！先救场再说。救场如救火。"——原来金宝还没回来，失场了。

金宝怎么了？师父怎么了？

怀玉无暇细问。只向爹说一声，便飞奔直指广和楼。

剧场外，一向放了几件象征性的切末，熟人一看，就心里有数。放上一把大石锁，就是上"艳阳楼"，放上青龙刀，肯定是关公戏。忽然有变了，也来不及出牌告示。演员不同呢，就看造化，没些戏缘，观众会起哄的。怀玉根本没工夫担忧。

正正式式地上了"火烧裴元庆"。

观众不知就里，见不是李盛天，有点意外，起了暗涌。怀玉耳畔嗡嗡响，什么都听不见，只是要把这戏演好。起霸亮了相，先要一轮锤花，压住了阵再说。

大家见是个新来的小伙子，举手有准谱儿，落脚有步眼，扮相俊逸，身段神脆，渐渐也肯给他彩声，谁知到了顶锤，高抛之后，心一慌，落下时顶不住。待要被喝倒彩……

不，怀玉马上给场面的师父一个眼色，暗点个头，再来。观众见他要再来，便也屏息地等。锣鼓一轮急催，锤再往高抛，半空旋转一圈——

丹丹和志高，躲在下场门外，用神地盯着，丹丹的手心都冒出冷汗了，紧握拳头，咬着嘴唇，在祷告："锤呀锤，你得有灵有性，不要拿乔了！"只怕它冒儿咕咚的又给失手了，怎么办？怀玉将就此一败涂地。

怀玉也知危急存亡的关键，每个人只有一次这样的机会，再来，要好好儿地赢它一局，不然，这台上就没有自己的立足之处。紧张得呼吸也停了，天地间一切的律动也停了，连锣鼓也停了。死一般的凄寂，万一他死了……像过了一生那么久。

那锤，眼看它在半空旋转了一个圈，再一个圈，然后往下坠，险险地，只差一线，手中的锤，顶住空中的锤。

这回没有失手，全场一块大石落了地。彩声四方八面地，毫不吝啬地送予他。

怀玉勉定心神，就把后来的戏给演好了。年少气盛的裴元庆，勇猛剽悍，不单双锤功耍得，还凌空抢背、云里翻、摔叉，最后不免死于骄横傲世，身陷敌方火阵，送了一命。死的一刹，还来个躺僵尸——总之，他所学，悉数用在一朝。今朝不用，千载难逢。拼着用尽了，被观众的热烈掌声彩声给送回后台去。

他们爱他，真的，这是求之而不可得的"缘"。

第一眼便见到丹丹了。她站在下场门，迎着他，等他眼神一跟她接触，她就避开了。乘他不觉，偷偷地再瞟一眼，惊弓之鸟一样。隐蔽地，谁也想不到，就在前一刻，她曾如此地目不转睛。啊，他多高大，因穿上了厚底靴，一身的靠，背虎壳上还插了四面三角形的靠旗，整个人，层层的鱼鳞，泛了银蓝色的光彩，天将天兵，高不可攀——她要仰着头才看得见，比任何时候更倾慕。

他吐气扬眉了，他要她看到他的风光，他要整个天桥来来往往的扔他铜板的人，都看到他的风光。

唐老大过来，用力地拍打着他："怀玉，不错，不错，有瞧头，不错呀！"都不知说什么好了，见到儿子成长了，熬出头来，刹时间眼睛竟红了，说来说去是"不错"。

志高也重重地紧紧地握他的手，志高道："好小子，有出息！"

再补上一句："将来可别忘了哥们。"

怀玉佯装气了："什么将来？今天也没过。"

想起此番上场，来不及问到师父，四下一看，李盛天等五人匆匆回来，只问：

"还可以吧？没出错吧？"

他注意力竟没集中到怀玉身上来，只管把金宝往后台厢位里照应着。

怀玉见师父像是有事在身，满腹疑团，只得一旁下妆去。除下盔靠，便要抹脸。丹丹待在他身后，只自镜中窥看，丹丹道："怀玉哥好本事呀！"

又忍不住："以后你天天演，我都要来看，好不好？"

"天天看？"

丹丹不语，只怕一语道破了。

忽地听得金宝的呕吐声，把吃的东西，全还出来了。金宝呼号："我不要活了！"

广和楼上下都知道事情的不寻常，风风雨雨地传出去。一直以来，六扇门儿的马司令对魏金宝是"另眼相看"的，不单包了票子捧场，还送来水钻头面，金宝的一身行头，总比别人要体面。他不敢收，也不敢退，在人屋檐下，总是低低头便过去了——昨儿个晚上他逃不过去了！马司令请了酒席，着金宝去陪着，席间倒是露了点口风，吓得金宝忙推了：

"马司令的好意，我是心领了。马司令不是已经有人了吗——"

马司令听了，冷冷地站起来，拔出手枪，就把席间相陪的一个美少年给毙了。这美少年也是唱戏的，一出"游园惊梦"中演丽娘，水袖轻拂，拂去他三魂，马司令收了进门，他侍候他，不再唱了——金宝见扬眉之间，活活的人，就血染紫罗长袍，脸色刷地白了。

马司令曾这么地疼着他呢，给他穿上等丝织品，长袍上的花朵，晨起是蓓蕾，中午成花苞，到了夜晚，侍候主人的时候，便是盛开着。如此地装扮着，布料全在瑞蚨祥定织，有时下个令，苏州的高档绸缎马上送过来挑选……他可以栽培他，也就可毁弃他于一旦。

马司令一枪之后，又冷冷地命人把这被忘了名姓的"像姑"给抬出去了。只道：

"我这不是已经没了吗？今儿个晚上只有你啦！"

……金宝被困在马司令府中，他不放他。即使他失场了。大伙只道他吃酒席去了，大概也掂量过，他早晚逃不出色劫。在这样的恶势力底下，一个唱戏的，两个唱戏的，唱唱也就唱到他手掌心去，成了玩物。

金宝回来的时候，李盛天等人找不着了，倒见他身体受了创，心也受了创，寻死觅活，有人只劝道：

"算了吧，豁出去算了。多少人都这样。"

还有什么话好说呢？劝时，自有一点儿瞧不起，这也难说，到底是沦落了。

马司令也做得漂亮，闹嚷间，手下就给送来一个首饰匣子，都是意想不到的头面呢。一递搁上金宝厢位上，谁知横里就被人一手摔掉，砸个破烂。

怀玉一听这样的事儿，心想，金宝也是班里的，这样地被欺负了，还要来个"买"的架势？

手起拳落，凶猛地欲把来人揍上一顿，后台几下打斗，镜裂钗分，事态未算严重，李师父已不敢让他造次，见他年少而不智，不识时势，忙制住，怒喝："怀玉！不要得罪官爷们！"

那两名手下是见惯场面的人，当下阴沉不露，并没发作，只狠狠把怀玉看上几眼，寒声道："看你有能耐管闲事？"

后台一众，敢怒不敢言，晓得一打话后患无穷。洪班主追上去安抚，好话说尽，希望小事化无。回来之后，也有点忐忑，向怀玉：

"你要在班上演就别闹事，你惹不起！"

班主洪声也是势利的，眼看唐怀玉初上场，挑帘红，他倒不会捧他，还要留下来挣钱呢，所以只着怀玉别闹事，别管一切的闲事。唱戏就唱戏，份子钱少不了——但也不多给，他知道他新，还不懂算计。他有留他的手法。

魏金宝见怀玉为他出的头，也许他误会了：怀玉是向着自己。金宝的一份特殊感情，却因这般的不可收拾，千言万语，从何说起？金宝只把一切抑压在心底，如此，便将过了一生——怀玉是永远都不晓得了。金宝把一张脸背住灯光，想起过去也想到未来，莫测的，他没希望了，他连怀玉都配不起。他只幽幽地道：

"怀玉，你别管了，真的，你我都惹不起……"

忍，总是要忍。在他唐怀玉还没有声望之前，他就没有尊严。地摊上的流氓、戏班里的班主、六扇门儿的官爷，层层地欺压。还有外国人，外国人欺压中国人，中国人又欺压自己人，哪里才有立足之处？不，他要壮大，往上爬，不容任何人踩上来，他要倒过来指使，站得更稳——多么地天真，然而这是他惟一可做的呀。人人都有自己的心事。

丹丹还是第一回见到这后台的情景，这比她跑江湖吃艺饭危险而复杂多了——有些事，原来不是"钱"可以解决的，要付出"人"。

有人帮金宝收拾四散在地上的首饰，匣子被怀玉砸个破烂，头面倒是贵重的。人都赔上了，连一点实在的物质都不要？这是没可能的，自己跟自己过不去，好歹总要收拾残局，如常地活命——不会不要的。谁这样白牺牲？都是羽毛缎子盖鸡笼，外面好看里面空。在贫穷的境地，自尊如落地那面镜子，裂了就裂了。

就在众人忙着打发，丹丹瞥见一只又瘦又脏的手，自墙角箱底伸出来，颤抖着，把一个金戒指悄悄地轻拨到身边，正欲偷去，师兄弟们发觉了，抓住他，揪出来，劈头盖脸就打，不留情面，一壁骂道：

"昨天才饿得偷贴戏报的浆糊吃，不要脸，现在又来捡便宜？"

原来是个抽白面的，抽得凶了，一脸灰气，没有光彩，连嗓子都坏了，亮不起来。这就是当年跟魏金宝一起演"四五花洞"的一个小花旦。金宝成了角儿，却失了身。他成不了角儿，反得了病。大家都恨他，骂他贱，但是坐科的兄弟们，打了他，见他嘴角流血，趴在地上喘气，可怜哪，好好一个廿几岁的小伙子，一点骨气都没有了——但他还可以干什么呢？倒又同情起来。金宝把那金戒指扔给他。

一时间，志高、丹丹和怀玉都愣住了。璀璨的舞台，背后原来也是如此地龌龊。分不清是男盗女娼，抑或女盗男娼？反正是一趟浑水。三个人，心头有点儿热丝忽拉，说不出来的灼疼，没有一个活得好好儿，一不留神，就淹践了，万劫不复。

丹丹真心地，对怀玉道，千叮万嘱化成一句话："怀玉哥，你不许抽烟卷，真的，学会了抽烟卷，就抽上白面了！"

怀玉听进了这话，他没答。他的眼光一直落在更远的前方，他要红，他要赢，就得坚毅不屈，凭真功夫。观众是无情的，演了三千个好，只出一次漏子，就倒下去了。

他点点头，过去："李师父，您放心！爹，您放心！"

志高没等他说上了，故意接碴儿："不用说啦，我放心就是！"

——措手不及，唐怀玉红起来了。

风借火的威，火借风的势，广和楼出了一个叫座的武生，局面很火爆，有时观众给他吆好，谢幕四五次才可以下台。

唐怀玉刚冒头，演的戏码除了"火烧裴元庆"外，就只有"杀四门"、"界牌关"、"洗浮山"这几出。匆忙地红，一点儿准备都没有。幸好观众还是爱看他的绝活儿，就是耍锤。他很清醒，觉得不够，练功更勤了。

志高和丹丹有时一连好几天都见他不着。

晚上，志高非要逮他一回不可。到夜场演罢，志高着怀玉到胭脂胡同去。一进门，只见志高在"写字"。志高不大识字，只把两个字，练了又练，半歪半斜的，怀玉趋前一看，写的是什么？

原来是"民宅"两个字。

志高见他来，便问：

"这'民宅'还见得人吧？"

"真鬼道，怎么回事？"

志高喜孜孜地："怀玉，告诉你，我姊要嫁人啦——不，娘要嫁人。这可没办法，天要下雨，娘要嫁人……"

"真的？"

"哼，骗你是兔崽子！她终究肯嫁给那瓜子儿巴啦！"

志高便絮絮地把他要她找个主儿的事给怀玉道来了。那尖瘦的脑袋也开始晃动着，越说越自得，因为这是他的煽风点火，娘才"肯"跟了一个男人，从此不再卖了。

——嫁人也是卖，不过高贵一点。她还可以干多久呢？趁那大肉疙瘩姓巴的愿意，他怂恿娘去专门侍候他一个，脱离了苦海，不过要两顿饭一个落脚处，还天天有炒锅儿的瓜子吃。志高笑了——他连把娘嫁出去，也是不亏嘴的。

"明天她就出门了，今儿个晚上跟她饯一顿。"

怀玉问："人呢？"

"带丹丹到前门外西河沿买螃蟹去了。那儿螃蟹好，都是胜芳和赵北口来的。"

哦，怀玉听了，原来丹丹已经跟他们这样地亲了……丹丹还给他买菜……

志高又埋首练他的字，一回比一回写得用心。怀玉建议："'良宅'吧，良宅比民宅又好一点。"

"对，人人都是'民'，不过我们是'良'，好！嗳，'良'怎么写？"

怀玉便先示范一个，志高摹了，虽不成体，到底很乐，就给黏贴在门楣上了。

"怀玉，以后这是我'家'！"志高指道，"我姊会常来看我。你们也要常来坐坐。"

"你有家了，"怀玉不带任何表情地试探，"不是要好好儿地成家吗？"

"才不！谁娶她来着？她是头凶猫！"志高嚷。

怀玉一怔。此时，丹丹也回来了，提着一串螃蟹，个儿不大，不过鲜。她问："谁凶？"

"没，我说螃蟹凶。"志高忙指着她手中那串。原来买的时候，讲究"对拿"，一尖一圆，两个一摞地用马连草捆好，论对买，不论斤买。虽捆好，但因鲜，一按上，那有柄的眼睛忙乱摆动。

红莲着丹丹帮凑一下，大水一洗，解了马连草，一个一个给扔进锅里头了。

胜芳的螃蟹，是晚到高粱熟时节，才最肥壮。家里吃一次，也没什么繁琐的，不像那正阳楼，一整套的工具，什么小木头锤子、竹签子、小钩子。敲敲打打，勾勾通通。家里是最随便的了。

螃蟹在沸水里，最先不住鲜蹦乱抓，张牙舞爪地要逃出生天，你践我踏，卡卡地响。丹丹一时慌了，唤："切糕哥！"

志高忙把几块红砖取过来，一块一块，给压在锅盖上，重，终于螃蟹给蒸好，它们的身体，由黯绿变成橘红。死了，指爪无穷无尽地狂张，直伸到海角天涯，一点也不安乐。

红莲说话有点沫儿，也不知该怎么地招呼——说到底，原是因为儿子给自己饯送出门的。

还没开始吃，志高已掏出他的一份礼品包来了。呀，就是那回在东安市场买的，丹丹一见才宽了心。

"姊，你拆来看看，拆呀——"

"手上都腥膻的。"

"不怕，马上给辟了。"

志高把那双妹牌花露水，洒洒洒，洒了红莲一头脸。红莲又是打又是骂，笑：

"浪费嘛，你这母里母气的，把娘们的东西胡搅瞎弄，你有完没完？"

斗室中都漫着清香，老娘从未有过这样地好看——明天她就是人家的人了。

明天她就改姓巴了。她要出门，连轿子也没得坐，只收拾好一个包包，把生平要带的都带去，还有那只镯子，铺盖倒是留下来的。她这一走，今后，是巴家的媳妇儿，要是死了，她怎能不是巴家的鬼？而自己呢，他已经没爹了，只为她好好活着，连娘也给送出去。

啊这样地香，人工的香，盖过螃蟹的香，一切都是无奈的，志高道："来来来，趁热干掉。"

怀玉把螃蟹翻转，先把那尖尖的脐奄给掀起，蟹壳脱出来了，见丹丹因为烫，还没弄好，便顺手把自己的推给丹丹。

志高正把蟹身掰开两份，要黄有黄，要膏有膏，真不错，把一半分给红莲，逼她：

"快吃快吃！"

螃蟹倒是圆满的。道："到了那姓巴的家，也要好好儿地吃。对吧，他对你不好，我不饶他！"又道："就是没有酒，也没有什么菊花，妈的，在馆子里头吃，还要对牢菊花来吟诗呢。不过我们在家里头，都是亲人，不必……"

说着说着，太累了，再也支撑不住了，一个人强颜唱了大半出戏，怀玉帮他一把："那东安市场的五芳斋，到了季节，就开始卖蟹黄烧卖，改天——"

突然，不由自主地，志高凄惶而不舍，心中只念：明天娘就改姓巴了，明天……她就是人家的人了，再也不堪思索，软弱地："娘！"哇哇地，哇哇地，哭将起来，泪水涕泗横直地交流，把那螃蟹，糊得又咸又腥，又苦。

这门楣上黏了"良宅"招纸的小小房子，门严严关好。胭脂胡同仍是像个黑白不分明的女脸，给湿上一点水，然后用棉条的胭脂片，在脸上揉擦，未几，艳艳地上市了。而红莲，她明天晚上就可以不卖了。

当志高带着又红又肿的眼睛蹲在檐下闷闷地看蛐蛐时，怀玉跟丹丹都陪着他，他又不是不明白这种道理。

只是，小罐里头的两只微虫，唤"蟹壳青"，正在剑拔弩张，蓄锐待发，竟挑不起志高的兴头来了。志高无言，怀玉就更无言了。丹丹把一根头上绑上鸡毛翎管和杂毛的细竹篾，往志高头上撩拨，志高头一偏。

丹丹道："哦，'蛐蛐探子'都不管用了。"

怀玉道："你可不能一点斗志都没有。来，给我。"他取过那"探子"，细毛一触蛐蛐的头，它就激怒了，露出细小而锐利的牙，开始在沙场上效命，拼个你死我活。

怀玉也明白志高的心事，不过，干坐在那儿嗟怨是没用的。不上阵又怎么知悉命运里神秘的作为？也许——

怀玉见此战场，马上道：

"志高，你看这蟹壳青，以为输了，就好在后腿有劲道。对，它是先死后生！"

"我可是生不如死。"志高嚷。

"那我呢？"丹丹道，"难道我是死不如生？好死不如赖着活，切糕哥，你要是一早认输，还会有希望吗？"

"不，"志高自卑，"我肯定是生不如死。像怀玉，他是高升了。像你，要找个好婆家，也就不论什么生死。倒是我——"一顿，"我没有本事，运气也不好，现在只剩下一个人。"

"你有一副好嗓子嘛。"怀玉劝勉，"不要浪费。要是正正经经地唱戏——"

丹丹也附和："你先在地摊上唱，唱好了，再上，你听我说，是不是？"

"是！"志高答，"是是是，是是是是是！"把正抖动触须的蛐蛐也吓呆了。

丹丹给逗笑了："好，那么现在唱一段给我听。"

"才不，唱一段要收钱的。"志高道，"我教你一个——"

然后他就捏着鼻子唱了：

"柳叶儿尖上尖唉，柳叶儿遮满了天……想起我那情郎哥哥有情的人唉，情郎唉，小妹妹一心只有你唉……"

"什么歌儿？"

"窑调。姑娘儿们最爱了。"

"哼，这里没有'姑娘儿'，永远都没有！"丹丹道。

怀玉正色："我们三个不管将来怎么样，大家都不要变！有福同享，有难同当！"说着把手伸出来，让三人互握着，彼此促狭地故意用尽力气，把对方的都握疼了，咬牙切齿，志高犹在苦哈哈：

"我呀，多半是享你们的福，你们来当我的难。"

"又来了！"丹丹狠狠地瞪他一眼，志高心花也开了，只觉曙光初露，前景欣然。

丹丹忽省得："改天我们找王老公去好吧？说他不准，要他再算。这回非要他泄漏天机！"

"我们真的好久没见他了。"

"别放过他啊！"丹丹笑。

闹得很晚，怀玉才回到家去。唐老大在数钱，算算可换得多少个银元。一见怀玉，便喜孜孜唤住："怀玉，刚才班主来了，赏了些点心钱，不太多，只说意思意思——不过看他的意思，是要你给他签三年，他就好好地捧你。"

怀玉掂量："三年？三年只唱一个戏园子？"

"你才刚提上号。"

"爹，我还要跑码头，红遍大江南北才罢休呢！"

唐老大笑叱："怎么？站都站不稳，还跑？你可得量量力，别白染这一水，你还小，够火候吗？再说——"

怀玉道："光在北平，谁甘心？"

"你多学点能耐才大江南北吧。能跑遍是你的奔头，跑不出去，也不要'打顺头'，灰心。"

"您就瞧我的吧，要在戏园子唱出来了，技艺到家了，其他的城市就会来找我，红到上海才算是大红！"

"你就是属喜鹊的——好登高枝！"

怀玉不理，只顾起霸，走了个圆场，在爹跟前亮个相，威武地唱："俺今日耀武扬威英雄逞，裴元庆哪个不闻？快快地束手被擒，俺手中锤下得狠——"

唱未完的，道："谁肯让班主胡签三年？谁知道三年之内我是什么面目？"

"怀玉——"唐老大还想讲什么，怀玉已止住他了："爹，我要您吃乐饭。地摊子让志高去唱。"

"志高？"

"对，我跟丹丹都劝他要练出本事，不怕挨栽，再唱。别吊儿郎当的，熬到这份上还不定砣。他姊找了主儿，他就单吊儿。"

"看志高跟那丹丹倒是一对，两个人算没爹没娘管教的，可什么地方都活得过去。他俩是拉腕儿的朋友？"

怀玉别过头："不知道。"

"我真的不知道呢。"丹丹忙辗转翻身过另一边，不跟她同炕的小师妹说下去了。

"什么不知道？到底喜欢的是谁呀？"

"谁都不喜欢！一个拧，一个坏。"丹丹一被盖过了头。在被窝里，倒是羞红了脸，一动也不敢动。仿佛身动了，她的心也动了，人家就知悉她的秘密。

真的，是怎么开始的呢？

往往，总是开始了才知道。忽然地，发觉自己长大了，更好看，身子绷得很紧，胀，有一种特别的气息，令自己羞赧、不安。一时骄里骄气，一时又毫无自信。迷惘如踏入雾海，一脚轻，一脚重，下一步怎么走，还是想不清。想的时候，是两个都一起想的。

见到这一个，见不着那一个，都会千思万念，心中有无限柔情缠绕。

多么地新鲜而惊心。

小师妹犹在羞她："哦，要是苗师父要开拔了，到石家庄，你也不去了？"

"去，当然去，不去谁给我饭吃？"

两个女孩唧唧哝哝地窃笑。

丹丹实在无法想象，生活中的一切规律，何以骤然改变。如何重新安排？如何面对神秘的未来？只觉：

"不知道。真的不知道。"

窗纸上糊了一张"九九消寒图"。那是一株素梅，梅枝上共有八十一圈梅瓣。从冬至这天开始，每天在一瓣上点红，等到全株素梅都点红了，白梅成了红杏，春天就再来了。还没开始点呢，冬至日也快到了吧。那天起，每过九天算一九，一般到了第三个九时，天气最冷。丹丹想：

"到了三九，大概也有个谱儿？"

什么谱儿，深念一下，也就偷偷地笑。患得患失。怀玉说过，原来戏班里，每年腊月二十日以后，会挑一个吉日演"封箱"戏，聚餐后年前就不演了。等到大年初一开台，演员全得"喜份"，平时拿"小份"的，这一天红纸包得的钱，就比角儿们多一点。他会到大北照相馆拍一张相片——哦怀玉……

不过，天天见的倒只是志高。

志高认认真真地在天桥唱了，不再插科打诨，旁门左道。不拿假王麻子剪刀来骗人，也不在宝局的骰子上瞒天过海。

当他扮着吕布时，总爱插戴一副简陋的翎子表演。这"翎子功"的行当，说来也好笑，就是他从蛐蛐身上给学来的，什么喜悦得意时的"掏翎"；气急惊恐时的"绕翎"；深思熟虑时的"搅翎"；愤怒已极时的"抖翎"，还有涮、摆、耍、抹、咬……借一副翎子来表态，配合他的好嗓子：

"那一日在虎牢大摆战场，我与桃园弟兄论短长，关云长挥大

116

刀猛虎一样，张翼德使蛇矛勇似金刚，刘玄德使双剑浑如天神降。怎敌我方天戟蛟龙出海样，只杀得刘关张左遮右挡，俺吕布美名儿天下传扬。"

天桥上常走着四霸天的打手、一贯道的头子、警察局里的密探、系统里的狗腿子……有势力的人，歪戴呢帽，斜叼烟卷，横眉竖眼，白布衫，青褂子，长袖反白，黑裤大裆——裤裆大，便于摆开架势，随时打架。

他们来到志高摊子面前，吆句好，志高会得给上香烟钱，还道："请二爷多包涵！"

他也有个目标，他也学着忍耐。一下子他长大了，成熟了，沉默了——他挣的是正道上的钱，他开始培育自己成为一个有责任的人。是什么力量的鞭策，叫他不再花末掉嘴儿？他不想自己改性成为白费——他是差点也沦作流氓了。

在没人的当儿，再三思量，辗转反侧。都是不可告人的心事。

每个人，心中总有一些说不上来的东西，温柔而又横蛮地纠缠着、播弄着。像一只钩子，待要把那东西给钩上来，明明白白了，末了却又无力，它消沉下去，埋在万丈深渊。每个人都害怕，只落得满目迷离。

就如这天，等得怀玉休息一场，重临雍和宫，再访王老公。听说，烧香参拜的人多给点布施，喇嘛们会让你看看精美无比的七宝镏金欢喜佛。而太年青的，却不得入。三人偷偷地趴在殿侧，伺机窥探。

谁知这"欢喜佛"是什么？听倒是听得不少，绘影绘声，说的人，说到一半也就住嘴了。

此刻潜至偏殿，曲径通出重门深锁，带点"窥秘"的兴头，一睹乾坤。

也真是另有乾坤。

欢喜佛很高，面貌狰狞的是男佛，身躯魁梧伟岸，充满霸气。女佛呢，却是玲珑娇弱，若不胜情。这两个佛像，说是"两个"，毋宁说是"一个"。因为是相拥交合的。如此地"欢喜"，叫一知半解的人，不知如何应付了。

这就是阳阴双修吗？

有点发呆，神魂颠倒地，心剧烈地跳，脸上起了红晕，整个世界，视线之内便是佛。佛不是空，佛是跃动的生命。刹时间，孽缘种了，不能自拔。

雍和宫，世上为什么会有雍和宫？

丹丹头一个跑开了，她背向二人，隐忍着不可自抑的心绪，问："不知王老公还在吗？"

在。王老公还在。

已经七年了，再见他，他竟也不十分显老——他是早早便老定了，枯干了，故再也不能演变成另外一种局面。他的脸，依旧白里透着粉红，依旧永远长不出半根胡楂子，白骨似的一双手，依旧钳掣着一头猫。

真的，连猫群好像也不老呢。不过，也许这些猫，已是他们儿时所见的下一代了，也许是轮回再生。说来，王老公是不是前生的人，生生世世死守他那惟一的寄居？

怀玉唤他，声清气朗：

"王老公！"

"谁呀？"阴阳怪气的回应，然而更慢。在一室老人气味中旋荡。他摇头，十分地陌路。

"我是志高。很久没见了，您身体好吧？这是丹丹呀。"

王老公一脸迷茫，前尘往事都似烟消云散，他不记得了，什么都忘掉。像一块浸洗了七年，完全褪色的布头儿，半点沾不上心间。

当大家仔细地看清时，方才晓得不知何时开始，老人已害了一种颜脸痉挛的病，总是不自觉地抖，簌簌地抖，抖一阵缓一阵，脸上的肌肉，很快便忘掉它曾经抖过，正在小休似的，准备下一场的磨难——有时像个表情活泼的快乐人。

　　丹丹试图引起他的回忆：

　　"老公，多年之前，我们三人来占上一卦呀，谁知我们的卦兜乱了，只道一个是生不如死，一个是死不如生，一个是先死后生，我们来算准一点。"

　　窥伺着，看他的思潮有没有一丝激动。没有，只见王老公烦厌地挥动着一只枯手，连手也禁不住在抖，道：

　　"不记得了，不记得了。"

　　嘴角笑眯眯地，原来也不是笑，只是开始又颤起来。忽地，直直地瞪着丹丹：

　　"你心里有人！"

　　然之后又冷冷地转脸去，看见志高，道：

　　"你心里有人！"

　　再睨向怀玉：

　　"你心里也有人！"

　　声音里不带任何的喜怒哀乐，像敲击两块石头，一种冷硬而实在的回响。

　　猫，毛骨悚然地来了一声"噢——"的悲鸣，划破了狼狈的静默。里头有一些古老而又诡秘的变异，不知谁给谁还债来。然而王老公就养育了它们三代四世，一路地繁衍，他还没成为过去——只是他忘记了过去。

　　就在大家都忐忑失望时，这个一步步走近黄泉的、洞悉一切天机的算卦人，又以一种难以置信的语气，指着这三个青春少艾："你将来的人，不是心里的人。"

"你将来的人，不是心里的人。"

"你将来的人，也不是心里的人。"

当他这样一说完了，便坐倒："我累了！回去吧。"

一直不肯再说话了。

一直坐着，不消一刻，便沉沉睡去，魂儿不知游荡何方。连猫也累了。斗室益发地黯闷和凄寂。

三个人手足无措，便回去了。

只一出来，外面才是真正的堂堂世界。

往南走不远，正值隆福寺庙会呢。隆福寺每月九十都举行庙会。其他的，逢三是土地庙、逢四是花市、逢五逢六是白塔寺、逢七逢八是护国寺。热闹着，摊子挨着摊子，布篷挨着布篷……

却见这繁荣的庙会中，卖锅碗瓢勺的，卖鞋面子花样子的，卖故衣的……中间，也有个卖旧书摊子，怀玉认出了，那是当年在绒线胡同大庙私塾里头的老师，丁老师认不出他来。

当然丁老师更老了，学生们一个个地长大，样儿变了，见的世面也多了，全都脱胎换骨，学生们不先喊他，他总是认不出，谁是谁？

丁老师在卖旧书，其中也有他眼中珍贵的善本呢。看来他的生活更不堪了，也许教不上书，因为北平开设了好些学校，教会也办学了，渐渐地再没什么人上他的学堂。为了一口饭，不得已，只把他藏书一一置于地上，倩人采购。

只是逛庙的人多，却没有谁真正有买线装书的兴头，每每朝穷酸文人瞧上一眼，也就闹哄哄地过去了。

怀玉想喊他，转念他不一定认得他，认得也没什么话可说——只是也喊：

"老师！"

丁老师不搭理，坚决地不承认他曾经是"老师"，只一个劲低首拍拍来往的人脚下翻起的轻尘，不让善本蒙污。他似是下定决心只担当卖书人了。

怀玉没法，便也离去。

志高跟他道：

"那是丁老师呀！他从前不是教你《千字文》吗？"

怀玉答：

"看错了。"

志高不解："没看错，他还戴顶圆帽呢，怎的离离希希的，瞧也不瞧我们一下？"稍顿，志高又发牢骚：

"妈的，一个两个都是老胡涂！怎么会？才几年，都害了怕生症，不认人——老而不死你看多受罪，还是快快——"

丹丹骂他："看，又犯劲！快过年啰，还老呀死呀的。"

"不死也要老的，你老了别那么无情！"志高嚷。

"我才不会！"丹丹嚷，"笨人才认不得人，我一眼就得看穿！"

对，快过年啰，已经有人在摊子上摆上一些"福"字"寿"字的剪金纸花，还有印上金鳞图案的"吉庆有余"红鱼。

可怀玉，对逛庙的兴趣不比从前了，那些金鱼、风车、空竹，当然不再是他的玩物，也许"风筝哈"他们的人所糊的三阳启泰、蜻蜓、蝴蝶、虞美人、瘦腿子……和长达数丈的蜈蚣，还吸引到他的视线，看上一阵，因为五彩缤纷，末了又一飞冲天的关系。艳羡之情，写于脸上。

谁知刚驻足，身畔有两三个过路的，见了怀玉，一愕，交头接耳，竟窥望起他来了。走前两步，侧过来一看，认得了，欢喜地细语，一个道：

"是他！是他！"

一个问:"真的吗? 这是唐老板吗? 没看错? 咦, 好年青哦!"唐老板!

唐怀玉也一愕, 在这个游人如鲫的庙会, 往来的过客中, 有认得他的人呢。还没敢过来打招呼, 只是偷偷地指证:是他, 是他。呀, 飘飘然的, 倒似一只在半空翱翔的风筝了, 心中的线, 轻轻地抖, 迎风远引, 长长的蜈蚣, 一层一层, 一截一截, 合成一整个的阵势, 扇动清风, 梭穿絮云。

但愿不要醒过来。

丹丹听得有人低唤怀玉, 还尊称他作"老板"呢, 多么新鲜的身份, 高贵而又骄矜。

只是怀玉没觉察他身边的人有什么反应。他的脸有点热, 隐忍了喜悦。骤来的虚荣, 一下子把持不定——志高显得落泊了。

怀玉竟急步地走过。有足够的名声让人评头品足, 不知所措地不敢久留。走得急了点, 倒把丹丹跟志高抛远了三五步。

春风吹绽一树树的梅花, 梅花如雪海般盛开了, 年关也来了。

过去的日子中, 有时年关难过, 唐老大会和一些行内的贫苦卖艺人, 因欠了粮食煤柴或房租, 一时还不了, 为躲避索债, 总在除夕之夜, 聚到德胜居这茶馆"喝茶", 相对默默无言, 夜深, 便伏案入梦。直到爆竹响了, 东方既白, 方吁一口气, 互相揖别回家。归途中遇上了债主, 也道个"恭喜恭喜", 他们只得苦笑还礼。这样子也过了几个年。

今年, 因为怀玉的戏落了地, 又得份子钱, 老脸上的笑意才浓了。

当夜幕罩下古城, 杨家大院中的苦瓠子们, 也将就地准备过年了。孩子穿上稍登样的衣帽, 在庭院中点烟火放鞭炮, "起花"、"炮打灯"、"钻天猴", 爆竹激烈地闹嚷, 烟火像个血滴子迎头罩下, 众争相走避, 夹杂着"梆梆梆"的剁饺子馅声, 催促旧年消亡。

苗师父对各人道："好，总算也是过年啦。你们都长大了，虽不是我的亲孩子，不过也跟着到处跑，吃江湖饭多年。今年压岁钱，胡子上的饭，牙缝里的肉，也没多少，好歹应个节。你们权当是一家人守岁……"

丹丹也守岁，每个三十晚上，她都通宵不眠。守岁的地方，也好像年年不同，不同的城镇，不同的邻舍，不同的檐下炕上。

往往听得附近有石奶奶在劝毛孩子，不准贴上"大闹天宫"的年画，孙悟空身着金盔金甲，金箍棒与天兵天将杀将难解难分……劝了老半天，毛孩子哭了，奶奶又不便怒骂，只费劲解释："你没看见？张大爷家去年贴了这么一张画，全家打了一年架？"他不明白什么是"杀气"，依旧努力地哭——丹丹只渴望有个把她骂得哭起来的大人，末了，又哄她疼她。

但没有。奇怪呢，她也不哭，总是要强。真是枉担了虚名，那是"泪痣"吗？

丹丹贴年画，是"老鼠娶亲"，许多抬轿的，吹喇叭的，穿红着绿的小老鼠，伴她一宵。

她在"九九消寒图"上，又点上了一点红。

正月初一，新春第一天演戏，是不开夜场的，这天除了打"三通"、"拔旗"之外，还要"跳灵宫"。台口正中摆一个铜火盆，象征聚宝盆，里面摆上黄纸钱元宝和一挂鞭炮，跳灵宫后，便焚烧燃点，有声有色地开了台。

过年演的都是吉祥戏，什么"小过年"、"打金枝"、"金榜乐"。

唐怀玉，担演"青石山"。

志高穿戴得很整齐，还是新袄子呢，喜气洋洋地先到了后台，朝怀玉一揖：

"恭喜，恭喜老兄步步高升，风吹草动，不平则鸣，做恶惩奸，叮当四五，连生贵子！"

怀玉正在上油彩，不敢笑，只僵着脖子瞪着镜中的志高，道："你今天倒是戴帽穿衣——还算装得成人样。"

"大年初一，什么话不好说，嘿？损我？快来点吉利的！"

"还学人家忌讳呢。新鲜！"

志高见怀玉，咦？上了装，还是关平。便伺机损他：

"道是演什么，还是关平？那个三拳打不出半个闷屁来的关平？"

是呀，不过时势不同了，时势造了英雄。这"青石山"，原是过年时戏园子必演的武戏，由第一武生担任。话说青石山下有个成了精的九尾玄狐，变了美女去迷人害命，一家少主人被她缠了，几乎病死，老仆人请王老道捉妖，反被打伤。王老道只得去请师父吕洞宾，吕写法表请来伏魔神关羽，关羽命关平除妖去。关平持刀提甲，大展雄风。

三国戏中，关平是陪衬；但封神戏里，他是八月的柿子——就他最红了。

志高一听，又是妖戏，心花怒放地待要走了，怀玉喊住："看戏呀，怎的猴儿屁股，坐不住？"

"我是看戏呀，我去把丹丹唤来了，她就在那儿等我呢。"一下子窜了。

怀玉自上场门往下瞧，丹丹又是一身深深浅浅明明暗暗的红，等着。

好不容易，唐怀玉气象万千地下了场。在雷轰的彩声底下，他终于盼到挑大梁的一天了。关平，华容道上的小关平，倒是火凤凰——成了仙封了神，方才出头。

原来这初一的首演，很多有头有面的人都来看，他们看过了戏，又到后台来看角儿。跟角儿招呼、寒暄、道喜，什么都来，扰攘了半天，也不走。

怀玉周旋在上宾中间，笑脸一直堆放着，没有歇过。李师父一唤他，他忙又过去让人"看"，扎了硬靠，微微地招展。反正是世面。再也不是撂地帮了——但，他们爱在什么时候回去？谁敢流露一点不耐？等爷们看够了，谈够了，他们才肯走呀。

丹丹有点趑趄，不知上不上来好。志高只觑一个空档，来递他糖包儿。一看，是一层桃红纸头包的糖瓜和关东糖，上面还写着"旗开得胜"。

怀玉朝丹丹：

"我是灶王爷吗？用来黏我的嘴？"

"哼，苗师父祭了灶给分的，我把糖瓜放在屋外，冷得脆。你要不要？不要还我！"

"说什么冷得脆？"怀玉一掭，因在后台，人烟闷稠，遇了点热，这黄米麦芽冻成的糖，又成了黏黏的疙瘩。丹丹一听，借意抢回，怀玉只把糖包一收，都不知收进他大袍大甲的哪部位去了。

有人又来给怀玉送上美言，怀玉只谦辞：

"都是大家看得起！谢谢！"热闹一片。

丹丹向志高："切糕哥，我们先走了，让他神，见人扬扬的不睬！"

志高欺身上前，扯怀玉一旁，先叮嘱丹丹："好，你在下边等我。"又冒猛对怀玉道："怀玉，咱可是'先小人，后君子'。"

"什么？"

"我把话说在前面，不是冒泡儿——"志高道。

怀玉不耐，追问："说呀。"

"我要丹丹。你别插上一手可好？让我呀！"

"——"怀玉跟志高面面相觑。

"嗳，正月里头第一遭，别拉硬屎，说话不算数。"

"谁插上一手？胡说八道。"

"你说不是就好。"志高一眨眼睛，"哥们说一不二。告诉你，王老公说我将来的人不是心里的人，我硬是不信邪。"

"不信？你最信了。"怀玉道。

"我才慌，怕事情这下子要坏了。"

"别慌了——"

志高握着怀玉的手，很牢很牢。怀玉的手也上了彩，此刻沾到他手上去。莫名的一摊白。狼藉而又纷纭，不成样。志高有点狠，也有点不安。

"平常我话多了像得瘆，这一回可不是二百五，没分寸。你将来要什么的妞儿都有，我不比你，丹丹倒是要定了！"

怀玉冷静地一笑：

"丹丹知道吗？"

"就是不知道。"志高远远地瞅她一下，"咱哥儿们的暗令子，怎么可以让娘们知道？你我都别说破了！"

志高一脸诚恳，也许是，一脸卑鄙，怀玉怔怔地。不好了，他先说了。

"怀玉！"他没来得及应对，志高又道：

"怀玉，我们走啦——你没工夫说'不'。"

他抽身而退：

"我实在是怕你说不。这小人，老子做定了。欠你的，再还！"

一溜烟地，赶喘地，走了。二人各奔前程。人人都走了，干白儿只剩怀玉一人在那儿似的，一脚落空，满盘落索。

——不，人人都在，声音四方八面包围着他，中间还挂念着他名儿。李盛天与班主在说话，班主吹腾：

"……有三个码头最难唱：天津、汉口，还有上海。"

"科班的兄弟没问题，只是怀玉嘛——"李盛天说。

怀玉不问情由地振作："我去！"

座落于前门大街的"大北照相馆"今天开业十周年庆祝呢，生意很好。老板知道顾客们最爱拍戏装的相片了，所以专门收买旧戏装，小生、老生、花脸、青衣、小丑的角色都有。

也有拍其他相片的，譬如结婚的凤冠霞帔和长袍马褂，可以租来穿。

六个化妆房间中，有一个，正是整装待发的唐怀玉。

怀玉收了喜份，急不及待地要来拍照。听班里的人说，大北的相片，清晰美观呢，所以对镜照了又照，扬眉瞪眼，先准备一下关目。

站到布景前，那是半块的幔幕，还有画上假石山和花草的画，有点儿紧张，人也僵硬了。摆一个架势，良久，等待照相机后的人指挥：

"站过一点，对。您眼睛请往这边瞧，这边……"

竟有客人在镜头旁偷看他，多么地近，又多么地远。咔嚓一下，他的魂儿就被摄进箱子里去了。末了冲印成一张张的相片，黑白的，给小心涂上了颜色，画皮一样。

他的魂儿遍散在人间。

"看，这是唐怀玉。"

"广和楼唱戏的！"

窃窃私语。到处都是认得的人……

不一会，他的影儿给定了，他的命运给定了。今生有很多散聚，一下子，跟既定的毫无纠葛，他永远都是风采烁烁当今一武生。

老板认出怀玉来，马上上前："唐老板，其他客人给照的，都是黑白相片，不过您的可特别一点，是棕色的，保证可以存放几百年，也不变质，也不变色！"

怀玉道："谁知道几百年？这几天就要。相片给修好一点。"

"唐老板用来悬在戏园子，一定好样。"老板说。

"什么戏园子？跑码头的。要到上海去！"

"恭喜恭喜。来，请抓张彩票。"原来因庆祝纪念，凡来光顾的，都抓彩。

"呀，您抓的是第一号呢！"

一般抓到的，都是不值钱的东西，什么绣荷包、小耳环。

不过当怀玉把抓到的彩票交给老板以后，他忙收起来，把另外一张第一号的亮着，再强调地喊：

"唐老板，您的运气真好，抓到是一只金戒指！您这回跑码头一定火上浇油红上加红！"

很多人围拢上来了。愣愣地又笑又看。

老板又张罗给怀玉拍照留念。一个当红武生，在大北的戏装相片，拎住一只金戒指，傍着个笑吟吟的老板……以后一定给利用来广作宣传了，说不定就放大了，张悬在店前，每个路过的人都看到，这真是花花轿子，人抬人。

怀玉也乐于这样干了。他想，有利用价值是好的，少点本事，也就不过是八仙桌旁的老九，站不到这个位置上。当下又洋洋自得，问：

"够了吧？拍得够多啦！"

面对群众的不适，与日俱减，他又渐渐地，十分受用，还是装作有点烦："哎，都拢上来看了，不拍了！"回身到化妆房卸妆。

又回身转到志高和爹跟前去。

晚上，扯了志高来帮他说项，开口便是大道理：

"志高也看到的，那是丁老师。爹，读书识字也不过如此。现今时势不同，也没官儿可当，没什么前景，还养活不了自己呢——"

"我不是不高兴，我是不放心。"唐老大听他要随班子跑码头去，父子拉锯半天没拿砣，"你还不扎根呢。"说来说去是舍。

"爹，如今不流行这个了，机会是不等人的，我跟着李师父，还怕丢人现眼不成？——您让我去，我当然去；您不让我去，我也得去！您放我出去，三年，三年一定给立个万儿，在上海红不了，我不回来见您！"

"红不了也得回来！"

"您这是答应了？"

唐老大自然明白，他是一天一天管他不住了，怀玉一天一天地远离他了。他怎会想到呢，他调教他这么大，末了他还是凭自己本事冲天去了。

怀玉眼中只有一桩事儿：当他远走高飞，乘势也把一切都解决了。志高也许对，自己什么都可以有；而他，目下只能如此了。难道自己还要与他争么？志高在他沉默之际，马上拍胸许诺：

"唐叔叔，您放心好了，怀玉是什么样，您怎会看不出？而且，说到底还有我在。"

"志高，你照顾我爹，照顾丹丹。弄得不好，三年之后回来，要你好看！"

门外响起丹丹的喊声：

"呀，叫我来了，又在我背后装神弄鬼！你们——"

怀玉把丹丹带到院子去，他面对着这个凝着一脸笑意的姑娘，千言万语，只好草草地说了真相，不加掺杂。

志高自门缝往外瞧，听不到二人说的什么，不，只得怀玉一人说了，隔着远远的怀玉的背影，他见到丹丹的七分脸，本来的笑意，突然地变成一副滑稽怪相，嘴角一时间无措得不知往上拉，还是往下撇，脸上肌肉都紧张了，有点哆嗦，七情都混沌如天地初开，分辨不清，她僵住了，头微微地仰看着她身前的男子，耳朵只余一片嗡嗡的声响，像采得百花成蜜后的蜂儿，自己到底一无所有——她比蜂儿还要落空，她连采蜜的过程也是没有的。

志高心头突突乱跳，十分地惊惶，行动不能自如，是上前去劝慰，抑或在原地候覆？才这么简单的一桩，不过是"话别"吧，他话的是什么别？他有没有出卖他？他……

后来，丹丹只肯让泪光一闪，马上交由一双大眼睛把它吞咽了，再也没有悲伤，强道："怀玉哥，祝你一路顺风！"

一扭身，急不及待地走了。走前成功地没有悲伤，她不哭给他看。

志高上前，满腔的疑问，不放心：

"说了？说什么？"

"没什么。"

"真的？——"

怀玉搭着志高的肩膊，道："你闭上眼睛。"把东西往他袋中一塞，志高一看，呀，是一只金戒指！——他抬头。

志高拎住那只金戒指，抬头半晌。他明白了。他真窝囊，他欠怀玉太多。

突然他记起了，小时候，在他饿的当儿，怀玉总到了要紧关头，塞给他一把酥皮铁蚕豆来解馋——怀玉太好了，像自己那么的卑鄙小人，本事不大，又爱为自己打算，他这一生中，有给兄弟卖过力气吗？

就在前几天，他还念着：怀玉到上海另闯天下，他蹲在天桥扎根，各得其所，正中下怀。他还有个丹丹……在他怂恿他之际，难道不是因着私心？

志高自恨着，他从来都没这样的忠诚和感动，几句话也说得支离破碎：

"怀玉——日后不管什么事，你只要，一句话，我一定，就算死——"

"你真是，我这是一去不回吗？我临危托孤吗？才不过三年，真的，一晃过去了。待我安顿好，一定照应你俩。"

怀玉心念一靖，又补上了：

"希望你俩都好！"

及至志高得知那金戒指，原来不是买的，是怀玉以他今日的名声换的，更觉是无价宝物。人人都买得到金戒指，不是人人都能赢这面子，也不是人人都有这情分。

哥们都默然了，一瞬间便似有了生死之约。在这样的初春，万物躺在半明半暗半徐半疾半悲半喜春色里，各自带着滚烫伸延，觉不着尽头的一份情，各自沉沉睡去。谁知道明天呢。

丹丹更是没有明天了。

世上没有人发觉，在这个大杂院外，虽然没一丝风息，但寒意引领着幽灵似的姑娘，凄寂地立在危墙之下。

有生命的在呼吸，没生命的也在呼吸，这种均匀的苦闷的节奏，就是神秘的岁月。天地都笼罩她，然而却没有保护她，只是安排她在圈儿中间，看她自生自谢。她承受得了。只忖量着怀玉的门儿关严了，她站在门外。都不知道为了什么，就在风露之中，立了半宵，一言难尽。

只取出一个荷包，和针线，作法似的，虔敬而又阴森，喃喃叨念："唐怀玉！唐怀玉！唐怀玉！"

记得那天，她杨家大院附近的石奶奶，最信邪了。毛孩子一困，要睡了，她马上给放下针黹，这样道："一个人睡着了，魂儿就离开身子，你要动针线，一不小心，把他魂儿给缝进去，他就出不来了……"

丹丹就着半黝月色，唤了怀玉魂儿三声。好了，也许他在了，便专注地，一针一针，把荷包密密缝好，针步又紧又细，生怕他漏网。

她傲慢地，仿佛到手了，她用她的手，她的力气，去拥抱那幻象蜃楼。虽然周遭黑暗漫过来，她在天地间陡地渺小，但她却攫住一个魂呢，等他人远走了，魂却不高飞，揣在自己怀中，怦然地动。

真的，这荷包好像也重了点——也许，一切都是不管用的，不过，她总算尽了最大的努力。

说不出来的，先干了再算。

只是，干了又能怎样？他也是要走。心念太乱，只觉是凶。泪便滚滚奔流，隐忍不作声，竟还是吵醒了。

眼看被揭发了，马上把荷包藏好，唐老大和怀玉披衣一看，不知何时，门外来了这丹丹呢，好不惊愕。丹丹也就管不了，只望怀玉：

"怀玉哥，你不要走！"

大眼睛浸泡在水里，睫毛瑟瑟乱抖，进尽全力，化成恸哭：

"你不要走！"

十多年来都未曾如此地惶惶惨惨，爹娘不在的时日，因不懂人性，甚至不懂伤心。但如今，绝望而急躁，心肝肺腑也给哭出来，跌满一地。

大杂院中也有人被吵醒了，掌了灯一瞧，认得了，各有议论：

"就是那个吊辫子的妞儿，好野。"

"早晚爱跟小伙子泡在一起，早晚出事了。"

"没爹娘管教，爱怎么着就怎么着。干嘛哭得稀里哗啦……"

丹丹一概不理，任性妄为。父子二人吓得僵不嗤的，急急扯进屋里去，一院子的讲究非议，由它见开儿了。

怀玉安慰道："别哭别哭！"一双手，不知如何是好。思前想后，刚才她也未曾如此地激烈，如今是撕心裂肺地哭，明明地威胁着他，举步维艰。

他估道自己已经长大了，不能那么没分寸。何况又与志高有约在先呢。跟班主也有约："丹丹，你听我说，我已经给签了关书，卖个三年。你跟志高在一块，他答应过我，好好照应你。"

"我不要，我……"

怀玉硬着心肠："你真是小孩脾性，净掉歪歪的——"

丹丹猛地一仰首，逼视着怀玉：

"我不是小孩！我跟你走！"

才说罢，自己反被吓倒，一头栽进这可怖的不能收拾的局中，忘记了哭。

私奔？

这不是私奔吗？

怀玉也被吓倒了。不，且速战速决，只好浅浅一笑，临危不乱："真会闹。你跟我跑到上海去，能干些什么？你搬得动大切末？"

大局已定，不可节外生枝，生怕一时心软，狂澜便倒。只回房里取出一张相片，交到丹丹手中：

"看，这原是明天才送你的。"

丹丹见这一开口便是错，哭累了，再也不敢跌份儿。大势已去了。

唐老大着怀玉送她回家。后来一想，悠悠众口，不妥当，自己也披衣一同出门。父子陪着她走夜路。丹丹更觉绝望：好像父子二人，都不要她似的。

顿觉此是白来了，又白哭了。逼不得已，要挖个深坑给葬掉才好。然而满心满肺的翻腾，不让人知——他们都不要我。

你走吧！

走不走，节也是要过的。苗家师父师娘，便领了手底下一众没爹没娘没亲没故没家没室的师兄弟姊妹，正月十五，元宵看灯去了。

长久以来都闹灯，自汉唐以来便闹灯了。到了今日，灯竟黯然。

不是灯黯然，只是心事蒙上一层灰，哪管九曲黄河，一百零八盏灯，闪闪灼灼如汪洋大海，纷纷纭纭，缭乱迷醉，不似人间。丹丹心中没有灯。

天桥北面，是前门、大栅栏、琉璃厂……于此新春最后的一个大轴节令，拼了命地热闹着。过了元宵，喜节又是尾声，一春曲终人散，不，留住它留住它。

比丹丹大的师兄姊，一个劲地研究，这荷花灯、绣球灯是怎么弄的？牛角灯、玻璃灯、竹架纱灯哪一盏更亮？比丹丹小的师弟妹，又流连花炮棚子，看"金盘落日"、"飞天十响"、"竹节花"、"炮打襄阳城"、"水浇莲"、"葡萄架"……一街一巷亮灿灿。

小师妹高喊：

"丹丹，来，这有'线穿牡丹'。你怎的被线给'穿'了呢？嗳，疼不疼？"

丹丹笑："不疼！"

小师妹倒真的买了一盒"线穿牡丹"花炮来燃放了。

苗师父跑江湖，能征惯战，不免也为大栅栏的华丽所感动了："这大栅栏，果真庚子大火烧不尽！"

小师妹问："你念这'栅'字，念得真怪，在舌头上打个滚就过去了？"

一路笑笑嚷嚷，穿梭过了楼下檐上那一块块金字大匾，什么"云蒸霞蔚"、"绮绣锦章"。

除了瑞蚨祥这最大字号外，还有茶叶铺、珠宝、香粉、粮食、鞋帽的店号，都悬了细绢宫灯，工笔细画西厢红楼，人间情爱。

丹丹徒拥太多的情，却不是爱。

她其实不想要太多的情，只要一个的爱。既是得不到，领了其他的情，也罢，否则便一无所有。

一伙人又围坐一起吃元宵了。这摊子是现场打元宵的，用筛子现摇现卖，一边又支起大铁锅煮着，白滚滚的元宵，在沸水中蒸腾翻舞，痛苦挣扎，直至一浮成尸。枉散发出一种甜香。

苗师父见他们埋首吃上了，便问：

"你们可知道？从前呐，元宵不叫元宵，叫汤元。"

有个摔跤好手大师兄吃过一碗，又着那摊主添上了："个大馅好，再来！"

苗师父叱他："问你！"

他塞了满嘴："谁知道？那时候还没做人来呢。"

一想，也是。"真的，差不多廿年了，在袁大头要当皇帝的时候，他最害怕，听得人家叫卖元宵，总觉得人家说他袁世凯要在人间消亡了——"

有的在听，有的在吃，只有丹丹，舀了老半天，那元宵便是她心头一块肉，渐渐地冷了，也软塌了。

苗师父怎会看不出呢？只语重心长：

"丹丹，白鸽子朝亮处飞，这是应该的，不过虚名也就像闪电。是什么人，吃什么饭。你们虽没一个是我的姓，不过我倒是爱看你们究真儿，安安分分。"

见丹丹不语，又道：

"你若找个待你有点真心的，我就放心。你看，上海可不是咱的天下，花花世界，十里洋场，那种世面——"

"我也见过呀。"

"你没红过。"

一语堵住丹丹。

是没红过，穿州过省地卖艺，从来没有红过。谁记得她是谁？她是他什么人？他没表示，没承诺，她便是件不明不白不尽不实身外物。

虽则分别那日，怀玉对她和志高许下三年之约。怀玉想，三年是个理想的日子，该红的红了，该定的定了，该娶的娶了……

火车自北京出发到上海去，最快也得两天。怀玉从来没有出过门，这一回去了，关山迢递，打听一下，原来要先到天津，然后坐津浦铁路到浦口，在浦口乘船渡江，然后又到南京下关，再接上另外的火车头到上海去。辗辗转转的，一如愁肠。

车厢又窄又闷，只有两个小窗户，乘客都横七竖八席地而坐。火车一开动，劲风自车门缝窗户隙灌进来，刮得满车的尘土纸屑乱飞，回回旋旋上。

"冷？"李盛天问。便把一件光板旧单皮袄铺在地上，大家躺好。

"你这样不济，还没到埠就念着家乡的，怎么跑码头呢？"大伙笑了。怀玉也笑着，用力摇摇头，好摔开一切。呀箭在弦上！

有个乘务员给点火烧茶汤壶来了，一时间，晃荡的车厢又烟薰火燎，措手不及，呛得一车人眼泪横流，连连咳嗽。随着左右摆动着的煤油灯，咳嗽得累了，便困得东歪西倒，不觉又入夜了。

怀玉自口袋中掏出那只金戒指来，金戒指又回到他手里了。

都是志高，送车时又瞅巴冷子还他。怀玉奇怪："出门在外，带这个干么？"

"哎，这是给你'防身'用的！"

"防身？"

"对呀，要是你跑码头，水土不服，上座差劲，眼看势色不对，把它一卖，就是路费。"志高说。

"这小小的一个戒指，值不了多少。"

"买张车票总可以的吧，这防身宝，快给收好了——当然我会保佑你用它不着。"

怀玉气得捶了志高几大下："净跟我耍，幸好我不忌讳。"

把金戒指放在手里掂了掂，怀玉小心地又放进口袋中。而口袋重甸甸的，是爹在临行前硬塞的五个银元。唐老大积蓄好久，方换得十个银元，本来一并着怀玉带了。怀玉执意不肯，他想：到了上海，还愁挣不到钱？只肯要三个，爹逼他要七个，这样地推，终于要了一半——他一挣到钱，一定十倍汇过来。

民国廿二年·春·上海

想尽所有的人，最后不得不是丹丹。本是故意硬着心肠，头也不回。只是，她在送火车的时候，没什么话说，挨挨延延，直到车要开了，还是没什么话说。火车先响号，后开动，煤烟蓬蓬，她目送着自缓至急的车，带走了她心里的人。

丹丹一惊，王老公说过："你将来的人，不是心里的人。"她记起了——这无情的铁铸的怪物，我不信我不信。

她忽地狠狠地挥手，来不及了：

"怀玉哥！你要回来！你不回来，我便去找你！"

太混杂了，在一片扰攘喧嚣中，这几句话儿不知他是听见还是听不见？也许她根本没有说出口——只在心里说过千百遍，到底被风烟吞没了。她追赶着，追赶着，直至火车义无反顾地消失掉。是追赶这样的几句话么？是追赶一个失踪的人么？只那荷包在。

她怀着他的"魂"，如一块"玉"。真的，莫非怀玉的名字，在这一生里，是为她而起的？

志高陪着丹丹回家去，丹丹把怀玉的魂带回家去。

一路上，只觉女萝无托，秋扇见捐。志高亦因离愁，话更少。他长大了，他的话越来越少。

怀玉就在这又窄又闷的车厢中，苦累地半睡半醒半喜半惊。

此番出来，班主洪声一早就跟他说好条件了，签了三年的关书，加了三倍份子钱。

跑码头时，先在上海打好关系，组这春和戏班，以"三头马车"作宣传：架子花脸李盛天、武生唐怀玉、花旦魏金宝——班主私下又好话说尽："唐老板，要不碍在您师父，肯定给您挂头牌。"现在班主跟他讲话，也是"您"，他唐怀玉可抖起来了。

不要紧，到底是师父嘛，他这样想。然而也犯彪，到底长江后浪推前浪，到了上海，哈哈，还怕摆不开架势？火车轰隆轰隆的，说两天到，其实也要两天半。

一到上海，马上有接风的人。

呀，上海真是好样，好处说不尽，连人也特别地有派头。

一下车就见到了。一个廿来岁的青年，单眼皮，有点吊梢，头发梳得雪亮，一丝不苟。面孔刮得光光的，整张脸，文雅干净得带冷。穿的是一身深灰色条子哔叽的西装，皮鞋漆亮照人。怀玉留意到他背心口袋里必有一只扁平的表，因为表链就故意地挂在胸前。

一见洪班主，迎上来。

"一路辛苦了。"

"哪里。我们一踏足上海，就倚仗你打点了。"

"好，先安顿好再说。"

班主一一地介绍，然后上路。虽那么地匆促，这人倒好像马上便记住了一众的特征和身份，一眼看穿底细似的。

史仲明，据说便是洪班主的一个远房亲戚。这回南下上海等几个码头，因他是金先生的人，所以出来打点着。看他跟洪声的客气，又不似亲戚，大概只是照例地应酬，他多半不过乃同乡的子侄，是班主为了攀附，给说成亲戚了。因在外，又应该多拉点关系。

史仲明把他们安顿在宝善街。宝善街是戏院林立的一个兴旺区，又称五马路。中间一段有家酱园，唤作"正丰"，他们住的弄堂便在这一带——似乎跑码头的，大都被史先生如此照应着，这从四合院房屋蜕变过来的弄堂房子，便是艺人川流不息去一批来一批的一个宿舍。

他已经了解到，谁是角儿谁是龙套，心里有数，当下一一分配妥当。

东西两厢房，又分了前后厢，客堂后为扶梯，后面有灶披间。上面还有较低的一个亭子间，客堂上层也有房子。他们住的这弄堂已算新式，外形上参照了西式洋房，有小铁门、小花园。比起北平的大杂院，无疑是门楣焕彩了。虽不过寄人篱下来卖艺，倒是招呼周到的。

史仲明道："我给你们地址，明天一早来我报馆拜会一下，再去见过金先生，等他发话。"——金先生？听上去是个人物。

待他走后，洪班主议论："史仲明倒真是有点'小聪明'，他跟随金先生，我们不要得罪他。"

原来史仲明不单是金先生的人，还是《立报》的人。虽则不过在报上写点报道性的稿件，却有一定的地位——是因金先生面子的缘故，作为"喉舌"，《立报》自有好处。而且这不算明买明卖。

听说过么？有个什么长官衔的闻人，妻妾发生艳闻了，读者最爱这些社会新闻，不过当事人害怕见报，便四出请托，金先生肯管了，派史仲明把它"扣"下，讲条件，讨价还价之后，总是拿到一万几千元。除了孝敬先生之外，也给报馆打个招呼，说是原料不准确……

金先生业务多，也需要各方的宣传，史仲明在报馆中，又非缠夹二先生，门坎精、口齿密，故一直充任"文艺界"。

洪声一早便与李盛天、唐怀玉、魏金宝等人，来至望平街。因来早了，于此报馆汇集区，只见报贩争先恐后向报馆批购报纸，好沿途叫卖去，紧张而又热闹。《立报》是与《申报》《新闻报》鼎足而立的报纸。

这三份报纸，各自拥一批拜过门的人，在帮的都不过界。

史仲明还未到，他们便坐在会客室中等着。看来史是搭架子。

怀玉拎起一份《立报》，头条都是战争消息，自一二八与日军开战后，天天都这样报道着：

"浏河激战我军胜利"、"退抵二道防线"、"日军如再进攻，我军立起反抗"、"伤兵痛哭失声"……

奇怪，一路上来倒是不沾战火，报上却沸腾若此？翻到后页，有热心人的启事："昨日火烧眉毛急，今朝上海炮声远。我军依旧为国血战，本埠同胞就此可高枕苟安么？一腔热血从此冷了么？"

严正的呼吁，旁边却卖着广告："辣斐花园跳舞厅，地板更形光滑"、"花柳白浊不要怕"、"西蒙香粉蜜"、"人造自来血，每大瓶洋二元，每小瓶洋一元二角"。

——人造自来血？怀玉满腹疑团，正待指给师父看，史仲明来了。

班主有点担忧："这战事，可有影响么？"

史仲明牵牵嘴角：

"你们会打仗么？"

怀玉只道："不会呀。"

"你们不会，有人会。"史仲明道，"这世界，会打仗的人去打仗，会唱戏的人去唱戏，各司其职，各取所需，对吧？"

末了，又似笑非笑：

"前方若是'吃紧'，后方也没办法'紧吃'的。"

倒像是取笑各人见的世面少了。怀玉有点不服。不过出码头演戏，总是多拜客、少发言，这种手续真要周到，稍为疏漏，在十里洋场，吃不了兜着走。便噤声随他见过一众编辑先生。

史仲明道："待会他们正式上台了，我还得写几篇特稿呢。"

"反正在金先生的舞台上演出，有个靠山是真。"编辑先生道。

听了他们的话，师徒二人心中也不是味儿。难道一身功夫是假不成。

然而当他们来到"乐世界"，马上被唬得一愣一愣，目瞪口呆了。别说听了两天金先生金先生的。金先生是怎么个模样还不清楚，但这门面已经够瞧了。

怀玉只像刘姥姥初进大观园。以为天桥是个百戏纷陈百食俱备的游乐宝地？不——

来至这法租界内，洋泾浜旁，西新桥侧的一个游乐场，一进门，已是一排十几个用大红亮缎覆盖着的木架子，不知是什么东西？中间横亘了彩球彩带，若有所待，各式人等都不得靠近。似是必有事情发生……

还没工夫细问，眼前豁然开朗。房屋尽是三四层高，当中露天处有空中飞船环游，四周全是彩色广告，大大小小的剧场，看不尽的京剧、沪剧、淮剧、越剧、甬剧、锡剧、扬剧、曲艺、评弹、滑稽、木偶戏、魔术表演。还有电影室、乒乓室、棋室、拉力机、画廊、茶室、饮食部、小卖部……九腔十八调，百花在一个文明的雄伟的游乐场中齐放，这样的穷奢极丽，亘古繁华，原来也不过是花花世界中一个小小"乐世界"而已。

乐世界里头，高尔夫球场往左拐，有一个"游客止步"的地方，唤"风满楼"，原来便是金先生的办公室。

史仲明引领他们内进，又是未见人。

怀玉游目这个办公室，四周悬挂了名人书画，还陈列了彝鼎玉雕。最当眼的，是堂前供奉了关羽像，燃烛焚香，这关圣帝君，旁边还挂着一副对联，上联书："师卧龙，友子龙，龙师龙友。"下联书："兄玄德，弟翼德，德兄德弟。"——在帮的如此崇拜关帝，看来是看重他的义气。

正看着，魏金宝扯扯怀玉衣角，方回头，史仲明一早已立起来。

金先生还没进来，空气已无端地深沉不安，就像一头兽，远远地泄漏一点风声，没来得及思量，它已经到了身边。

来的是个五十上下的男人，身段有点胖，不过仍是潇洒的架子，可以猜想他的风光岁月。他穿了一件狐皮袍子，外加皮背心。

一进来，史仲明马上上前接过了皮包，他这般一貌堂堂的人，此时却也不坐了，只随侍在侧，向各人引见。

正是一山还有一山高。

"金先生。"

金啸风坐定了，向他们点个头。

脸盘是长方的，有个非凡的鹰钩鼻，一双兽眼，乌灼灼，只消向怀玉一望，便道：

"成了。"

在他对面的人，总有种被看穿了的不安。是吗？我是什么分数，难道已写在脸上？

金啸风只对李盛天热切点，听起来也不是客套废话，只道：

"欢迎你们来，闹猛一下，我就是爱听戏。你们走过了台，我定当来欣赏。角儿来乐世界献艺玩玩，便是天然的广告。仲明有跟你们谈过么？"

那史仲明当下便补充了："金先生的意思，你们夜场当然上凌霄大舞台，日戏来乐世界，算是我们把戏台借给你们，让你们把技艺介绍给观众……"

说了半截，洪班主也就明白了：

"不过日场的事儿，当初也没交待过。"

史仲明不理他：

"我们乐世界还可以义务代你们接洽堂会，也不要你们扣头，跑码头也不外是挣碗好饭吃，堂会多了，收入自然可观。而且我们其实只要你们每天在台上弄得热闹，就是重复的剧目也不打紧。"

说了这么天花乱坠一番话，原来是让他们把日戏的包银自动减少，换句话说，在乐世界的演出，就等于"孝敬"，轧闹猛。

李盛天也是见过世面的人，却笑道：

"可我倒是没准备日戏上游乐场的——"

正待推头，金啸风也笑道：

"让年青的徒弟们上好了，也不偏劳师父。难道他们拂逆你不成？不是掂他们斤两，这个档口这个场，我也不是随便让人乱轧，上座空落落，只怪到我眼光不准来了。"

好像已告一段落，没啥余地。

金啸风向史仲明一抬眼：

"仲明，待会带李老板他们白相白相去。三天后上演，你把宣传弄好。"

史仲明答应一声，又报告：

"昨天来了个招生广告，是位中央委员办的中学，他们不是邀您担任董事长么？如今用了您的名字大字招徕。这稿我还没发，您的意思？——"

"闲话一句，让他们登好了。以后这种小事不必说。交易所那儿送来的一份礼，不中我意，这徒是不收了。退回去。"

"他们——"

"你做事体也落门落坎，教教他们吧。要没空，叫仕林去。"

"我去好了。"

正要领着他们离去，史仲明忽转身：

"金先生，段小姐下午三点半才到。玛丽来个德律风，说拍完了戏，一睡不肯起床。"

只听了"段小姐"三个字，这张深沉的脸乍亮。

才一闪，已回复原状了。

出了风满楼，面对这缤纷多姿的乐世界，真不知打哪儿白相起才好。

游客开始多了，他们买一张票，才小洋二角，十二点钟进场，一直可以玩到深夜。

史仲明客气地引路，什么共和阁、共和台、共和厅、共和楼……上的都是不同的戏，也是有名声的角儿呢，这地方真不简单，谁敢不卖账？

"各位老板，日戏还没上，不若到京剧场看看。明天才走台。"史仲明说。

到了舞台，工人正在放着布景。

怀玉见了奇怪：

"咦，怎么你们用的是软布景？"

"哦我们早就不挂'守旧'了，现在流行的是在一张张软片上画上客堂、房间、花园、书房什么的，换景时下面一喊，上面一放就是。"

李盛天问："什么是'守旧'？"

史仲明一念，北平跟上海，真是相差了十年廿年光景呢，便淡淡笑道："大概是狮子滚'绣球'的误会吧，反正胡里胡涂的，就文明了。"

正为"不文明"有点脸热，忽闻：

"师哥！"

李盛天一怔,忙循声认人去。有个布景工人过来。李盛天记得了,这是他师弟朱盛堃,当年也是学武的,因练功过度,倒呛后不能唱,只会翻,出科之后却一直跑龙套,学搭布景。未几就离开北平。

"怎么你到上海来了?"

"师哥,我现在不上台了,专门'改台'。你知道吗?搭布景的吃得开呢,我除开在戏院,还画电影布景。"

"他们倒成了天之骄子!"史仲明道。

李盛天见师弟有出息,也很快慰:

"看不出呀,你从前像个毛脚鸡似的,如今拍起电影来了?"

"这上海滩,就是搅电影的发财。此中花头不少,改天带你们参观参观。"

"电影唤什么名字呢?"怀玉问。

"'夙恨'。喏,女主角一会给剪彩来呢。"

在乐世界正门入口,已围满了人,盯着一排十几块大红亮缎,窃窃议论着:

"那是什么呢?"

"来了没有?"

"别挤别挤!"

忽起了一阵骚乱,一条小路像被只无形的魔手一拨一分,现了出来。

带头的是两个男人,然后是两个女人,后面又跟了两个男人。

头一个女人,长得聪明端丽,陪同照应着,带引着女主角。她是她的"女秘书"。也没什么秘书的工作可做,不过是跟着出入交际场所,玛丽笑吟吟道:

"不算太晚吧?"

男人赔着笑。

"才不过迟了一点，不到两小时，没关系，没关系。"

群众开始闹哄哄了，他们见到了段娉婷。

段小姐笃定地走着，笃笃笃一双紫缎高跟鞋。往纤足上瞧，一小截紫缎旗袍的艳色轻轻掩映，因为全身被一袭极深的紫貂重裘给裹住了，这样的密裹，你还可以从她走路的姿态当中，发挥无穷的想象，里头是怎么一幅风光。

即使她的毛领子翻起了，钳熨好的头发，三七分界，三分按兵不动，七分浮荡的波浪正惺惺忪忪地轻傍着，不用把它拂过去，她的眼神已像分帘的手，还没着一点力气，艳光四射出来。

即使垂着眼，什么也不看，她完全知道，她是被看着的——忒烦人。

金先生陪着段小姐在那横空一写的红彩带前站好，镁光闪了又闪，段娉婷金剪一挥，彩带彩球的坚贞忽被断送，乏力地瘫分倒地，大红亮缎掀起了——

一块又一块的着衣镜，呀，全都是凹凸不平，即使你是化人天仙，对镜一照，不是变得矮胖，便是扯得瘦长，面目依然，形态大变，不知是前生，抑或来世，大家哈哈绝倒。

乐世界的这批"哈哈镜"，号召力是惊人的。剪彩过后，也就交由小市民去传诵了。段娉婷往镜前一站，见自己变得奇形怪状，也很惊讶，碍于身份，风华绝代的桎梏，只抿嘴一笑。镜中也现了另一个丑陋影子，无意地亮一亮，马上又不见了。

段娉婷回过头来，刚好是俊朗的怀玉，是镜中人的脱胎换骨。

史仲明介绍着："段小姐，这是唐怀玉唐老板、李盛天李老板、魏金宝魏老板。都是北平的红角儿，这几天要来演出了。"

段娉婷一一轻盈地握手。目中没什么人，所以感觉得出，也没什么力气——甚至没什么正视的意思呢。一双如烟的眼睛，只不经意地这个掠一下，那个掠一下，朦胧而又敷衍。水光粼粼，益发地无定向，白的比黑色的多，看上去是：她根本不要知道你是谁。你与她毫无瓜葛，彼此陌路背道，再不相逢。

怀玉一看，他认出来了，当下冲口而出：

"呀！我是见过你的！"

"见过？"

怀玉只觉自己失态，不好意思了。

"——你那个时候来北平登台——"

"对，我们在真光表演歌舞。玛丽，是哪一部电影？"竟记不起来了？

"是'故园梦'。"

"唔，这位——啥先生？"又故意地记不住，再问。

"唐先生。"玛丽十分胜任地当着女秘书。

"唐先生有来看么？"

怀玉脸更热了，那时他身在微时，不过是天桥小子，只好支吾：

"——我是看过你们的相片。好像除了段小姐，还有……名儿给忘了。"

段娉婷不动声色，浅笑：

"嗳，我都奇怪，怎的配角都给印相片送人呢？真是！"

怀玉没见过此等气焰，一时忍不住：

"也不能这样说，光一个人也演不来一出戏的吧！"

娉婷面色一沉。

城隍庙是道教的庙。道教供神最多了，天上有玉皇，地下有阎王，还有城隍、土地、龙王、山神、雷公、雨师……甚至门神。各司各法，谁有本事，谁就可以立足了。

在上海，老少皆知的南市豫园和城隍庙，一直是游逛胜地。庙内外吃食小店林立成市，风味多样。朱盛垫正介绍大伙来尝一种上海的名点，唤南翔馒头，虽不过是包点，不过形态小巧玲珑，皮薄半透，开笼时，蒸汽氤氲，全都胀鼓鼓的。

朱盛垫是个没什么耐性的人，也不跟他们客气，便道：

"快趁热吃了，入口一泡汤，这卤汁好呀。"

先自挟了一个，蘸了姜丝米醋。

一边吃一边数落怀玉：

"你刚才得罪人，你知道不？"

"我就是看不过，她是香饽饽，那与我无关，何必跟她折这个脖子呢？"

"女明星嘛，她观众多着呢，那么地受捧，自然气焰，概其在的都惯她，也就爱显了。"

"她也实在目中无人了，"李盛天护着怀玉，"才刚介绍过，马上说记不起。"

"看，师父都帮我。"

朱盛垫很毛躁，一口又吃了一个馒头。眼睛也不瞧他们，只顾权威地道：

"这段娉婷，说不定是金先生的人——不过也许不至于，要不金先生不会那么地着紧，若到手了，自淡了点。肯定在转念头，你们看她那股骄劲儿。"

怀玉不屑："女明星都是这样的吧。"

久久没发一言的魏金宝有点忧疑：

"在上海滩，电影界都是女人的天下了，这舞台上——"

金宝是旦角，自是念着他的位置。原来惶惶恐恐，已憋了半天。上海毕竟是上海呀。

"哦，几年前在华法交界民国路靠北，早已建了'共舞台'了，

152

挂头牌的是坤旦。台上男女共演，北平还没这般的文明吧？"

呀这也真是切肤之痛燃眉之急了。

自古以来，舞台上的旦角都是男的，正宗的培育，自分行后，生旦净丑末，都乾坤定矣，谁想到风气又变。魏金宝倒有些惆怅。

朱盛堃看不出一点眉梢眼角，还侃侃而谈如今《上海画报》上捧出多位的"名门闺秀"来。这"共舞台"，原来也是金先生的伟大功绩呢，有个汉口来的坤旦，才十九岁，长得好看极了，金先生看中了，为她建了男女共演的舞台，露凝香挂上头牌，唱"思凡"、"琴挑"、"风筝误"……卖个满堂，不会的戏，请师父一教，临时学上去，即使钻锅，也生生地红起来。

"这还不止，后来《上海画报》举办了'四大坤旦'选举，每期刊出选举票，读者们剪下来投入票柜，忙了三个月，自是露凝香登上了后座。"

怀玉不屑："金先生捧人，也真有一手！"

"不只有一手，还有一脑，他底下谋臣如云，花头不少。看，今儿段娉婷给哈哈镜一剪彩，这几天报上准沸腾好一阵。"

魏金宝念念不忘那坤旦：

"那么露凝香下场如何？"

——下场？

总是这样的，他要她，她就当道。他要另一个，她不得不自下场门下去了。

好像每个地方总得有个霸王，有数不尽的艳姬。魏金宝只觉他的日子过去了，原来他不合时宜了。也许上海是他最初和最后一个码头。他既不是四大名旦，也不是四大坤旦，他是一个夹缝中，情理不合诚惶诚恐的小男人。

怀玉朝李盛天示意，师父拍拍他：

“金宝，我们是以艺为高！”

为了岔开这不妙相的话题，李盛天打探起金啸风身世来了：“这金先生到底是海上闻人，怎的对艺行的女孩子老犯迷瞪？”

“闻人？谁不知道他出身也是行内？”

“也是唱戏的？”

“不，是个戏园子里头的案目吧。还不是造化好？”

迎春戏园是五马路最出名的一个戏园子了，廿多年前，金啸风出道不久，还不过是十名案目中的一名。交一点押柜费，便开始他的招揽生涯。他们引导生熟客人进场看戏，每张票可以拿上个九五折，看这数目，好处不大，不过外快很多。公馆中的太太奶奶们看戏，不免要吃点心吃好茶，而商家们招待客人，往往不一定当天付款，积了三五趟一起收，这“花账”便给得阔气点，有时数目报上去，多了一点，谁都没工夫计较。殷勤的案目吃得开，会动脑筋的呢，打一次抽丰，就有赚头了。

金啸风正是十名案目中众口一词的“大好佬”，别管他用了什么手段，反正他精刮，这似是螺蛳壳里做道场，也能脱颖而出。

当他成了个一等的案目后，更左右了老板遐角的行动，他要这个，不要那个，老板为怕全体案目告退，张罗不出一大笔的押柜费相还，他便听他们的了。

金啸风的父亲，原不过开老虎灶卖白开水，衙堂人家来泡水，一文钱一大壶，谁料得那个守在毛竹筒旁豁朗朗收钱的孩子，后在十六铺一家水果行当学徒，再在小赌场、花烟间卖点心的小伙子，摇身一变再变……

“好了好了，说了老半天，也得吃点点心吧？”朱盛堃说着，领了自城隍庙九曲桥走过，到了对面的另一家小店。

一进门，便嚷嚷：

"有什么好的？百果糕？酒酿圆子？鸽蛋圆子？——"

看来真是春风得意。

李盛天道："师弟，你在上海倒是混得不错呀。"

"上海是个投机倒把的地方，不管哪一行的买卖，冷镬子里爆出热栗子来。从前我想都没想过有今天。"

说时不免亦踌躇满志，脚也摇晃起来了。所谓"暴发"，就是这般嘴脸吧？

怀玉问：

"那金先生倒也是暴发。金太太是什么人？"

"金太太是个哑谜！"

"她在不在上海？"

"不知道。"

"那么，在什么地方？"

"在不在人间都不知道呢。"

大伙好奇了：

"究竟有没有这个人呢？"

"不知道，也许压根儿没有，也许她不在，也许还在，不过是个秘密——我也希望知道。"

"没有人见过么？"怀玉追问。

"太多人说见过，不过闲话多得像饭泡粥，全没准，都瞎三话四。两年前一份小报哄轻头，影射一下，三天之后，就坍了。"

"影射什么？"

"说是个唱弹词的苏帮美女。"

哦，说小书。

然而这个美女，怎的在人世间如此地被传说着，而传说又被人为地中止了？

她是谁？

金先生的身边有没有这样一个人？

这些，都不是怀玉所能了解的，正是初到贵宝地，举目尽是意外，人物一个一个登场，目不暇给。

连吃食也跟北方不同呢。

吃过鸽蛋圆子，还买了点梨膏糖，这糖还是上海才有的土产呢，花色的内有松仁、杏仁、火腿、虾米、豆沙、桂花、玫瑰等，另一种止咳疗效，还和了川贝、桔梗、茯苓和药材，配梨煎熬成膏。小店中还有冰糖奶油五香豆、桂花糖藕、擂沙圆、猫耳朵、三丝眉毛酥、猪油松糕、八宝饭……

——若是志高来了，这岂非他的天下了？一看到吃食抛海，不免惦念着志高。两个人，一气儿啃一大顿。不，三个人。不——怀玉马上抖擞着问李师父。

"明儿什么时候走走台？"

"上午到乐世界，下午到凌霄。"

重要的是凌霄大舞台。好不容易才踏上凌霄的台毯呢。三天后，他就知道，这个可容两千人的舞台，这绮丽繁华的大都会，有没有他一份。

《立报》上出现了的宣传稿件，用了"唐怀玉，你一夜之间火烧凌霄殿！"为标题，给"火烧裴元庆"起个大大的哄。

凌霄大舞台在四马路，是与天蟾齐名的一个舞台，油漆光彩，金碧辉煌，包厢中还铺了台毯，供了花，装了盆子来款客。

舞台外，不只是大红戏报，而是一个个冠冕的彩牌，四周缀满绢花，悬了红彩，角儿的名字给放大了，在马路的对面，远远就可以看到。晚上，还有灯火照耀着，城市不会夜，好戏不能完。

头一天，上的都是各人拿手好戏，"拾玉镯"、"艳阳楼"、"火烧裴元庆"、"霸王别姬"……

怀玉在人海中浮升了，金光灿灿的大舞台，任他一个人翻腾。到了表演摔叉时，平素他一口气可以来七个，这回，因掌声彩声，百鸟乱鸣，钟鼓齐放，他非要来十二个不肯罢休——观众的反应如暴雷急雨，打在身上竟是会疼的。

原来真的"打在身上"了。

上海观众们，尤其是小姐太太，听戏听得高兴，就把"东西"给扔向台上，你扔我扔的，都不知是什么。

斗志昂扬的怀玉，只顾得他要定这个码头了。

末了在后台，洪班主眉开眼笑，打开一个个的小包，有团了花绿钞票的，有用小手绢裹了首饰，难怪有分量。

他把其中一个戒指，放嘴上一咬，呀，是真金。

递与一身淋漓的怀玉：

"光这就值许多银洋了！"

再给打开另一个，是块麻纱手绢，绣上一朵淡紫小花，藤蔓纠缠。

忽闻惊叹：

"咦，这是什么宝？"

——是个紫玉戒指，四周撒上碎钻，用碎钻来烘托出当中整块魅艳迷醉的石头，那淡紫，叫怀玉一阵目眩。不知是谁这么地捧他呢？

"唐先生。"

怀玉循声回身一望。

这个人他见过，也得罪过。

段娉婷今儿晚上先把发型改变了，全给抹至脸后，生生露出一张俏脸，额角有数钩不肯驯服的发花相伴。

怀玉第一次正正对准她的眼睛，是一种说不出名堂的棕色，在后台这花团锦簇灯声镜语的微醺境地，那棕色变了，竟带点红色。

她道：

"原来是这样的，光一个人，也演得来一出戏！"

望着似笑非笑的段娉婷，怀玉心虚了，莫非她记恨？因为他那般直截了当地说了一句不中听的话，她便来回报？

他分辨不出自己的处境。

是的，这个女人成名得太容易了，人人都呵护着，用甜言蜜语来哄她，在她身上打主意。自己何必同样顺着她？人到无求品自高，怀玉也是头顺毛驴，以为她找碴来了，受不得，不免还以心高气傲：

"舞台当然比不得拍电影，出了错，可不能重来的。"

"你倒赢了不少彩声。"

"在台上我可是'心中有戏，目中无人'。段小姐请多指教。"

段娉婷伸出玉手，跟怀玉一握。虽仍是轻的，却比第一回重了。

放开时手指无意地在怀玉那带汗的掌心一拖，盈盈浅笑便离去了。

他什么都来不及。

来不及回应，来不及笑，来不及说，她便消失了。

只余那只碎钻紫玉戒指，在梳妆镜前巧笑。

怀玉的心，七上八落。

那位永远的女秘书玛丽小姐，往往及时地出现，朝怀玉：

"唐先生，段小姐请你一块宵夜去。她在汽车上。"

怀玉一慌，忙拎起戒指：

"请代还段小姐。"

"你怎么知道是谁送的？不定是段小姐呀。"玛丽促狭地道，"有刻上名字么？还是你一厢情愿编派是她礼物？"

只窘得怀玉张口结舌。

"怎么啦，要说唐先生自家跟段小姐说。"

"……我不去了。"

"开玩笑。还敢不赏这个脸？别要小姐等了。"玛丽笑。

怀玉回心一想，没这个必要，陪小姐去吃一趟宵夜干么？也不外是门面话。就是不要发生任何事件——事件？像一个幻觉，在眼前，光彩夺目，待要伸出手去，可是炙人的。他也无愧于心。故还是推了：

"对不起，明儿还要早起排练，待会要跟班里的聚一聚。我不去了。不好意思，让你挠头了。"看来真不是开玩笑。

不一会就听到外面汽车悻悻然地开走了。谁推搪过她？

一个初来乍到的外人，不识好歹。初生猛兽，没见过世途，所以不赏这个脸。就是连没感觉的铁造的汽车，也受不得，故绝尘急去。班里一伙人不知道来龙去脉，连怀玉也不知道来龙去脉。

卸了妆，行内的便带他们宵夜去。一路都很高兴，因为卖了个满堂。

在路边吃鸡粥、茶叶蛋，还有出名的硬货排骨年糕。一块排门板，上面有红笔写上"排骨大王"，门庭如市。排骨是常州、无锡的猪肉造的，年糕是松江大米，放在石臼里用木榔头反复打成，文火慢慢地煨，又嫩又甜，五香粉的特色令人吃了又吃。

"来，怀玉，多吃一点，你刚才卖力气啦。"李盛天把一大块香酥的排骨挟给他。又笑，"——而且，连小姐的约会也不去了。"

怀玉含糊地道：

"还是这样的宵夜吃得痛快。"

第二晚，盛况依然。

会家子通常都听第二晚。因为台走熟了，错失改了，嗓子开了，人强马壮，艺高胆大。金先生见头场闹过，他坐在包厢中，前面一杯浓茶，手里一支雪茄，身畔一位美人。

"好！今晚上，就到大鸿运宵夜去。"

因是金先生请的宵夜，谁也不敢推。开了两桌，点的菜肴是莼菜鸳鸯、金钱桃花、群鸟归巢、红油明虾、竹笋腌鲜，还有大鱼头粉皮砂锅。全是大鸿运的拿手特色。

金啸风问：

"李老板是科班，'盛'字辈。唐老板呢？可是真名字？"

"他只不过是半途出家的。"

怀玉也回话："怀玉是本名。"

"这名字好。"金先生举杯，"好像改了就用来出名的。"

"谢金先生的照应。"怀玉马上道。场面上的话也不过如此。

待多喝了两三杯，金啸风朝段娉婷问："段小姐本名是啥？"

"不说。"嘴一努，眼一瞟，"忒俗气的，不说。"

"说呀，越发叫我要知道了。"

"说了有什么好处？"

"你要什么就有什么。"

"我才不图呢。我什么都有。"

"算是我小小的请求吧？"金啸风逼视她，"我也有秘密交换。"

"得了。我原来唤'秋萍'，够俗气吧？"

同桌有个跟随的，一听，马上反应："哈，还真是个长三堂子里头的名字！"

段娉婷蹙了眉，就跟金啸风撒娇：

"金先生，你听听这是什么话？"

"嘿，你这小热昏，非扣你薪水不可。段小姐怎的给联到长三堂子去？你寻开心别寻到她身上来。"

吓得对方忙于赔罪，段娉婷则忙于佯嗔薄怒。史仲明看风驶埋，便问："金先生另有别号，大伙要知道么？"

"仲明，你看你——"

"金先生别号嘛，嗳，真奇怪，他唤'蛟腾'，听说是人家给他改的。"

"谁呀？"段娉婷问。

"反正是女人吧。不是段小姐给改么？哈哈哈！"举座大笑起来。

举座这样地笑，暧昧而又强横。直笑得段娉婷杏脸桃腮不安定，五官都要出墙。一漫红晕鲜妍欲滴，仿佛是一块嫩肉，正在待蒸。

怀玉见公然的调情，竟也十分腼腆。段娉婷斜睨怀玉一眼，这个推拒她的男人，不免施展一下，便把嘴角往下一弯：

"谁有这么闲工夫？怕不是城隍庙那生神仙给改的，叫你好转运，别惹了风。"

"什么都惹得，就是你，惹不得。"

段娉婷不动声色，然而她知道，在桌下，金啸风的手，放在不该放的地方。她要怀玉明白，她也不是省油的灯，从来没有失手过。

"金先生，前几天收到你的帖子，说是生日，请吃寿酒，呀，早一个多月就发帖子，打抽丰么？"

"怕请你不到。"

"暖寿我不来，正日才到。"

"好好好。"

"可收到礼物了？"

"我早已让他们欣赏过了。"

果然有吹牛拍马的给说了：

"那只苏帮的玉雕三脚炉可真是珍品，金先生打算放置在风满楼上呢。"

"三脚炉？"史仲明又推波助澜了，"是暗示金先生别是三脚猫吧？"

"男人谁个不是'三脚'猫？"段娉婷嗔笑。

说来说去，围绕着男女之欢。兵来将挡，暗藏春色。旁人无法插上一言半语。只叫李盛天唐怀玉魏金宝坐立不安，都是陪客。怀玉想不到上海滩的女人会是这样的——好好的一个姑娘家……他深深地看着段娉婷，也许她的哀愁有点分明了，她浓密的睫毛，漆亮的眼线，马上要设法把自己的哀愁全掩藏起来。意兴阑珊地换个话题，竟正派得着意了：

"最近忙什么？"

金啸风一双如兽的眼睛，带着灼得人疼痛的威严，即使他回答得多么正派，还是叫女人心悸："钱！"

"你怎的永不知足？"

"有钱没人，当然不知足。"

然而有钱还怕没人么？

任何一位经济学家都说，全球的地皮，无论在哪一国哪一方，地价总是一天天地涨，绝不会跌的。因为地就只得那么多了，地只能种钱，钱可不能种地。

金啸风的"娱乐事业"只是他的一种姿势，他的主力在地皮、银行，乐世界里头，还有家证券夜市交易所，就是上回要拜师的，跟他们拉锯一阵，收了这徒，就吃进了。

市上的交易所只在上午举行交易，如今乐世界既可营业到晚上七时，那些想发投机财的人，还不涌到这里来？早晚买进卖出，涨跌之间，有人倾家荡产，有人暴发狂富——都逃不出金先生的算盘。在他手掌心打滚。

金啸风握住段娉婷的手，讶然：

"那只紫玉戒指呢？"

"太小了，不戴。"

金饶有深意地看她一眼，自口袋中掏出一个小锦盒来，啪一下打开了，女人不免有点意外，然而若无其事。

"三克拉钻石，不小了吧？"

"呀，太紧了——"

金先生附耳讲句话，段小姐没太大的反应，只顾道：

"太紧了。"

她向他揶揄："是我不好，指头长胖了呢。"

"哈哈哈！"金啸风狂野地笑了，"漂亮的人做了什么错事，特别容易得到宽恕。"

众正忖量他的意思，段娉婷当下不免妙目一横：

"什么错事？指头长胖了也不许？"

说着便奋力地把男人桌下的手一拨。

金啸风挑了这个晚上，来表演他的功力。意犹未尽，便面面俱到地向久未发言，坐在对面百感交集的怀玉道：

"唐老板，你们瞧，若是犯了桃花，可不知会不会影响正运呢？"

怀玉只淡漠一笑，也不打话。

段娉婷无端地气恼了：

"我走了。"

送段小姐的是斯蒂庞克轿车。

说是"送"，其实是"接"。

一直接至法租界巨籁达路金先生的公馆去。

她太明白了：

金啸风要她，她便是他眼中的西施，心头的肉，掌上的珠，玻璃橱里头一座玉雕——但她不可能吊他胃口太久。

他也太明白了：

一个坚贞的女人，尚且不堪长期支撑，何况一个不够坚贞的女人呢？——世上也有不屈的女人，但太难了！一般总是屈服于金钱、厚礼、虚荣之下，甚至甜言蜜语……真有不屈的女人吗？

在烟笼酒薰下，人总是荒唐而又不便计较的。他的头发已夹杂了灰白，他不失潇洒的身体，摸上去到底也不堪设想了。

根本没有时间细想，段娉婷那黑色通花的底旗袍自肩头滑垂下地。

坚持到几时呢？他既是挑了今儿个晚上，就今晚吧。

终究有这一天，早晚有这一天，她是心甘情愿。快刀斩乱麻。

堕落是痛快的，尤其是心甘情愿地肯了。一点也不委屈，从来没有怨天尤人过——她甚至有一种快感，她是一个"快乐的女明星"。如果她不是今天的她，不知会沦落到什么地步？家里是卖盐的，生了十个子女，有七个夭折，剩下二男一女……她是五卅惨案苟活的一个小女孩。她很满意。

"小满！小满！"

——真奇怪，她听得身上的男人在这个非常时期紧张的一刻唤着另一个名字。他醉了，眼睛里也充满了酒，贴得那么近，一边咆哮，一边用力抓住她的头发，逼令她的一张脸正正地对准他。她被扳，动弹不得。

他非要看着她，如此逼切而又愤恨，贪婪如兽，他专注于她分不清是痛苦或快乐的表情。这一刻，他知道女人是最爱他的——生理上、心理上。

他暴烈地耸动着狠唤着：

"小满！"

段娉婷连稍稍张开眼睛的力气也没有。她眼前一黑，堕落万丈深渊，一直地往下堕，有节奏地，万念俱灰地。不管是谁，不知是谁，在这束手无策之际，真的，这个男人她最爱，她需要。他是她毕生的靠山，她像丝萝般缭绕，身体挺贴向他，以便根深蒂固。

女人再也没有自尊，也没有拖欠。他在给予的时候，不也同时得到吗？谁也不欠谁。她开始呻吟……

如上海的呻吟。

上海是个没自尊不拖欠的地方，在中国，再也没有一处比这更加目无法纪道德沦亡了。不单无法，而且无天——天外横来一只巨手，掩着上海顶上一片天。

上海的女人，堕落已上瘾。

整个的上海，上海里头的法租界。这爱多亚路以南的法租界，比公共租界更混乱，一切的罪恶都集中到这里来了，鸦片烟馆、赌场、暗娼明妓、电影、舞台、乐世界、金公馆。她陡地不可抑制地嘶叫起来……

喧嚣的夜上海，谁也听不清谁的嘶叫。

不夜天也会夜。

大白天，朱盛堃领怀玉参观摄影场来了：

"这几天拍的'夙恨'，布景是我搭的。"

拍戏的长铃一响，导演出场了，是一张僵化了的胖脸，像冰镇的一块猪油年糕。趾高气扬地往帆布椅坐下。喊：

"开麦拉！"

机器开动，只拍摄着一个老妇的凄凉反应。拍了一阵，他不耐烦了，又喊："咳，咳！咳！"

摄影、剧务、道具、场务、杂务……面面相觑。助导向场记打个眼色，场记向导演的心腹小工努努嘴，不一刻，小工奉上小茶壶，导演一饮解渴——却原来茶里偷偷放了烟泡，顺风顺水的，他就顶了鸦片瘾。众人吁一口气。若再发作，又离不了场，他也许就会拿起一片面包，用小刀挑些烟膏涂抹当点心地吃。导演嗓门大了一些："娘希匹！怎的失场了两天？拆烂污！"

扰攘一阵，有人来通报：

"导演，段小姐来啦，正在化妆。"

既来了，导演的气焰也敛了。毕竟是现实：马路上掉下一块大招牌，砸伤三个路人，其中两个是导演。而明星，真的，明星只有她！

段娉婷被金先生"禁锢"了两天。

对镜一照，天，汪汪的眼睛，蒙了一层雾，眼底下有片黑影子，极度的"睡眠不足"。一种明明可见的罪孽似的烙记——还未爱弛，已然色衰。真的。

摄影场中尽惹来遐思风语，没有一个人胆敢拂逆她。只给她扑上香粉蜜，扑一下，抖一下，全然上不上脸。

"算了算了，横竖要拍，先拍自杀那场也罢！"

她憔悴了，更适合自杀。大伙只好听她的。遂又给更换了衣服。

从前，电影院里充斥着神怪武侠鸳鸯蝴蝶的片子，根本没出过什么明星，后来，影片的内容渐渐"进步"了，也开始涉现实，反封建，好看得多，明星制度也产生了。

九一八、一二八，日本人肆虐，虽谓国难当头，电影业反而畸形发展，谁都没有明天，只有避难，电影院是避难所。大家躲进阴暗的空间悲哀痛哭。

"夙恨"中，段娉婷演一个败落的大家闺秀，父亡、母病，于是被逼赴舞场出卖自己，受尽苦难。她赚到的皮肉钱，又让一个男人骗了，声色犬马一番。她怀了孩子，他又跑掉。今天她自杀。

段娉婷拿着一瓶安眠药来了，本来还是有点歉意：因她两天没出现，整个摄影场的人便在等她，先跳拍了母亲的反应，跳无可跳。

只一见到导演，他已忙不迭讨好："段小姐，慢慢来，没关系。先要培养一下情绪么？"

他既捧着她，遂不了了之。下颔微微一抬，表示要静一静。谁知一瞥之间，便见搭布景的身畔，站了叫她恨得牙痒痒的唐怀玉。

他要看她表演了——他看出什么来？他那种鄙屑冷笑，是在嘲弄自己的淫贱吗？

实在也是一个贱女人。

段娉婷把一页对白递还给助导，然后独自地静默了。

大伙都在等她进入角色，她漫不经意地，把感情掏出来，放进这个女人的身上了。只一示意，机器轧轧开动，眼神起了变化，泪花乱闪而不肯淌下。她对死是畏惧的，不过生却更无可恋。她近乎低吟地，念着对白：

"妈，我对不起您，不能养您终老。我是多么地希望亲眼看着您好起来，回到过去的日子，虽然穷，一家过得快快乐乐，不过一切已经迟了，我已经是一个不名誉的女人了，每天在跳舞场，出卖自己的身体和灵魂。我对爱情并无所求，只求一位爱我、体贴我的爱人，就该满足了，这不过是起码的要求，不过难得啊！当我打开了抽屉，发觉里头一无所有，妈，我真的一无所有。惟一有的，是肚中的孩子，但我不愿意让他来到这个丑恶的世界中受尽苦楚折磨、受尽玩弄，被这时代的洪流卷没，失去自己，妈，我要去了……"电影中，濒死的人往往需要卖力气念一段冗长的对白来交待她的前尘往事，一生一世——虽然一早已经拍过了，却不惮烦重复一遍，好提醒观众们，她有多痛苦！观众们听不见，但看得出。段娉婷的泪终流下来了。表演时她得到无穷无尽的快感，弥补了精神上的空虚。

整个摄影场中的苍生，都在聆听她的独白。不知是她的演技，抑或是这个虚构的老套故事，总之骗尽了苍生。

她拿起了安眠药，一片一片，一片一片地吞下去了。很多人的脸孔出现在眼前。男人的脸孔，有最爱的，也有最恨的——第一个男人是她父亲。在盐铺的仓库里，她十五岁，父亲强暴地要她，事前事后，都沾了一身咸味，至今也洗不掉。啊。也许因为这样，她竟是特别地爱洗澡，用牛奶洗，用浴露，用香水。奇怪，总是咸得闷煞人。

幸亏南京路发生了五卅惨案，一九二五年，她最记得了，工人学生们为抗议日本纱厂枪杀工人领袖，所以麇集示威演讲宣传，老闸巡捕房前开枪了，九死十五伤。有个路人中了流弹——他不是无辜，他是偿还。

段娉婷认定了是天意，巡捕代她放了一枪。收拾了父亲，早已丧母的二男一女便开始自食其力。两个哥哥坏了，混迹人海，很难说得上到底干了什么。自己这个作妹妹的，也坏了，但她却有了地位。

——地位？

她不过是当不惯荐人馆介绍过去的佣工，便毅然考了演员，过五关，睡六将……

她知道大伙并没真正瞧得起她。虽然这已是个摩登的时代了，不过，她让谁睡过，好像马上便已被揭发。

他们用一种同情但又鄙视的态度来捧着她。一个女人贱，就是贱，金雕玉琢，还是贱。

她一片一片地，把安眠药吞下去……

横来一下暴喝：

"停停停！她来真格的！"

便见一个旁观的他，飞扑过来，慌忙地夺去她手中的瓶子，世界开始骚乱。他用手指头往她咽喉直扣，企图让她把一切都给还出来。导演正沉迷于剧情，直至发觉她其实假戏真做了，急急与一干人等拢上去，助怀玉一臂之力。有人交头接耳地：

"又来了？真自杀上瘾了？"

怀玉喊：

"快，给她水喝，灌下去！"

他灌她一顿，又逼她呕吐一顿，他一身都狼藉。扶着她，搂着她。那么软弱，气焰都熄灭了，只像个婴儿。

直至车子来了，给送进医院去。

怀玉在乐世界的日戏失场了。

六时二十分，终于醒过来，玛丽唤怀玉：

"段小姐请你进去。"

怀玉只跟洗胃后的段娉婷道："没事就好，以后别窝屈尽憋着——"

段娉婷苍白着脸：

"我没憋着。你陪我聊聊。"

"我要上夜戏呢。你多休息。"

"一阵子吧？"

"改天好了。"怀玉不忍拂逆。

"哪一天？几点钟？什么地方？我派车子来接？哪一天？"

怀玉只觉他是掉进一个罗网。

他自憋憋囚囚的大杂院，来至闹闹嚷嚷的弄堂房子。然后，车子接了他，停在霞飞路近圣母院路的一座新式洋房前。

通过铁栅栏，踏进来，先见一个草坪，花坛上还种了花，是浅紫色的，说不上名字。她住在二楼，抬头一看，露台的玻璃门倒是关了，隔着玻璃，虽然什么都看到，但却是什么都看不到。

段娉婷一定知道他们在凌霄上了廿一天的戏，卖个满堂，为了吊观众胃口，故意休息七天，排一些新戏码，之后卷土重来。段娉婷一定知道他练功过了，有自己的时间，故而俘虏来——怀玉可以不来的，他只是不忍推拒一个"劫后余生"的小姐吧。也许需借着这个理由才肯来。

很多事情在没有适当的引诱和鼓励下，不可能发生。唐怀玉，甚至段娉婷，二人在心底开始疑惑，那一回的自杀，究竟是不是命中注定的，连自己也无法解释的一次"手段"？

佣人应门，招待怀玉内进之后，便一直躭在佣人间内，不再出来。

"小姐请你等她。"

怀玉只见敞亮的客厅，竟有一座黑色的钢琴，闪着慑人的寒光，照得见自己的无辜。他无辜地踏上又厚又软的大地毯，是浅粉红色的，绯绯如女人的肉。踩下去，只羞惭于鞋子实在太脏了，十分地趑趄，不免放轻灵点，着地更是无声。

钢琴上面放了本《生活周刊》，封面正是段娉婷。一掀，有篇访问的文章：

"……段小姐的脸儿，是美丽而甜蜜的，充满着纯洁无邪的艺术气质。二条纤秀眉毛底下，一双乌溜溜亮晶晶圆而大的眼珠，放出天真烂漫的光芒。丰润的双颊如初熟的苹果。调和苗条的体格，活泼伶俐的身段，黄莺儿似的声调，这便是东方美人的脸谱了。

"段小姐的生活美化、整齐、有规律。清晨八时起身，梳洗后便阅读中英文一小时，写大小字数张。有空还常看小说，增加演技修养。晚间甚少出去宴会，不过十时左右便已休息了……"

刚看到"这位艺貌双绝的女演员，正当黄金时代的开始，他日的前程是远大光明的，她却说，最喜欢的颜色不是金，而是紫和粉红……"

难怪花圃是紫地毯是粉红。简直是一回刻意求工的布置，好好地塑造一个浪漫形象以供访问。

忽地耳畔传来一阵热气，吓得怀玉闪避不及。不知何时，段娉娉出来了。她穿的是说不上名堂的滑腻料子，披挂在身上，无风起浪，穿不进睡房，穿不出大堂，只似一条莹白的蚕，被自己吐出来的丝承托着，在上面扭动。

她洗过了头，头发还是半湿的，手中开动了电气吹干器，把它张扬着，呼呼地吹，秀发竟自漫卷成纷杂的云堆，掩了半只右眼。她自发缝间看着怀玉：

"我叫你唐，好不好？'唐'，像外国人的名字，Tom！"

"不，'唐'是中国人的姓呢。"

"唐，"她兀自唤着，"你在看我的访问文章？"

怀玉马上掩饰："不，我只在看这广告，什么是'人造自来血'？"

"上面有英文。你会英文吗？"

"不会。"怀玉稍顿，"你会吧，说你每天阅读中英文一小时——"

"哈哈哈！"段娉娉笑起来，"你说没看那文章的？没有，嗯？"

怀玉脸红耳赤的，窘了一阵。

"那补品是金先生干的好事，报上的广告用上了英文，是洋货。唬人的，大家都来买，他也就发了一票大财。我是从来也不喝的。你要喝吗？"

"金先生——"

"不许问啦！"段娉娉马上便道，"你要咖啡？我给你调一杯。"

"不必麻烦了。"

"不麻烦，有自来火。"

乘势跑开了。

待怀玉开始呷着他此生第一口的咖啡时，段娉婷忽地责问："你干么跟我搭架子？"

"是你先搭的架子。"

"我红嘛！"

"那与我无关，而且不想知道。我现在也红。"

"上海是我的地方呢。你真的不知道我有多受欢迎？你看过我电影没有？"

段娉婷不服气了，他竟然不知道她的地位？他竟然三番两次地瞧她不上？忿忿然只说得满嘴"我我我"。

"电影还没拍好。"

"哎你这土包子。我拍过十部电影了。那'凤恨'，这几天我才不要拍。"

"那怎么成？"

"我身体虚弱嘛，你洗过胃没有？你不知道有多苦。我要休息。唐，你陪我休息。"

"段小姐，我怎么就有你那么闲？你身体差劲，那就好好躺一回吧。我来一趟，也没什么好聊的，倒像耽误你了——"

段娉婷听得怀玉这般的倔，忍不住仰天格格大笑！道：

"唐，你真可爱，一点也不滑头。"

笑的时候，身体往后一摊，胸脯煞有介事突出了，都看不清里头是什么，隔了最薄的一层，还是看不清——怀玉一瞥，骇然。在这初春，室内的暖气竟让他悄悄地冒了点汗，他忍不住又一瞥，想不到这样地贪婪。

段娉婷只觉诱惑一个僧人，也没如此费力过。她问：

"你几岁？"

"廿一。你呢？"

172

"嗳，你问小姐的年龄不礼貌。"

"是你先问的。你几岁？"

"跟你差不多。"

"比我大还是比我小？"怀玉拧了，好像她既一意在耍他，所以非得穷追猛打不可。

"哎哟，穷寇莫追啦。"

——心想，真笨，不回答，自是比他大。场面上的圆滑竟半点也沾不上。眼睛十分纵容地瞅着他。怀玉没回避她的眼光，只耿直问：

"你实在找我干么？"

"你是我救命恩人嘛。待我换件衣服逛街去。"

段娉婷换了袭灰紫色的旗袍，故作低调，那衣衩在腿弯下，走起来有点不便，但因为难期快速，倒让人把下摆的三列绲边都看清了。人家不过单绲双绲，她却是三绲，手工精致得不得了，泛了点桃色艳屑，末了用一件浓灰的大衣又给盖住了。

正要出门，她又道：

"不，我要另换一只口红。我不用平日那只——为了你的。好不好？"

果然换了一只清淡的，怀玉哪敢说不好。

司机把二人载至南京路，小姐着他等着。便走进惠罗公司看布料去，什么月光麻纱、特罗美麻纱、乔其丝麻纱，都不甚中她意。只管对怀玉道：

"一想着要换季，就觉着头大。"

见他没什么反应，一把挽着他的臂弯：

"哦？闷煞你啦？惹毛你啦？——这可不是你陪我，是为了答谢，我陪你的！"

"不，我只是怕出洋相。"

"真是！只有付钞票的是大爷。来，你到过永安么？"

听倒是听过的，一直没工夫来一趟，而且这些南京路上的百货公司，卖的都是高档商品，英国的呢绒、法国的化妆品、瑞士的钟表、法国的五金机具、美国的电器、捷克的玻璃器皿，甚至连卫生纸，也是印着一行洋文，标志着舶来品。

——光顾的客人，不是外国人，便是"高级华人"。

招待的都是打扮得漂漂亮亮、笑脸迎人的"花瓶"，斑斓的旗幡凌空飘舞，洋鼓洋号，吹吹打打，十分唬人。怀玉只觉自己是刘姥姥。

段娉婷原来真是个洗澡狂。到了化妆品柜台，买了大包小包的沐浴香珠香露香皂，用的是公司所发的"礼券"，随手一扬，都是巨额，不知从何而来。柜台的花瓶们认得她，招待十分热情讨好。

怀玉溜到一旁，忽见一张大型彩色相片。

正是段娉婷。她斜倚着、拎着一块香皂的广告相片。因为是洗净铅华似的，变了另一个人。上面还有一段文字：

"力士香皂之特长，不外色白香浓与质细沫多，以之洗濯，不独清洁卫生，而且肌肤受其保护，可保常久娇嫩细腻。"

末了签个龙飞凤舞的"段娉婷"。

二人买好，转身走了，柜台上方有窃窃私语："嘿，不管她用什么洗澡，就是'脏'！"

"身畔的是谁？不像是户头。"

"不是户头，就是小白脸！"

"也不像。蛮登样的。倒是她巴结着他。什么来头？"

逛完永安逛先施，反正这般又谋杀了大半天。段娉婷非常地满足而疲倦，到了先施公司顶楼的咖啡室，便点了：

"冰淇淋圣代！"

怀玉忙劝止："你身体还没好，过几天还要拍戏，不要吃冷的。"

"我偏要！"她有点骄纵地坚持着，目的是让他再一次关心地制止和管束。

——谁知他只由她。

这样地又撒手不管了？怨恨起来，便骂道：

"你虽然救过我，不过对我也不怎么好！"

"也不全为是你。在那种情形底下，谁都一样。你怎么可以糟蹋自己？听说不止一次。自杀又不是玩的——"

"你先说是为了我，我才跟你说话。"逼他认了方从详计议，娉婷比较甘心。

"是——"

"好了，我满意了。不过我今天不说，改天再说。这是送你的。"

然后拿了一份包裹得很精美的礼物出来，一个长型的盒子，拆开一看，是管自来水笔。

怀玉忍不住笑了："你们上海，什么都是'自来'的：自来血、自来水、自来火、自来水笔……"

"你什么时候'自来'？"她马上接上了。

段娉婷看着怀玉，她等着他。他再一次地发觉，原来她的眼睛实在是棕红色的——与那晚的灯影无关。

像一种变了质的火焰。她原是多么地高傲，谁知栽在他手上。她心中萦绕的，已经不止是对男性的渴望了，她其实不是要一个男人，她心里明白，她要一个不知她底蕴，或者不计较她底蕴的天外来客，带领她的灵魂，逃出生天。也许有一天，她放弃了此生的繁华，但仍不是时候，她必得要他承认了她此生的繁华，她方才放弃得有价值。

莫非他也栽在她手上？

他不是不高傲的呀——段娉婷，上海滩首屈一指的女明星，像他手上一杯热咖啡，又苦又甜。当他们并立，他一点也不卑微，他是凌霄大舞台的头牌武生，简直便一步一步，踏向他的虚荣。

吃不了两口杨梅果酱派，忽地来了三个女影迷，战战兢兢地偷看段娉婷，一边又你推我让，不敢上前。终有一人鼓起勇气，请她签个名字。连手都抖了。段小姐有点烦，便道："我只签一个！"

打发了三人，由她们三人争夺一个签名好了。她瞅着怀玉，是的，又有影迷及时来垫高自己的位置了。

"你怎么可以没看过我的电影？"她问。

"今天有得看么？"他问。

她架上了太阳眼镜，领他到爱多亚路的光华大戏院去。架了眼镜，分明不是遮掩，而是提醒。在众人惊讶和仰慕的目光下，她请怀玉看她的电影。

戏院大堂还有宣传花牌："亦瑰丽、亦新奇、亦温柔、亦悲壮。珠连玉缀，掩映增辉。"在她的剧照下，自是歌功颂德："她，是电影圈的骄子！她，是艺术界的宠儿！"

今晚上的是"华灯"。她演一个被恶霸霸占着的妓女，为了孩子的前途，华灯初上之际，便倚在柱下等待过路的男人。每隔一阵，字幕便一张张地出来了："人生的路是多么地崎岖！母亲的心是多么地痛苦！"

电影是无声的。

观众也是无声的。

在光华大戏院的楼座，怀玉从未设想过，他正坐在一个美女的旁边，而她的另一个故事却又在眼前——是不是，会不会，还有另外的故事？他有点拘束地正襟危坐了。

大半年之前，他还不过拿着她的一张相片吧。世事甚是莫测。

"华灯"散了戏，段娉婷道：

"到什么地方吃饭好？"

怀玉强调：

"什么地方你就拿主意吧，不过这一顿，我是一定要作东道的——去一个我付得起的地方。"

"那不要到红房子吃大菜了。"段娉婷马上变了主意，"原来是想让你尝奶酪鸡跟洋葱汤……呀，有了！"

结果是吃素。

也不是素，是素菜荤烧。这店子卖鸳鸯鱼丝、鲗鱼冬笋、八宝金鸡……全都是"虚假"的，不外把菜蔬粉团装扮成肉。

怀玉笑："上海人花样真是多，连吃素也不专心。这虾仁明明是假的，偏又说是真的。"

"你权且把它当作虾仁来吃，假的就变成真的了。吃，对不对？"

"——对，果然是虾仁的味道。"

一壁吃，便聊到日后要拍的戏份。段娉婷只不耐："不知道呀，大概是拍跟男主角的恩爱镜头吧，那个人，别提了，他有一次想占我便宜，我一拍完，就当众推他个四脚朝天。哼，我还自杀呢，真是！戏就是这样。先恨了他，过几天，再补一段爱他，感情是跳拍的，简直不正常！"

牢骚发过了，自素食店出来时，二人正待上车，只见对面马路有辆汽车忽地一怔，车上的人遥遥投来一瞥，静夜中有点讶异，未几，即绝尘而去，没有反应。段娉婷认出来，依稀是史仲明。

她问怀玉：

"下一回演什么？"

177

"陆文龙。双枪陆文龙。"

怀玉回到五马路的下处,已是十一点多了,李盛天还没歇,只问他:

"今天到哪里去了?才一练完功就开溜。"

怀玉忙把那自来水笔给掏出来:"我去买了一管好笔,给我爹和志高写信呢。"

李盛天道:"什么笔写不了信?就丁了半夜才回来?"

怀玉只觉得自己已长那么大了,竟还是没有来去自如,那段小姐,一个姑娘家,闯荡江湖,自生自灭,不知多写意。便嘟囔:

"反正我不会迷路。"

师父总是个通达的人,艺事上非管不可,然而徒儿在外,如此地让他打闷雷?便命怀玉:"明儿一天就练好双枪去!"

怀玉只得应了,回到房间去,身后还听得师父很担忧地跟一个琴师道:

"那金宝也是,不知交了什么朋友,几件新衣裳花搭着穿,也交际去了。上海玩家坑了他都不知,当了'屁精',回头……"

怀玉执笔写起家书来。报平安,报上座,都是喜孜孜乐洋洋,直写到演好了戏,也收到红包礼物,就止住了。

执笔如执手——也不知是不是那管笔执着他的手。兴奋而罪恶地,隐瞒了。她真是无处不在,如今也在。

怀玉睡不着。不睡,今天便不会过去。

哦,完全是因为那杯从来都没喝过的咖啡,苦的、甜的、混沌初开。真的,这东西够呛——怀玉便一夜对自己表白,撇清儿,把一切推诿于咖啡上,显得十分无辜。

此刻的金啸风,也了无睡意。

澡堂本来到了十一点就上门板了,因金先生在,三楼依然灯火通明。他来晚了，先在那白玉大池孵了好一阵，蒸汽氤氲中，他更抖擞了。

他今天收拾了一个老门坎，就连他的连档码子也都一并受了牵连。那个所谓海上文人，在报上挖苦了金先生获颁的"禁烟委员会委员"名衔，金先生邀他到一家春菜馆吃西菜，吃罢出来，两个巡捕房包探就在门口将他捉住了。

一搜身，便搜出一大卷钞票，每张钞票上，都盖上了金啸风的私章。金先生也出来顶证，说是敲竹杠，当场交的款子。巡捕见了真凭实据了，便带到局里去。

文人？

金啸风想，海上的"文人"，怎么也不知道，还是"闻人"的气大腰粗。如此地上了圈套，怕还不办个应得之罪？而他本人，依然是"禁烟委员会委员"。

他当然"禁烟"，他常派手底下的人去"禁"人家的"烟"。遇上一些权势不大，只偷偷贩运，又没打通"关节"的私土，他就动手了。

当他进了房，由那扬州伙计为他擦背时，毛巾由上往下刮，一根根的污垢随之脱落。

冲洗后，回到自己的私人房间，好好地来一顿扦脚、捏腿、按摩，专人侍候着，此时，手底下的徒子徒孙，也就一一来此向他汇报，澡堂成了治事所。

程仕林是个实际的"行动界"，本来是赌场的管事，赌场归了金先生，他也就投到他门下。报告道：

"那川土一万余两，由汉口夹带来，装了两大皮箱，预计明天晚上搭日清岳阳丸轮船到，停泊浦东张家浜码头。"

"谁当的保？"

"一个新上来的，姓雷。"

"没拜过门吧？"

"没。听说是汉口早派来的。"

"那倒不必跟他提保险了，干脆夜里在浦江守候，等他们提土上了划船，就拿了吧，一来教训他不会走脚路，不知道利害。二来，一万两土，他也不敢告发。"

仕林便加麻油：

"要是他改日拜门，就安排大寿那天吧。"

仕林去后，不久，又来一个报告了"包打听"往大土行查看。屋下地窖便是存放烟土处。他在地板上东敲西敲，账房记下数，敲一下，给他一笔。结果给打发掉。

未几，史仲明这"文艺界"来了，只附金先生耳畔讲了几句话。

怀玉又到摄影场探望去。这一回是"自来"的。段娉婷正在排对手戏，原来是男女主角的谈情。丁森是个皮肤很白嫩的小生，唇红齿白，一看见女人便是三白眼——总之像一团奶油。

段娉婷本来对他有点厌恶，不过他年青英俊，又在当红，差不多都跟有地位的女明星演对手，打情骂俏，戏假情真。大伙都怀疑他的钱来自阔太太，要不怎么倚恃着一张脸行凶？

只是她一见怀玉来了，对丁森便又缓和下来，心情大好，竟也风情万种，对他稍假词色。怀玉忖量这位便是她口中那"四脚朝天"了，也留了心。

段娉婷跟丁森排了一段，便用手指擦擦他鼻端，十分俏皮地道：

"我有朋友来了。"

拉了丁森来见过怀玉。

——如此地左右逢源着。

一来给丁森看，二来，给怀玉看。女人便是这副德性。

丁森得知怀玉身份，也客气道：

"是在凌霄么？下星期有空档，我定当来捧场！"

只是丁森买不到票。

不但他买不到票，一众的戏迷，不管是谁，第二轮的演出："双枪陆文龙"、"界牌关"、"杀四门"……一意来看唐怀玉的观众，都买不到票。

票房上一早就挂了满座的牌子，三天的戏票全卖光了。早来迟来的都向隅，失望而回。

班主十分地兴奋，回来跟他们道：

"真想不到，在上海这码头多吃得开！"越说越窝心，"金先生倒是一个人物，照应得多好，他大寿那天我可要拜他为师了！"

到了正式演出晚上，场面上的师父正要安坐调弦索，后台一贯地喧嚣，搭布景的也把软片弄妥了，万事俱备，只欠一声锣鼓。怀玉把玩着他的黑缨银枪。一个龙套自上场门往外随意一探。咦？

不对，池座里空荡荡，一个观众也没有！

班上的人吓得半死，一时间，震天价响，都是惊惶。

八点钟了，戏要上了，说是"满座"，可全是虚席，怀玉只觉一跤跌进冰窖，僵硬得连起霸都给忘了。

有人来道：

"金先生吩咐，戏照样上。"

金先生？

金先生？

怀玉脸上刷白，忽地明白了，他耍他，要他好看。

但难道自己要受业么？他如此地惩戒着一个不知就里的人？怀玉心生不忿。

好，他就上场给他看！艺高人胆大，艺多不压身。他记得的，自己说过，上了台便是"心中有戏，目中无人"。而且，才廿一，他多大？他要比自己老了近三十年。他竟那么地介意？怀玉的傲骨，叫他决意非演一台好戏不可。师父也看他是头顺毛驴儿，就是受不了气。怀玉提枪会过八大锤去。

他不怕！在人屋檐下，打泡三天，戏票全"吃进"了，也罢，把戏演好，不肯坍台。他是初生婴儿，也不定就死在摇篮里。

台上的武生，真剽悍如野马，不管杀得出杀不出重围，还是肉欲而凶猛。他就专演给他一人看，表演着一点倔。

金啸风也在包厢中，也是一杯浓茶，一支雪茄，一个美人。

他坐在那儿，闲闲冷冷地旁观怀玉的努力。

娉婷脸上变了五种颜色，她明白了。金先生不以正眼看她，只微微一笑：

"说犯了桃花，可是会影响正运。他又不信。"

台上厮杀过了，金先生一人大力地鼓掌，啪，啪，啪。像是种笞刑。

轮到李盛天等人的戏了——因为怀玉，他们全都受了牵连，面对寂寞的空座来唱出七情六欲悲欢离合。

金啸风依旧纹风不动，只命手下：

"送段小姐回去吧。"

这一"送"，便是等于"弃"。在他的字典中，并无"撬墙脚"这码事，他自己早早不要了。

"不，"段娉婷只不动声色地笑，"我还要把戏看完呢。"

"真肯看到散戏？"金先生又不动声色地笑。

"当然，戏还得演下去。难道上座不好，要跳黄浦去不成？"

"黄浦也不是人人可跳的。外来的就不许跳了。哈哈哈！"

她看他一眼："天无绝人之路的。我就从来没兴趣。跳黄浦？开玩笑！"

金啸风抽一口雪茄，你完全不知道他的心，他道："看戏，看戏。"

台上是台上。台上最骁勇善战的大将，也不过在他掌心翻筋斗。他怎么护花？他连自己也护不了。她怎么放心？他连自己也护不了。

段娉婷是"不肯"走，还是"不敢"走？金啸风只是十分明白：一个女人，他已得了她，她就不能再在他跟前那么骄矜自持了。若得不了她，她也保不定自己什么时候被弃——到底，真奇怪，世上没有一个女人可以天长地久。他眼前闪过一张脸，小小的，白瓜子仁儿的，忽地，措手不及，她在上面划了一个鲜血斑斓的十字……

金啸风心底无限屈辱，他总是得不到任何一个女人对他天长地久。

所以早早地表示不要了。

即使不要，也不肯便宜任何人。

他冷嘿一声："上海这码头，他倒是要也不要？"

段娉婷一直维持着优美的坐姿，直看到这夜戏散了。

第一晚、第二晚、第三晚。唐怀玉坚持地不欺场，打落门牙和血吞，他是冤枉的，却会沦落如草莽。他多么幼稚，简直是负气。

班上的，人人自危。一点点的艳屑，给唱扬出去。都知道"海上闻人"，虽没什么高官显爵，但各界还是卖他们的账，看他们的颜色办事，尤其在租界里。而且上海这么大，此般人物的总数，至多不超过二十。怀玉惹不起。洪班主央怀玉去烧香道歉，拜个师。免得耗子进了笼，六面没出路。

唐怀玉坐在后台的厢位中，虽然他从来就傲慢如一片青石，眼光总是平视或俯瞰。曾几何时，于同一位子上，他赢来不少扔在身上令得微疼的重礼。如今这一份礼也真是"重"。他紧锁牙关的嘴，一撇，似乎也在掩盖自己的不安，不过还是硬：

"蒙他瞧得起，方才应付得那么费劲。我哪有什么？"

班主劝：

"你忍了一时之气，便消了他一生之气。过了海是神仙。哎，你不去，我这班上怎么办？别说上海，就是往后的码头……"

李盛天为了大局着想，只得叱责他：

"怀玉你就爱论自己有。他譬你高呢，凭什么惹毛了人家金先生？你是鞋上绣凤凰，能走不能飞。且他让你走，你才能走。"

末了无奈逼他：

"你去递上个门生帖子！"

怀玉气得握拳透爪。

也不是他招的，是她惹他的，倒要自己赔上了自尊。都不明白上海是怎么的一个圈套。他扑地跪在李盛天跟前。

"师父，我已经有师父了。我不去！不要逼我！"

大伙来哄他：

"但凡往高处瞧，做个样子吧，难道他真有工夫来调教不成？"

李盛天知他为难：

"不是为你我，是为大伙儿去一趟。他们讲新式的，不随那老八板儿旧例子。不过是个招呼。"

金公馆。

大厅中央放着一张披着绣花红缎椅帔的太师椅，两旁高烧红烛，金啸风由几个大徒弟簇拥着就座了。

先引来一个西装革履的银行大买办，余先生父亲是银行的大股东，肃然向上作了长揖，而且恭恭敬敬地叩了四个响头，然后再向两旁的大师兄们深深地鞠了一躬。金先生纹风不动，安坐受礼。

史仲明收过门生帖子，便笑着，引领过一旁。

这余先生之所以低了头，便是因他要办企业，由于不能掌握自己的命运，便把一切权付于靠山上了。他送的厚礼是银行的"干股"，为了要办的行业更保险，便也拜个门，尊以师礼，这样，他的事便有金先生出头了。

而他的事业中，这年的理事名单，不免出现金啸风的名字挂头牌。

收了这徒后，陆续又来了三个。自包括汉口夹带私土来的雷先生。

人到了，礼也到了。五十大寿，不啻是个拍马奉承的好机会。军、政、警、党、工、商界，社会贤达类，都给这个面子。金先生总爱道："以后是一家人了，有事可找仲明仕林谈，有工夫多来玩牌听戏。"

与其求小鬼，何如求菩萨？收徒礼也因此而办得兴兴旺旺。

轮到唐怀玉了。

班主先给他预备了一份起眼的礼，是福、禄、寿三尊瓷像，装潢好了送去，金先生没表示过是哂纳还是退回。

他也不要他作揖，先着徒弟送来烈酒。怀玉便也敬了酒。仲明示意：

"唐老板，先干为敬！"

金先生似笑非笑，一意受他敬酒：

"唐老板，这是白兰地。在北平没喝过，对吧？热火火，醇！"

怀玉在人屋檐下，明知道这一来，他们要耍他，倒也一仰而尽。这酒，顺流而下，五内如焚，忍一时之气，免百日之忧。他这酒，拌着自己的屈辱，一仰而尽。脸是未几即热了，刚好盖住说不上来的悲凉——他捧我的艺，他踩我的人……

金啸风忽省得了："有醇酒，岂可无美人？段小姐还没来观礼呢？"

史仲明马上出去一阵，五分钟之内，局面僵住了，好像过了很久。整整半生。史仲明回话："段小姐病了，不能来，请金先生多体谅！"

金先生冷道："哦？那交关吥趣。这样吧，徒弟收满了。你，明年再来吧。"

唐怀玉一身冷汗，酒意顿消——这个女人将要害死他！她害死他！

民国廿二年·夏·北平

怀玉零零星星的小道消息，随风传到北方去。是因为风。一切都似风言风语。

暮春初夏，空旷荒僻的空场土堆，都是孩子们放风筝的好去处，南城、窑台、坛根……"千秋万岁名，不如少年乐"。只因为少年之乐，马上又随风而逝。看到毛头捧着自己动手做的黑锅底，一个助跑，一个拉线，兜起风抖起线，乐孜孜地上扬。有时一个翻身，失去平衡，便下坠，收线也来不及了。

只听得他们拍手在唱：

"黑锅底，黑锅底，真爱起，一个跟斗扎到底——"

有钱的哥儿们，买了贵价的风筝，什么哪吒、刘海、哼哈二怪、鲇鱼、蝴蝶……但自己不会放，便叫人代放，自己看着。

南城走过了两个年青人，一个指着那刘海，便道："从前我还代人放，赚过好几大枚。"

"什么'从前'？这就显老了！"

志高忙问：

"你认出那是什么名堂？"

丹丹仰首，双手拱在额前，极目远望，谁知那是什么东西？

"是'刘海'，他后来遇上了神仙。"

"后来呢？"

"后来——呀，线断了线断了！"

"后来呢？"她追问。

志高笑了："后来？告诉你两个好消息，第一，天乐戏院让我唱了。"

"真的？"

"是龙师父，他听过我在地摊上唱，就觉得我风度翩翩，长得眼睛是眼睛，鼻子是鼻子——"

"什么眼睛鼻子？又不是找你演四大美人！"

志高洋洋自得：

"教戏最好教'毛坯'，我嗓子好，但从来没正式学过，龙师父说教起来容易。已经会了一派，再把它改，就难了，不但唱腔搅乱，而且也很辛苦。"

"你是毛坯？你长这么大个还是坯？"

志高忽觉他真长大成人了。

"这等于——嗳，没魂儿，遇上谁，就是谁。"

没魂儿，遇上谁，就是谁……

丹丹心里一动，莫名其妙地，问：

"切糕哥，不是有两个好消息么？"

"对对对，另一个是：怀玉有信来了。"

上海寄到北平的信，往往是晚一点的，有时晚上了一个月。

怀玉的信，只报道了他的喜讯。没来得及发生风险，信已寄出了。所以这信非常地不合时宜。丹丹和志高只略懂一点字，但反复地看，仍是舞台、彩声、平安、勿念、保重、怀玉——怀玉。

丹丹无端地懊恼，怪他：

"怎么不先说这个？"

心里头很慌，像脚踏两只船，一个也不落实，嘴巴上涂了浆糊，开不得口，又不好开口。不知道该怎么告诉志高：苗师父等在北平待久了，也是开拔的时候，将要到石家庄、郑州、汉口……

坐到土堆上，看到沙粒之间有蚂蚁在爬行，看着看着，蚂蚁都爬上心头。

等，多渺茫，自己作不得主。等，独个儿支撑着，若一走了之，好像很不甘心——不过，光等一封信，原来也要许久。假如真的走了，半分希望也没有，便是连信也没有了。

而且，她也听过一点点的，关于他和女明星的事。报纸比信要快多了，也坦白多了，也无情多了。因为报上说的都是别人的事。

段娉婷。

志高知悉她们一伙打算开拔，江湖儿女，自然投身江湖去，也许不久即相忘于江湖。

志高从没试过这样地畏缩，只急急忙忙地便道："要不你留下来？"

丹丹只觉是聋子听蚊子叫，无声又无息，追问："你刚才说什么？"

志高如释重负："我没说什么呀。"末了，深感不说破是不行的，又道："我去跟苗师父说说，希望你留下来。"

一说破，胆子就壮了。

丹丹心头一动，不知为了什么便有点脸热，说不出一句话来辩解，只道：

"留下来干么？不留！"

志高因胆子壮了，也就豁出去：

"倒像怪我养不起你？"

天生的俏皮劲儿又回来了。

"你不肯？是怕我放你水吧？不会的，保管让你一天吃七顿。"

丹丹转身就想跑。志高一脚撑在土堆上，两手拦住她，看她无路可走，自己也是有点急，不过见热儿，不能断：

"嗳嗳，别跑呀，让我把话说完。你将来总得找个婆家。我家可是不用侍候婆婆的——"

丹丹听又不是，跑又不是，心惊胆跳。难道她对志高好一点，便是报复怀玉对她的不好吗？她也尝试过，不过一下子就不成了。何必招惹他？对他不公平。志高是她最好的朋友来。

只是他听不到她心里的话。但凡说出口来的，不外要他好过点。中间没有苦衷，不过是：一颗心，怀玉占了大半，志高占了小半，到底意难平。他的魂在她手上呢。他没魂了，她也没魂了——这便是牵挂。像风筝的线，一扯一抽，她便奄奄一息。

痴，真可怖。如此地折腾着她，而他又不知情。

像整窝的蚂蚁一时泼泻四散，心上全有被搔抓被啮食的细碎的疼。半点由不得人自主。

在六神无主的当儿，忽地想起那个洞悉她今生今世的人来了。

"切糕哥——"

"丹丹你看我已经长这么大个了，不如你喊我志高，我唱戏也用回本名。"

"哎我改不了。切糕哥，我们找王老公去——问的是……我都不知要问什么？"

志高忆得那话："你将来的人，不是心里的人。"当下为难了。

"问什么？他不灵的。"

"我要去！"丹丹一扭身便走了。到了雍和宫，她才真正魂飞魄散。

门是虚掩的。

还没来到，已嗅得一股恶歹子怪味，本来明朗的晴空，无端地消沉了，不知什么冤屈蔽日。

丹丹和志高掩着鼻子，推门：

"王老公！"

斗室中真黯，索性把门推得大开。

"王老公，我们看您来了！"

没有回音。

红木箱子，床铺软被，都在，遍地撒了竹签，好像一次未算账的占卜。

"王老公——呀——"丹丹忽地踢到一些硬块，也不知是不是那硬块踢到她了。一个踉跄，半跌，半起，便见到白骨森森，是王老公的长指甲，枯骨中还缠着白发，白发千秋不死。

志高陡地把床脚的软被一掀，轰轰逃出十数头猫，那被子一点也不软，内里有凝干了的血污，狼藉地泼了一天红墨。

王老公不在了——他在。但那是不是他呢？谁知他什么时候死了？如今，他一手栽护培育的心爱的猫儿，三代四世在他窝里繁衍轮回的猫儿，把他的肉，都蚕食净尽！

只见那仅存的人形，拘弯着，是永难干净的枯骨，心肠肺腑，付诸血污、烂肉和尿溺，令这个斗室幻成森罗殿，地底的皇宫。他自宫中来，又回到宫中去了。

那猫群，谁知它们什么时候开始分甘同味？它们吃饱了睡，睡饱了吃，这个老人，今生来世都营养着一群他爱过的生命。此刻也许被外来的人撞破了好事，廿多双闪着青幽幽的光，不转之睛，便瞪住他俩。回过头来，面不改容。只若无其事地竖耳聆听她的心惊胆战，扑、扑、扑、扑、扑……

猫儿负了王老公！

他那么爱它们，却被反噬反击，末了食肉寝骨，永不超生。他

193

简直是个冤大头。得不到回报，他的回报是无情。

天下尽皆无情。

忽而那笛声来了，笛凄春断肠，而地上已经寻不到半截断去的肠子了——让凶手的生命给延续下去。

那笛声多像垂死的不忿，欲把嗡嗡争血的苍蝇拨开……

丹丹脸色雪白，浑身的血汩汩漏走，双腿一抖一软，崩溃了，倒在志高怀中。

那笛声一路伴她，昏昏地，梦里不知身是客。最记得它们一齐回过头来，无情的一瞥。

只知恩断爱绝，万念成灰烬，风吹便散，伸手一抓——

怀玉抓牢她的手，唤她：

"丹丹！丹丹！"

她问：

"是谁呀？"

他道："是我，我回来了。上海不是我的地土，他们净爱局弄人，我现在歪泥了——"

"我就是生不如死的，也不要你关心，你走吧！"

"我不走。"

"你不是有女明星陪你吗？"

"我是逃回来陪你的。"

怀玉向丹丹贴近。

丹丹只觉什么在搔弄她，怀玉越贴越近乎，蓦地，她联念到，是佛！那座阴阳双修欢喜佛。瘫软乏力，神魂不定，说不上来，是的，欢喜——

迷糊而又放肆地，她决定听天由命，千愁万恨，抵不过他回来一趟。

"嗳，你回来——"

怀玉回身一看，是一个女人。仿佛相片中见过，丹丹看不清是谁，只见她抱着一头黑猫，红袖在彩楼上招。一招，怀玉猛地推开自己，二话不说，扬长而去。丹丹仍是伸手一抓，大喊：

"不不不，你人走了，你的魂在我手上！我不放过你！"

那黑猫飕地自彩楼高处飞扑下来，是它！全身漆黑，半丝杂毛也没有，狂伸着利爪，寒森的尖锐的牙把她的血肉撕扯，发出呼呼厮杀的混声，她见到自己的骨……

"呀——"惨呼，陡然坐起，冷汗顺着那僵直的脖子倒流。

志高抓牢她的手，唤她。

"丹丹！丹丹！"

她实在并不希望是志高。

宋志高开始唱天桥的天乐戏院了，都是唱开场，"小宴"中的吕布，貂蝉给他斟酒，唱西皮摇板：

"温侯威名扬天下，闺中闻听常羡夸，满腹情思难讲话……"

二人眼神对看，志高这温侯，一直色迷迷地陷入她的巧笑情网中，叫她"两腮晕红无对答"，自己连酒也忘了干。

英雄美人，那只是戏台上的风光，凭他翎子一抖一撩，台下声声吆好，戏完了，翎子空在那儿隐忍着心事。天下没有勉强的山盟海誓，半醉的温侯，末了也醒过来似的，只是不可置信，貂蝉当然不是他的。然而，丹丹也不是他的。纵赤兔马踏平天下，画杆戟震动乾坤，万将无敌，天下第一，佳期到底如梦。什么今日十三，明日十四，后天十五……终约定了本月十六，王允将送小女过府完婚——貂蝉和丹丹都不是他的。

散戏了。丹丹由志高伴着走路，夜里有点微雨，路上遇见一个妇人，因孩子病了，说是冲撞了过路神灵，母亲抱了他，燃了一股香，在尖着嗓子，凄凄地叫魂。

走远了，还见幽黑的静夜中，一点香火头儿，像心间一个小小的，几乎不察的洞，一戳就破了，再也补不上。

"切糕哥，你帮我这个忙，我一辈子都感谢你！"

"这样太危险了。"

"不危险，你给我怀玉哥下处的地址，我自找得到他。你不要担心，决不迷攒儿的，我比你棒，打几岁起，就东西地跑了。"

难道他还有不明白么？

真的，他记得，她十岁那年，已经胆敢在雍和宫里头乱闯——要不，也不会碰上。

"我要去找他！切糕哥，这样地同你说了，你别羞我不要脸。"丹丹说着，眼眶因感触而红了，"我很想念他呢。我十岁就认得他了。"

志高心里一苦：自己何尝不是一块认得的？怎的大势便去了？

"那你怎么跟苗师父说呢？"

"我说我已经十八岁了。"

"他到底也把你拉扯照顾，说走就走，不跟他到石家庄了？"

丹丹轻轻地，绕弄着她的长辫子：

"我也舍不得，不过，以后可以再找他们呀。而且——本来我也不是他家的人。"

志高有点歆歔——丹丹本来也不是自己的人。唉。

"切糕哥，到你了，你给我地址。"丹丹嚷。

不知怎的，就似箭在弦上，瞄准了，开弓了，就此不回。

志高只恨岁月流曳太匆促了，一个小伙子，不长大就好了，一长大，快乐就结束了。他的一切，都是失策。是他的，终究是他的；不是，怎么留？

心头动荡，似一碗慢煎的药，那苦味，慢慢地也就熬出来，然后他老了。

是一个没有月亮的晚上。

没有月亮，看不清楚。他十分放心。

给了丹丹怀玉的地址。于她全是陌生，上海？宝善街？……

直似天涯海角一个小黑点。她只坚信，只要她找到他了，他不得不关照她，凭她这下子还有个冒儿？世上又何曾有真正卯靠的落脚处？——不过心已去得老远，她已没得选择。

志高冒猛地，直视着她。真好，没有月亮，看不清楚。他才十分放心：

"丹丹——怀玉有亲过你么？"

丹丹目瞪口呆，好似寂静中冒儿咕咚进来一头猛兽，愣住。

"没？"志高估计大概没有，"你亲我一下好么？"

无端地，丹丹万分激动，她对不起他，她把他一脚踩在泥土上，叫他死无全尸。她扑进志高怀中，双手绕着他的脖子，在他脸上亲了一下。是她的头一遭。

志高笑："别像闪黏儿的膏药呀。"

丹丹只好又亲他一下。

志高凄道："让我也亲你一下，好不好？只一下。"

千言万语又有什么管用呢？终于她也在他满怀之中了。志高真的无赖地亲了丹丹一下。还不很乐意罢手，不过戏也该散了，自己便自下场门退下。丹丹觉得他非常地可爱，把脸在他襟前揉擦。

志高心里只知自己是搓根绳子便想绑住风，哪有这般美事。分明晓得丹丹留不住，真的，送怀玉火车那时便晓得了，她在风烟中狠狠地挥手追赶，来不及了：

"怀玉哥，你要回来！你不回来，我便去找你！"

——原来是一早的存心。

那时，志高的话便少了，谁知能存一肚饭，末了存不住一句话，竟说成非分。只好便打个哈哈，把丹丹给放开了，抓住她双肩，嬉皮笑脸：

"好，你亲了我，我又亲了你，到底比怀玉高一着。我也就不亏本了。做买卖哪肯亏本呢？对吧。"

然后把一个小布包硬塞在丹丹手中。

那是他存起来的钱，零星的子儿，存得差不多，又换了个银元。换了又换，将来成家了，有个底。

如今成不了，只得成全她。

"你不必谢我，反正我去不了那么远，你用来防身也罢。"

"我也有一点儿钱——"

"钱怎的也嫌多？要是找不到，也有个路费回来。不过有地址，有人，不会找不到。"

见丹丹正欲多言，便止住：

"你看你，莫不是要哭吧？这样子去闯荡江湖？见了怀玉，着他记得咱三年之约。要对你好，不枉去找他一场。"

"切糕哥，你要好好唱戏。"

志高烦道："难道还有其他好作？"

他看住她的背影，抚着自己的脸，那儿曾经被她亲过一下、两下，最实在的一刻过去，又是一天了。

她简直是忘恩负义地走了，留下一句不着边际的话："你要好好唱戏。"完全与他七情六欲无关。

唱戏，明天他又要在台上施展浑身解数来勾引貂蝉了。谁知在台下，他永远一败涂地。

而且后来志高才发觉，怀玉原来送过丹丹一张相片呢，是他的戏装。他跟她中间也不知有过什么话儿。也许没有，他曾笃定地相信过哥们的暗令子。这样说来，便是她一意向着他了。

好了，她快将不在了，当她"不在"的时候，有什么是"在"的？除开想自己之外，他就想她最多了。

志高存过很多东西呢——不过全都不是她送的。

他在没事作的当儿，不免计算一下。他有她的一根红头绳，曾经紧紧地绕过她的长辫。一个破风筝。一个被她打破了一角的碗。蒸螃蟹时用来压在锅盖的红砖。包过长春堂避瘟散的一方黄纸。几张明星相片——是她不要的。一根蛐蛐探子……还有几块，早已经黏掉的关东糖。

这些，有被她握过在手里的痕迹，志高一一把玩着，可爱而又脆弱，没有明天。他独个儿地想念，演变成一种坏习惯。一切的动作，都比从前慢了点儿。

不。

志高想，大丈夫何患无妻？当务之急，便是发奋图强，于是一切又给收藏好了。哦，已经输了一着，还输下去么？

第二天的戏，竟唱得特别好。台下的彩声特别多，他有点奇怪。好像这又能补回来了——也只得这样作了。

在志高渐渐高升之际，也是怀玉一天比一天沦落之时。

民国廿二年·夏·上海

虽然怀玉不相信他就此走投无路了，事实上，凌霄大舞台仍然上戏，仍然是洪班主的一伙，人人都照旧，《立报》上却刊了段不起眼的报道，说及武生唐怀玉一天因练功拉伤了腿，只得暂时停止演出，日后再答戏迷们的热情。

　　另外的一个红武生，来自天津的萧庆云，走马上任，客串助阵。

　　金先生存心冷落他，但又不知冷落到什么时候。班主既签了合同，不成中断了这码头。戏还是得演的。

　　怀玉百般无聊，弄堂中有人喊他听德律风去。

　　整整一个月了。冠盖满京华，斯人独憔悴。不知要等到哪一天，才又重生生天。金先生又没赶狗入穷巷，并无出事体，只是冷落怀玉，让他干等，终于会怎样？"日后"再酬答戏迷的热情？令得怀玉连练功也无神无采。

　　李盛天千叮万嘱，不要荒废，不要气短，就当是修炼："心中如滔滔江水，脸上像静静湖面。"——只是如鱼饮水，冷暖自知。内中的难过，从九霄掉到深渊中去，不是身受，又怎会晓得？师父也无能为力。

　　真的，整整一个月了。

　　弄堂房子中只有一具德律风。与其他也住宿舍的戏班子共享。

　　喊他的是个评弹班子里弹三弦的，住下来大半年，也是乐世界的台柱，正拿着个赛璐珞肥皂盒，有点暴牙，好像合不拢嘴来，也许是在窃笑，侧看似头耗子：

"唐老板，是小姐。"

很有点看热闹的表情，多半因为怀玉的作孽唱扬出去了。

怀玉背住他，道：

"喂，谁？"

那人不好意思勾留，依依不舍地回头，只得走了。怀玉但觉十分气恼。

"谁？"

"唐。是我。"

"是你？——"一听这隔了好久，却一点也不陌生的声音，怎能认不出？而且，到底他只认得一位小姐，喊他"唐"，像外国人的名字：Tom。

"段小姐，你放过我吧！我为了你，多冤，跌份儿，如今悬在半空，生不如死。"

一说到"生不如死"，怀玉兀自一震，莫非这才是自己的本命？真的意想不到，脱口说了，但觉冥冥中原来如此。

"——我才是要死。整天呒神思，浑淘淘。还失眠，要吃药才睡那几个钟头。"对方说。

"我们又没什么。白担了虚名。"

"你说啥？"

"你——放过我吧。"怀玉很不忍地，终于这样说了。

对方沉默了一会。

怀玉不知就里，只道：

"喂，喂……"

"我也不好过。这几天不拍戏了，明天带你到一个地方去？"

怀玉不答。

段娉婷忽地很烦躁，意态凄然，她不过先爱上他！竟受这般的委屈。她一直都是自私的，也是自骄的，一直都在这纷纭的世界中存在得超然，怎么一不小心，便牵愁惹恨，受尽了他的气？

"你说，你有啥好处？你甚至不是英雄，要是，也落难了。"

说着便奋力地扔了听筒。

怀玉只听得一阵"胡——胡——"的声音。

像闷闷的呜咽。

带你到一个地方去？

什么地方？

他的心忍不住，忍不住，忍不住。怎禁得起这般的折磨？每个人的心不外血肉所造，不见得自己的乃铁石铸成。

他怎不也设想：她有没有为此担了风火？

陡地，德律风又铃铃地乱响了，怀玉吃了一惊，忙抓起听筒。

对方停了半晌，不肯作声。

然后只问道：

"来不来？"

又停了半晌，方才挂上。

他怎禁得起这般的折磨？

在三马路转角的地方，有座哥德式的建筑物，红砖花窗，钟楼高耸，是道光廿九年兴工的，落成至今，也有八十多年了。这便是圣三一堂。花花世界的一隅清静地。

"我们唤它'红教堂'呢。"段娉婷领了怀玉来，坐在最角落的位子上。她先闭目低首，虔诚地祷告。不知她要说什么。只是怀玉细细打量，她的妆扮又比前淡了。口红淡了，衣饰淡了，存心洗净铅华的样子。

"唐，你知道吗？"她笑，"耶稣是世界上最爱我的男人！"

"耶稣？"怀玉抬头一看那像，"这洋人的神像可真怪里怪气。"

"他们不喊他'神'，是'上帝'。"段娉婷解释。

"耶稣是上帝？"

"不，"段娉婷轻轻笑一笑，"耶稣是上帝的儿子。"

"真胡涂了。"

怀玉一想，再问她：

"那爱你的男人，是父亲还是儿子？"

"——"她忖度一个好答案，"是年青的那个呀。"

"你爱他么？"怀玉有点不安，"我是说那耶稣。世界上是没有的。你信他才有。我倒不信，所以我心里的烦闷也不定肯告诉一个洋人。"

这属规矩会的红教堂，传来一阵轻柔而又温馨的钟声，因为它，每个人都好像天真了。

"唐，你听过一个西洋的童话吗？"

"没。我不懂英文。"

"哎，有人给翻译过来的。"段娉婷白他一眼，"叫'青蛙王子'。"

她用了二十七句话，把青蛙王子的故事交待一遍。

末了，她的结论就是：

"不过，这也很难说，要吻很多的青蛙，才有一个变王子。"

怀玉还没来得及接碴，只见眼前的女人，抿着她自嘲而又天真的嘴唇，道："都不知要花上多少冤枉的吻。"

她在这一刻，竟似一个小女孩，答应了大人诸多的条件：要听话、要乖、要做好功课、要早点上床、要叫叔叔伯伯、要笑……都干了，糖果还没到手。

怀玉瞅着她，忍不住，很同情地笑了。他问："青蛙是如何变成王子的？是轰的一下就变了，还是褪了一层皮？"

"是——把衣服脱了，就变了。"段娉婷吃吃地笑。怀玉的心扑扑乱跳，眼神只得带过去那花窗。他那无知的感情受到了惊吓，起了烦恼，全身都陶然醉倒，堕入一种迷乱中，只设法抵制，道："真不巧，外头好像要下雨了。"

一出来，才不过下午，四下一片黑暗，天地都溶合在一起了，有如他黯淡的前景。密密的云层包围着世人世事，大家都挣扎不来，沉闷而又迟钝，壮气蒿莱，头脑昏沉欲睡，呼吸不能畅通。

雨在暮春初夏，下得如毫毛，人人都觉得麻烦，不肯撑把伞，反正都是一阵温湿，欲语还休——而太阳又总是故意地躲起来，任由他们怨。

"我们到什么地方去好？"段娉婷忽尔无助起来。前无去路。

她直视着他。他比她小一点，比她高很多。

即使他落难了，她还是受不了诱惑。她完了！心想，前功尽废。却道：

"金先生那儿，我是不应酬了。"

怀玉即时牵着她的手，咦，蔻丹还在，一身的淡素，那指甲上还有鲜艳的蔻丹，百密一疏似的。她觉察了，竟有点露出破绽的慌惶，她仰首追问：

"不信？"

他很倔强："我现在是在穷途，对自己也不信，别说是谁。这个筋斗你又栽不起。"

只是，他的空虚一下子就给填满了。

也许只是压下来的看不见的密云。然后在层层叠叠之中，伸出一只涂上蔻丹的手，在那儿一撩一拨，抖下阵细雨，然后细雨把他的忧郁稍为洗刷一遍。还是没有太阳。

绵绵的。缠绵的。

他也有难宣诸口的沾沾自喜：

"我只坐得起电车，坐电车吧？"

只执意不坐她的汽车了。

她纵容地道：

"穿成这个样子，去挤电车？我又没把太阳眼镜带出来。怎么坐？人家都认得的。"

他只紧执她的手挤电车去，完全是一员胜利在望的猛将。

坐的是无轨电车，往北行，经吕班路到霞飞路。乘车的人很挤，竟又没把女明星给认出来。她笑：

"小时候姆妈吩咐我们勿要坐电车，怕坐了会触电。"

进了段娉婷的屋子里，她便打了个寒噤：

"不是触电，是招了凉。"

也不理怀玉，只在房里自语："我的浴袍呢？没一点点影子花。"

未几，她又道：

"唐。我淋浴去。来个热水澡。你自己倒一杯酒驱寒。"

当她出来的时候，见怀玉半杯琥珀色的液体，犹在晃荡中。她脂粉不施地出来，更像一个婴儿。

真是想不到，一离开了繁嚣，她胆敢变回普通人，还是未成长似的，脸很白，越看越小了。

他递她酒，她不接，只把他的手一拉，酒马上泼了一身，成为一道一道妖娆的小溪——完全因为那软闪的浴袍料子，半分水滴也不肯吸收了，只涓涓到底，她身子又一软，乘势把酒和人都往他身上揉擦，问：

"我吻你一下，你会变王子吗？"

怀玉挣扎，道："对不起。"

段娉婷用她一阵轻烟似的眼神笼罩他，有点朦胧，不经意地一扫，怀玉就失魂落魄，不敢回过身来。她目送他逃走了。

逃到那浴室中，是浅粉红色的磁砖，他开了水龙头，要把酒和人都洗去。忍不住也揉擦一下，像她还在。

无意地瞥到浴缸的边儿，竟有她浴后的痕迹：有一两根轻鬈的短细的身上的毛发，偷偷地附在米白的颜色中。映进眼帘，怵目惊心，他有一种从未有过的悸动，心飞出去，眼睛溜过来，身体却钉住了。

也没足够的时间逃出生天，她自他结实的身躯后面，环抱着他——一只手便放在不该放的地方。嘴角挂上诡秘的笑容，看他如何下台？她感觉他的悸动……

她这样地苦苦相逼，他又怎么按捺得住？

浑身醉迷迷的，而且充满愤怒。如今他变成一头愤怒的青蛙了。

段娉婷自然感到怀玉的剽悍和急促。

他失给她，倒像一个新郎倌。

末了怀玉只是脸热。

但是唐怀玉已经完事了。

段娉婷不准他退出去，在他耳畔喃喃："就这样……就这样……"

段娉婷用她的四肢，紧紧把他纠缠着，好像花尽毕生的力气——又像一个贪婪的婴儿，死命要吮吸母亲早已供应过的乳汁，不是基于饥，而是因为渴。

她抚慰着他：

"不要紧，再来。我们再来十遍、一百遍，我们还有一生！"

怀玉想不到他就范了。

他过去的岁月，他舞台上的风光，都是一出出的武戏，而武戏，是没有旦角的，一直没有，有了一个，为了情义，终于也没有了。

如今他的生命中，段娉婷，她竟然肯如此地看待他，在他最困厄无策的时候。

他不是不感动的。

这样的窘境，又没有任何人明白，前路茫茫，只有她明白——然而，追究起来，还全是因为孽缘，要是那天没在乐世界的哈哈镜中，影影绰绰地碰上了……不知是谁的安排。哦，我唐怀玉已堕落成这模样了。

怎么回去面对乡亲父老？

段娉婷的手，横在他心上，压住他，令他呼吸困难起来，在这个飘溢着女人香味的、叫人忘却一切忧伤的小小世界里，他的心便伸出一只饥渴而淫欲的利爪，扒开了胸膛血肉，乘势抓向她的胸膛——东山再起了。

第二回比第一回凶猛得多。

她笑：

"双枪陆文龙？"

心里还有点怜惜的歉意。

"把你给带坏了。"

"我本来就是坏。"

"我要你更坏，更坏……"

他已经不可以完整地道：

"你……比我想象中淫贱！"

他的行动把这话道出来。

百感交集，都锁在情欲中间。她是他的第一位旦角。他是她的第一号冤家。二人陷入彼此的包围，存心使着劲，只争朝夕。

后来。

她着他："你喊我名字——"

又问："记得我本名吗？"

"秋萍。"

呀，她惊诧他竟然真的记得。看来，他是有心的。她又很高兴，他毕竟是有心的，不是因为自己的勾引。原来担忧着，心中一个老大的洞，便如情天恨海般被填补上了，一点一点地填补上了。

马上变得天真而又虔诚，尔虞我诈的招式都抛诸脑后，打算此生也不再动用。

当他凝望着她时，她的心开始剧跳，柔肠千回百转。想到几年来，身畔都是一些有条件的男人，给尽她想要的，名利地位，以及赞叹奉承，没有一个像怀玉——什么条件都没有，却是稀罕的。当她要他，他便稀罕。她不要耶稣了。

正色道：

"唐，我知道你将来或许不爱我，但这也是没法的，我们各凭良心……你勿要瞎话三千。真的，你不爱我，我是一点办法也没有了。"

以退为进，唬得床上年少气盛的小骄将，不知水深火热，便急急自辩：

"不是的，我是爱的。"

"那，你留在上海。"

"——你明知道我是见一步走一步，我接不成另外的场子，也唱不了堂会。如今看来，金先生是决计不会放我一条生路的了。"

段娉婷沉吟半晌。

"我也决计不肯委屈自己来投靠一个女人。只是，我的本事光在台上。也许回北平算了。"

段娉婷心里开始有只小蝴蝶在习习地飞，这样好不好？那样好不好？都是些美满的计划，纷纷绯绯。一下子，她又回复她江湖打滚的慧黠和精灵。多奇怪，一个婴儿又匆促地长大了。她心里有数。

"见你们洪班主去。"

怀玉不知就里，便不肯。

她哄他："我们联手背叛金先生，不是么？"一宵之后，次日，怀玉领了段娉婷到宝善街那弄堂房子下处。

他们不在，反倒见搁着一件随身小行李。

那个弹三弦的好事之徒，又像头耗子似的窜过来，瞅着怀玉和段娉婷：

"唐老板，说你有亲戚从北平来了呢。现在洪先生到处打听你到哪儿去了。"

亲戚？

是爹？他来了？才刚有信说他在北平安好勿念，怎么来了呢？

怀玉赶忙进去，如遭雷殛地见到一根长长的辫子，他怀疑自己眼睛看花了，一捧头，再看，她正沉迷地埋首于他的戏装相片，听到些微的声响，马上回过头来。那些微的声响：门轻轻地咿呀，脚浅浅地踏上，或者是眼睛巴搭一下。

她虽身在这异地，但处处无家处处不是乡，异地成为一种蠢蠢欲动的新梦，她来了。不顾一切，冲口而出：

"怀玉哥！"

怀玉十分地惊疑，他听不见她唤他，只觉世界变了样，在他的意料之外—— 一切原是意外，一切都不合时宜，他无措地，喃喃："丹丹？"

如果不是真的……

丹丹蓦地见到段娉婷了。她那么的一个人，何以她倒没有见着呢？眼中连一粒沙也容不了，如何容人？

怀玉延她进来，只好介绍：

"这是段小姐。这是丹丹。"

段娉婷笑一下，跟这小姑娘周旋：

"小姐贵姓？"

她执意不唤她的小名，她执意不跟她亲昵。

丹丹？哼，怀玉这样唤是怀玉的事。

怀玉一怔，她"贵姓"？真的，连她自己也不晓得。

当下忙解围："我们都喊她丹丹的。"

"贵姓啊？"段娉婷笑靥如花坚决地问。

怀玉便似息事宁人地道：

"姓宋。宋牡丹。"

"宋小姐，你好！"

丹丹张口结舌，五内翻腾。

怀玉逼她姓宋？他私下把自己许配给志高了？就没有问过她。

幸好此时，见洪声匆匆地赶回来，一见怀玉，便责问：

"唐老板，你昨天哪儿去了？今天丹丹姑娘一来，我就着人到处地找。"

怀玉很敏感地，听出来班主不再称呼"您"，如今是"你"——可见也真是带给他无限忧烦，何况他又提不上号了，身份不得不由"您"沦为"你"。直是势利。自家人都这样。

脸红耳赤，倒不一定是为了"昨天哪去"，而是为了在两女面前，他竟尔"不比从前"。他咬紧牙关，好像如今惟有段娉婷指引一条生路，重振雄风，要不今后一直的被人"你你你"，他如何受得了？十二月里吃棒冰，顿时凉了半截。难道他在过去的几个月，没有给班主挣过钱？没有红过么？真不忍心就坍了。

好，白布落在青缸里了，把心一横，向洪班主道：

"我们出去谈谈事情。"

见丹丹千里迢迢地来了，而他又一身无形枷锁，干净极有限，苦处自家知，都不知从何说起。形势所逼，推拉过一旁，三言两语：

"丹丹，你待在这儿不要乱跑，晚上回来才安顿你。"

丹丹无端地眼眶一红。

怀玉也是心情恶劣，自身难保，如何保她？不怎么经心便喷口："一来就哭！"

吓得丹丹的眼泪不敢任意打滚。丹丹也是个刁拧性子，很委屈，觉得这是一生中最不可原谅自己的馊事儿了，也直来直去："我下火车时，脚一闪，扭伤了。"

一卷裤管，果见青肿一片，亏她还一拐一拐地寻到此处。怀玉一阵心疼，终也按捺住："我们有事，真的，你千万不要乱跑。"说了，又补上一句，非常体己，没有人听得似的："买点心给你吃，等着我。"

丹丹目送三人走了。三个人，段小姐靠他比较近。

——她一来他就走。他竟然因为"有事"，就不理会她了。

丹丹四下一瞧，这弄堂房子是一座作艺人宿舍，于此下午时分，也许都外出了，也有整装待发的。人人都有事可做，连她惟一要找的人，也有事可做，只有自己甚是窝囊，来投靠，反似负荷——她估量着可以做什么？烧饭洗衣？只为一点她也控制不了的私念和渴想，驱使自己此行成为一个不明不白的黏衣人。

她是下定决心了，她付得起。

只要怀玉安顿她。

只要她这番诚意，打倒了那个捡现成的漂亮的女明星。哦，女明星，女明星见的人还少么？不定就是怀玉，而且她也不怎么介意，看真点，那段小姐也有廿来岁吧。丹丹很放心，她比自己大很多很多。看看，不像的。丹丹逼令自己放下心来。

出了怀玉这房子,也在一带逡巡一下。先试踏出一脚,再上几步,然后便东西来回地看,像一头来到陌生下处的猫。连脚步也是轻的,生怕有踢它的顽童。不全因为伤。

这一带有小旅馆,有"包饭作",正在准备烧晚饭派人挑担送上门。有印刷所,也有各式的招牌,写着"律师"、"医师",夹杂着"小桃红女子苏滩"、"朱老二魔术,专接堂会"……还有铅皮招牌,是"上海明星影剧学校",附近人声喧闹。

丹丹好奇地忙上前观看一阵,只听得都是牢骚。

"怎么,关门了?"

"搬了?搬到哪里去了?"

"我们拍戏的酬金还没到手呢?说好是一年三节支付,早知道赊一百不如现七十。"

"哦,学费收了,实习也过了,现在一走了之,怎么办?"

有个女孩还哭得厉害:

"我的钱都给骗了!"

哇哇地哭,绝对不是"演技"。

弄清楚,才知是一群被骗报名费、学费和临时演员酬金的年青人——全是发明星梦的。丹丹递给那女孩手帕,她一边抹泪一边扣涕道:"我就不信我沈莉芳当不了明星!"

因为感激丹丹的一块手帕,所以二人便聊起来。方知沈莉芳比丹丹大一年,她十九岁。愤愤不平地道:

"我又会唱歌,又会跳舞,我不信自己红不了!"

"那影剧学校关门了,你下一着怎办?"丹丹很好奇地追问。

"有人跟我提过一个'演员练习所',明天我去报个名,马上就可以当临时演员了。大明星都是从小演员当起嘛,我就不信我当不了大明星!"

口口声声地"不信"，非常地没信心，非得这样喊得震天声响不可。

　　当她得知丹丹是北平来的，也就同样好奇地追问，非常亲热地在耳畔：

　　"找的那人，可是男朋友？"

　　"什么'男朋友'嘛。"

　　"你对他可好？"

　　丹丹在一个陌生人面前，很容易地便肯于点头了——当然放心，马上就各奔前程，此生也不会遇上。故，很私己地，点点头。

　　"他对你可好？"

　　丹丹一点也不迟疑，即使怀疑，也不迟疑地，又点点头。

　　"住下了？"

　　"——还有一个班子的人。他师父也在。"

　　丹丹一想，便反问：

　　"沈莉芳，你有男朋友么？"

　　"从前有。后来见我要当明星，他骂我贪慕虚荣，就跑了，临走还打了我。"

　　"家里人知道吗？"

　　"他们不管我的，没工夫，我姆妈帮佣，一个礼拜回来一趟。我爹拉黄包车，很苦呢，巡捕常来'撬照会'，他天天地拉，得了钱买不了几斤柴米，又要到工部局再捐一张，不然连车也拉不了。他哪管得了我？"

　　聊了半天，方又明白，也不是"贪慕虚荣"，只是在上海，一个姑娘家如何立足？

　　沈莉芳跟她颇投缘，还写了地址给她，末了道："你的牙齿黄，改天我送你双妹牌特级牙粉，我也是用这的。再见，以后来看我拍戏呀！"

丹丹笑着挥手。

到了晚上，班上的人都回来了，丹丹的事，也就人人皆知了，见她这样地豁出去，也是个没爹没娘无依无靠的江湖女，倒也非常地照应，招待吃过一顿。

怀玉只是尴尬，大伙给他面子，他可是长贫难顾的。而且，也许多心了，班主的脸色不大好看。

丹丹自是万万料不到她一心来投靠的人，是泥菩萨过江了。也万万料不到红透了的武生，一个筋斗便栽了，因为女人的关系。没有人告诉她，不过，就凭她的聪灵，隐约地，也猜测了五分——来得真不是时候！

怀玉收拾一下自己的房间，让给丹丹，然后搬到李盛天的房间里挤一挤。

隐约地，也听得师徒二人的对话，有一句没一句：

"班主倒是怎么说的？"

"他一听是十倍赎回合同，当下也没什么异议。其实是掩不住的欢喜啦。"

"你存心是脱离了？"

"我只是不要拖累。"

"难为吗？"

"不难为。段小姐为我另铺后路。"

"她？"

"——她说介绍我去拍电影。"

"你是唱戏的，怎么又跟演戏的结了系捻儿。可要仔细想一想。大不了回北平从头再来。别意气用事了。"

"不，我又不是架不住，要认盆儿。而且段小姐已经给联系好了。

最近有一家公司的老板，很积极地想弄一部'特别'的电影，只要她一句话，我就——"

"那丹丹呢？"

"我根本不知道她要来的。"

"你是不跟我们再跑码头了？你留在上海，丹丹如何安置？"

"我正烦着呢。要不她跟你们南下。要不，我就送她回北平去，我答应过志高的。"

到此关头，实在也不因为答应过志高。李盛天语重心长地道："上海是个'海'，怀玉，你别葬身海上。"

"不，我决定了！"

怀玉变了。

这逃不过李盛天的眼睛，他已经不再是广和楼初试啼声的新人了。吃过荤的，也就不肯吃素。谁知他跟那上海小姐的交情？不过师父倒觉把他带来了，没把他带回去，实是对不起他爹。

怀玉不待师父担心，已道：

"我给爹写信，钱也汇过去一点。"

又补上一句：

"师父您放心，我自己的事，也令您不痛快，不过我是一定不会忘掉您的。"他正色道："如果我不追随您们，也可以立个万儿的，最后也是师父的光荣——我是您一手提携的。"

怀玉变了。

一个人不可能长期地守在身边，如果没经风险，他也不可能马上便成长了。像每个作艺的人，一生中有多少青春焕发的日子？

让怀玉回到北平，窝在北平，他也是不甘心的。

因为他见识过了。

丹丹不是不明白，不过她不愿意她一生中惟一作的大事，结局是如此地滑稽。在这种天气，这个地方，总像有莫名的寒风吹来，显得自己的衣服不够穿似的，更是伶仃了。

"玩几天，我送你回去。"怀玉再一次地狠心道。

丹丹回想起，有一个晚上，终于，他也是陪她走段夜路，送了回家。同样的绝望，她得了他的魂；得不了他的人。

他又不要她了，她明明尽了气力，花了心思，她不计较什么，但他始终让她一点原始的痴心，随水成尘。

正在绝望，谁知怀玉拎出了一小包的点心来，拆开，丹丹一瞧，啊，是枣！

是一包购自云芳斋的蜜枣。

像一个个小蛋圆，金黄色，香的，亮的，丹丹尝一口，她原谅了一切。枣是浓甜的，咬开了，有一缕缕的金丝。

怀玉笑："我没有忘了，不是欠你枣么？这不是偷的，是买的。用我自己挣来的钱。"

世上有谁追究一颗蜜枣是如何地制作？每一个青枣儿，上面要挨一百三十多刀，纹路细如发丝，刀切过深，枣面便容易破碎；刀切过浅，糖汁便不易渗入。通常青枣儿加了蜜糖，入锅煎煮，然后捞起晾干，捏成扁圆形，再装进焙笼，置于炭火上烘焙两次，需时两昼夜——这才成就了一颗蜜枣。

丹丹难道没花上这一顿工夫么？想不到火车上颠簸了两昼夜，她终于也得到这颗蜜枣了。比起那一回，怀玉在胡同偷摘给她的，况味不同了。把那青楞楞的枣儿一嚼一吐，怀玉便道："现在枣儿还不红，到了八月中秋，就红透了，那个时候才甜脆呢。"……

"甜不甜？"眼前的怀玉问。

"太甜了。"

"嗳，吃过了好吃，我送你一大包，你捎回去分给志高吃。我

219

很惦着他！这个人最馋了，可以没有命，不可以没得吃。"

丹丹不语。

外头有人喊怀玉去了，怀玉索性道晚安似的：

"你睡吧。"

才一出门，又回过头来：

"扭伤的腿还疼不疼？"

待怀玉去后，丹丹望着那小包的蜜枣发怔，非常地怅惘无依。

不可能了。

再也没有一种简简单单的亲好：什么也不管，只是她跟他在一起。她为他做任何事儿，她是肯的。不过，他不肯，因为他不简单了。夜里他出去，会是谁找呢？他不是去应德律风么？他跟谁在通话？有事情？他太忙了，打天下，为自己操心。

一切都是播弄。她实在爱他，当他在时，已经想念，他转身就跑了，她惟有把桌上，那被他吃过一口的蜜枣拈起来，就他吃过的地方，便咬下去，轻浅地一口、一口，吃了好一阵，还没吃得完。

满嘴的浓甜，缕缕金丝。

忽地丹丹一惊，呀，她的牙齿岂非更黄了些？连一个陌生的沈莉芳都察觉了。对，相比之下，那段小姐的牙齿便是白。丹丹颓然，只囫囵把枣吞下了。

段娉婷之所以要见怀玉，无非要得他一句话。

想到那一天，也不过是昨天吧，倒像已经发生很久了。"姬园"开放了。姬先生是上海首屈一指的大富翁，办洋行，厕身绅商之列，便在静安寺路跑马厅附近建了一个园林，一水一石，一榭一轩，都因地势高低制宜，光是亭子，便有八个，种蕉种柳种梅种菊，简直是个小型大观园。

开放那天设了酒会，还请各界游园。

一人手中拎着一杯酒，见了啥人便讲啥话，段小姐自然是电影明星被邀的第一人，这种场面，她到了，便见到新知旧雨，又凑巧——也许是心里有数，碰上金啸风。

金先生晃荡着一杯酒，打个招呼：

"你好吗？"

段娉婷嫣然一笑：

"你好。上回的寿酒没吃。就病了，怕坏了气氛，不敢来，你没生气吧？"

他只翘起嘴巴冷话讲："上回？哦？呀对，我都没在意。"

她有点恼恨他这样说。一点也不着紧，证实不了自己地位。她道：

"唉，拍戏忙得很，轧了三部。"

他道："是，各有各的忙。"

咦？他为她整治了唐怀玉，不是么？他却召来史仲明：

"仲明，我跟威尔士先生约了几点钟？"然后二人又谈了几句，没把段娉婷放在眼内。

她有点下不了台，只好道：

"金先生，不耽搁你的时间了。"

他只眯眯笑：

"过一阵有空，约段小姐跑马厅看跳浜去。我新近买了一匹马，是好马，弗吃回头草。"

段娉婷银牙一咬，他整治了她，又不怎么要她。可见是玩一场，谁都别想赢。一直以来他对她，决非真心，难道连假意也吝啬了？段娉婷像被一手便掏空了。

她当然明白，只不过关乎日子的久暂，终究是摔或被摔——抓紧另一个肯定上算。

所以她一定要听得他亲口允诺，她才肯把身心投注。

她要他，但弄得不好，与苟合的男女关系又有啥分别？她不要任何试探、测验、尔虞我诈，没心情也没有时间。在这关头，认定目标，命中它。

"唐，我只要你跟我在一起。我不打算追究宋小姐是什么亲戚，也不理会你的从前，我只要以后。如果你不肯，一拍两散。我们有句话：好马弗吃回头草。"

说这番话的同时，怀玉只沉迷于他的第一个女人，他实在太忙了，他对她的身体还不太熟悉，根本无法推拒她任何一个字——他日渐地离不开她，炽热而充满希望的日子在以后。像个抽上了鸦片的瘾君子，泥足深陷。

她对他很好。

她还把橘子削皮去筋，一丝不挂地放进他的口中，然后问："甜不甜？"

怀玉笑："太甜了。"忘记了丹丹这样地回答过他。

当段娉婷这样作时，她也是一丝不挂的。

芳菲的世界，欧美各国各式的浴露香水，她最爱洗澡了。或者，用一个心爱的男人给她洗去往昔的污垢，一天一天地，她将会回复本来的真相。越活越回去——正是一种渴想。

她扶植他的同时，自己便退让，终于两个人便相衬了。

李盛天知道了怀玉的事，勃然大怒：

"这样下作，不清不白地混在一起，这不是上海人最爱搅的'同居'么？"

"不，师父，"怀玉申辩，"只是好朋友。我交个朋友也不成？"

"女明星还有好人？四六不懂，还要往里掺和，害死你也不知道，你还有劲儿上台？"

"我不上台了，我现在明白了，路是人走出来的，命中我有这一步：先死后生。我不回去了。"

"你不回去！你知道吗？金宝也不回去了，你们一个一个，都各怀鬼胎了！"

"什么？金宝也不回去了？"

魏金宝自见上海不同北平了，是一个开放的地方，男女同台，坤旦已比乾旦吃香，自己这一见识，转念好景不常，不知终在哪一日，再也没他的份儿，把心一横，也交际应酬去，周旋的是指定要他这种"男人"的男人，他自己也有话：

"到了上海，方才是真正开心。没有官爷们来逼我，都是自愿的。昨天有个男人来勾搭，还不要理睬他。呀，一问，原来是李三公子。"

心情落实了，脸上有不可言喻的媚态，比台上拾玉镯还要妖娆。

隔两三天便说要歇中觉，不肯上乐世界的日场，班子开始有溃不成军之危机。

看来也只有李盛天把持得住了——不因为艺高，而是一切诱惑绮念，没招摇到他身边。那些雏儿，一个一个，却各怀鬼胎了。

李盛天叱责着怀玉：

"怀玉，我也不打算这样子下去，像个无底潭，你及早给我回头吧！"

劝说了半晚，怀玉也听不进。

师父不了解他。真的，他决非往下堕，只抓紧另一个机会往上爬。无论如何要赢一次，斗志昂扬——虽然他的首本戏"火烧裴元庆"告诉他：年少气盛的闯将裴元庆，阅世不深，缺乏谋略，即使在瓦岗寨击败辛文礼，不过辛预先埋好火药于坠庆山，诱裴孤军深入，裴自恃，被敌四面纵火，死无葬身之地……

那不过是一个戏。

现实不是如此。

现实是"骑驴看唱本，走着瞧"，你活着我活着。怀玉想：我才不过廿一——每个人都有自恃之处，只青春，没有就是没有。

李盛天软硬兼施的，半点水也泼不进。自从这回之后，怀玉跟师父有点生疏了。他只聚精会神，对付一个人。

然而这位金先生，岂有工夫把他放在眼内？金先生今日在风满楼接见一个非常麻烦的外国青年威尔士。

金啸风自那补药"人造自来血"用上了英文作广告后，果然生意大好，因此他俨然成为新兴的制药公司巨擘。跟风的人虽多，但他是创新牌子，别出心裁。他在药瓶上贴有的 DR. WHALES 的字样，还弄来一个外国人的头像印在商标纸上，说明是美国医药博士的补血秘方。这记噱头，吸引了大量顾客，而且金啸风又把这药广送海上文人，每人一瓶，附了两百元的红包，他们明白了，一时之间，不免隔不久便有文人的称颂，什么"还我灵感"、"补我血气"、"名人名药"……的间接广告，便出现在报上了。

金啸风发了一票财。

谁知有一天，接了德律风，有个操美国口音的男人，自称是威尔士博士之子，到了上海，要拜访他，代"先父"收取专利费。

金啸风听史仲明一说，马上明白了："按理说，这外国瘪三可以送官究办，告发他讹骗。只是如此一来，等于公开自己在卖'野人头'。"

史仲明也很为难：

"要真承认了他，便名正言顺地敲我们竹杠了。"

"有了，仲明，你替我约见他。"

待这外国青年小威尔士一到，金啸风便先发制人：

"令尊生前是好友，他在上海多年，我这秘方是他坚要送我的，我不肯白要，便送他一万美金。"

史仲明马上把收据拿出来了，除了签名，下款还有"此款一次收清，别无枝节"。金发的小威尔士还没说半句话，已凉了半截，进退两难，金啸风见状，忙关切道："上海地方不错，我会关照手下照应你到处玩去。这里区区五百元，小意思，只供零花。"

他无奈只得接过支票。也好。

金啸风得势不饶人，又补充：

"你何时准备回国？请告诉我一声，回程的船票当命人送上，不过是此番来了，正好给我作个证明。"

史仲明出示一篇访问记，是关于小威尔士拜访金先生，并证实了秘方确由金先生依法购得制造特许权。稿子早已写就，只待他签个名。小威尔士既收了五百元，也就用自来水笔签上名字。史仲明"嗒"地打了榧子，有人捧个照相机进来，对准金先生和小威尔士先生拍了三张相片。

未几，报上又出现了这访问稿，威尔士牌更加名噪一时了。

只是他自己从来也不喝这东西。当他又收作了一个人时，真快乐，两眼都会得光芒四射，满足了征服欲。但下回来的是什么，面临的挑战有多少？他已经拥有太多，在万籁俱寂的夜晚，只有自己一个人，他就显老了。他总跟自己保证：要活到一百岁。

没有人知道他有一套奇怪的长寿秘诀，在公馆中，他养了一头蜥蜴、一条响尾蛇、一只据说来自云南的毒蜘蛛——他在晚上便跟它们交谈，告诉它们自己白天的手段和心得，心里好不舒畅。没有女人的时候，他的宠物聆听他一切。段娉婷？他跟它们说："她一点都比不上小满，但她也不是没好处的。"

当他想念这骚货时，她那雪白的凝脂般的肌肤便在眼前掩映了——怎么可以这样白？几乎看透了底下细网似的血管。

他无端地，有点激动，一个一个小女孩，让他玩了，他却不是她们的男人。

她们全都另外找一个"自己"的男人——他金啸风哪有立足之处？她们用他的钱，去扶植一个自己的男人，心爱的。自小满开始……

唐怀玉，这小子不知凭了啥能耐？

才过了几天，报上就有这段消息了。《立报》自是抽起的，不过市面沸沸扬扬地：

"中国第一部有声电影——'人面桃花'即将开拍，无声片迈向有声片的新纪元。"

报上的宣传用语是：

"一个是载誉于南洋、蜚声于关外的首席女星段娉婷，一个是轰动了平津、颠倒了京沪的当红武生唐怀玉。一个百忙之中抽出空档；一个轻伤之后养精蓄锐，破天荒的电影与国粹大结合，戏中戏，情中情，蜡盘发音，有声有色……"

戏还没开拍，先声已夺人。

大伙都奇怪了，无声片转为有声片？中国人自己搅？

自几年前在百新大戏院首次上映美国特福莱那有声短片，引起了轰动后，很多国产电影公司也想急起直追，不过蜡盘发音实际上和灌唱片差不多，但声音要与动作同步，制作过程远较复杂，一个不好，要双方从头再来。

段娉婷是如何地当上了这戏的女主角，自不必细表了，反而是那投资十二万元的大老板，对唐怀玉并没投信任的一票。

只是段小姐道：

"我要这个男主角。我要这个戏是一个歌女跟一个武生的恋爱。我要中间加插几出京戏的片段——如果演出失败了，愿意包赔经济上的损失！"

她这样地包庇，黄老板看在她票房份上，也就好好地捧他了。而且见了唐怀玉，也觉得他跟一贯油头粉面的小生不同，俊朗倨傲不群，便也大胆地起用了。

　　怀玉只觉这才是他的"新纪元"。

　　在见报的同时，洪班主的班子散了。

　　唐怀玉留上海，魏金宝留上海，李盛天回北平，来这一趟，经了风浪，真相大白，各奔前程。

　　怀玉一早送丹丹。

　　他道：

　　"你不要留上海——上海不是好地方。"说这话时，不是不真心的。

　　"为什么？"丹丹问。明知狂澜已倒。

　　"你会学坏的。我不许你学坏。我是为你好，你回头，还有志高。"

　　怀玉一顿，又道，"志高给你路费，实在是想你回头。"

　　"你呢？"

　　怀玉摇头。

　　丹丹很坚决地道：

　　"你抱我一下吧。"

　　怀玉不动。丹丹又道：

　　"你亲我一下。"

　　怀玉像一根黑缨银枪，竖在兵器架上，屹然不动分毫，即使微风过处，那缨须也是隐忍自持，他不肯——他实在是不忍，最好什么都别做，要铁石心肠。

　　他已经冰镇在那儿了，他心里头尽是些悲凄但又激昂的往事，发酵了填满了，令他容不得任何人或物——何况他已这样地坏。

"不。"他平淡地道："我是为你好——而且，我有人了。"

他不是为我好，他是有人！丹丹最后一点愿望也硬化了，心肠也铁石起来，比死还要冷硬："算了。我走了。"

然后她携愁带恨头也不回，上了火车。李盛天到了，还有一伙班上的，预备照应着。李师父跟怀玉没什么好说了，只道：

"上海是个'海'——"

怀玉忙接："我不会葬身海上。三年之后就回来，我跟志高有个约。"

李盛天只觉自己苍老了很多，完全是意想不到的，他很萎靡，如果不来这一趟，他仍是一个德高望重的师父。一下子，就老了十年了！原来已是年青人的世界。搀不上一手。火车要开了。

先是整装待发，发出呜咽的声音，良久，也还没打算动身，好像等待乘客们作个决定，虽有心地拖延着，但回头是岸。

这列车，沪京两边走，来得千万遍了，久历风尘，早已参透世情，火车哪有不舍？总是倚老卖老，要桀骜不驯的年青人来忍让，等它开动，等它前进，由它带着，无法自主。

心事重重，开不开？走不走？

一大团乌烟待要迸发，煤屑也蓄势飞闪，就在火车要开的当儿，丹丹一弹而起，长辫子有种炫耀的放恣的以身相殉的飕动，车不动，人动了。一扭身，她便也留在上海不走了！

留在上海，其实又能怎样？丹丹只凭一时意气，哀莫大于心死，就不肯回头了。

"死不如生？当真应了。"她想。

对，既是心死，不若另闯一番局面，也比面目无光地回北平强。须知自己也是无处扎根的了，说不定在上海……

然而女子在上海所谋职位，报上连连刊登的聘请启事，不外是

228

"女教员，须师范程度。教上海话、英语。每月二十元。麦特赫司脱路。"或"饮冰室招待员，中西文通顺，招待顾客，调理冰食。"再是"书记"、"家庭教师"……——非丹丹所能耐。

要租个小房子，住下谋生，金神父路或莫利爱路的斗室，租金也很贵。身边的钱，未免坐食山崩。

在外滩呆坐了半天，惟一的朋友只有沈莉芳了，她还没来。不知家里人有告诉没有。也许她又到别处考明星去了。

黄浦江两岸，往来摆渡，大都仗着舢舨，这种小船，尾梢翘起，在浪潮中出没，看去似乎有随时翻覆的可能，不过因摇舢舨的，技巧熟练，才没出乱子，从来也没出过乱子。有它立足之处，就有它的路向。

不要紧。丹丹麻木地把怀玉送她的戏装相片掏出来，一下一下地撕，一角一角地上了彩色的相片，讶然飘忽落在黄浦上，黏在江面，不聚也不散，硬是不去。丹丹终于把一个荷包也扔掉了。针步细密紧凑，到底也是缝不住她要的。荷包一沾了水，随机应变，变得又湿又重，颜色赫然地深沉了，未几即往下迷失，即便如今她后悔了，却是再也捞不上来的。由它去。魂的离别。心中也一片空白，仿佛连自己也给扔进滔滔江水去。失去一切。这已是一个漫长途程的终站。今后非得靠自己。不要凋谢不要凋谢。只有这样地坚持，险险凋谢的花儿反而开得更好。

沈莉芳匆匆赶至。丹丹和盘托出，只是怀玉的名字，便冤沉江底，绝口不提了。难道像戏中弃妇的可怜么？不。

沈莉芳是个直性子，一拍心口："我考上了丽丽女校，带你去，看成不成。那不收学费，又有住宿的。"

丽丽女校其实不是学校。

——不过它也像一般的学校，设了校务主任，有教师。每天上六节课，四节"艺术"、两节"文化"，教师会教这群小女孩一些时事概要、外语会话、练练字。

不过主要的，便是歌舞训练了。

它不收学费，提供膳宿。

丹丹如同十五个十多二十岁的女孩，她们来自不同的家庭，倒是为了一个相同的原因：要找一个立足之处。彼时，谁也没想过什么前途、什么人生道路。只因此处有吃有住，生活快乐写意便了。青春是付得起的。

也许最深谋远虑的，只丹丹一个——她是置诸死地而后生。

这丽丽，在中国地界小东门，是一幢三层楼的老式房子，楼梯又狭又陡，两个人同时上下楼，便得侧着身子了。

楼下是办公室，二楼是排练教室，三楼挤满了床，一张挨一张，夜里躺着的，尽是无家可归的少艾，没有一个女孩说得出自己的明天——会是一个红星，抑或一生只当红星背后的歌舞女郎陪衬品。谁会排众而出，脱颖而出？一切言之过早。

每个女孩上了半天的课，领了饭菜，便窝到"宿舍"中吃了。今天吃的是米饭，外加一个红烧狮子头，小狮子。外加很多褐色的汁。沈莉芳一边吃，一边憧憬：

"排练得差不多，我们就可以演出了。我要改个名字，叫沈莉莉，好不好？女明星唤作'莉莉'的，准红！"

日后，她便老以"沈莉莉"自居了。

她们学习排练的是什么？

是"蝴蝶舞"，红、黄、白三只蝴蝶飞进菊花丛中避雨，而红、黄、白三种菊花又只肯接纳同色的蝴蝶，三只蝴蝶不忍分离，和狂风暴雨作顽强斗争……"游花园"，七个女子穿了新衣到花园中赏花、唱歌……"桃李争春"、"神仙姐妹"、"牧羊姑娘"、"桃花江"……

当然，怎么可以漏掉最具代表性的"毛毛雨"？丹丹还是"毛毛雨"的女主角呢。

丹丹之所以在丽丽女校中被凌剑飞看中了，当然因为她的神秘——她是无家的，她是无姓的，她为了某个说不出来的目的，只身在异乡闯荡。没有什么人知悉这个大眼睛小姑娘的心事，她永远表现得不甘示弱。

最大的能耐是身手不凡。即使是难度最高的后弯腰、劈叉……那些女孩，能把头后仰到腰，能把腿劈成一字，已算是佼佼者，不过丹丹，她的四肢全凭己意，柔若无骨，弹跳力和胆色都比其他人突出。至于她的吊辫子高艺，却是无人可及了。

辫子在正式登台演出的两天前，她把心一横，便去绞掉。

绞掉。隆重而又悲壮地。

她也曾说过："永远也不剪，就更长了，不知会长到什么地步。"

从来也没曾动过刀剪的，不知应为谁而留了，一下子便给绞断。

还烫了发。

在理发厅里，他们把铁钳在火上烤热，火热如地狱，然后往她发上一钳，一撮一撮地，给烫成波浪，刚烫好的短发，是冒着白烟的，因为焦了，本来又黑又浓，不免变了色，变得黄了。像一张药水上不足的黑白相片，一张缓缓褪色的相片。

凌剑飞这"丽丽少女歌舞团"在训练三个月之后，正式成立，谋得乐世界一个场子，登台演出。他是一个三十多岁的音乐家，这个年纪，已是半头白发，原本打算在音乐界出人头地，然而十里洋场，谁来听他把西洋乐器如喇叭、小提琴等引进，谱以新曲？

他也是把心一横，灵机一触，便把西乐伴奏歌舞，另辟蹊径，成为始创先驱，手底下最登样的牡丹，宋牡丹，第一次上场——能在乐世界，定必打开名声了。

"毛毛雨，下个不停，

微微风，吹个不停，

微微细雨柳青青，

哎哟哟！柳青青。"

然而丹丹拎着一柄鲜黄的雨伞，在台边，窘得要死。

平素排练，全是女孩子，也不觉得怎么样。短衣短裙，无拘无束，小鸟一般又唱又跳——不过今天，他们给她穿上正式的舞衣，每个女孩，不管演出哪个项目，一律是肉色的丝袜，穿了等于没穿。然后是不同颜色的紧身衣，缀满了闪亮的珠片和金银丝线。一双手臂，也就裸裎人前，化上浓妆的少女们，亮着大腿，面面相觑。真要在满池座的男人眼前卖大腿，也就怵阵了。

"小亲亲！不要你的金，

小亲亲！不要你的银。

奴奴呀！只要你的心。

哎哟哟！你的心！"

你的心，你的心，你的心……"

丹丹挺身而出，终也上场。

手中一柄鲜黄的雨伞，旋呀旋，身体若隐若现，她明白了，这些日常的舞蹈动作，上了台，是这样的。颈项凉悄悄，保护着自己的一头长发早已灰飞烟灭，她也就整个地暴露了。

她是个一无所有的新人。心也没有了。

毛毛雨在心中下着：

"毛毛雨，打得我泪满腮。

微微风，吹得我不敢把头抬。

……

猛抬头，走进我的好人来。

哎哟哟，好人哪！"

在这些思春难熬的靡靡之音唱和伴奏下，丹丹只觉世上的男人尽往她的大腿瞪，而她又毫无廉耻地卖着，真委屈。

脚上的舞鞋，原很简单，是白色橡皮底方圆口布鞋，再钉上两根白丝带，缠绕在足踝上，防止蹦跳转动时脱落。这冒牌的芭蕾舞鞋，非常不争气，也十分羞赧，蝴蝶结一松，白丝带便魄散魂离心不在焉地往下坠，一坠到底，尸横台上如一条小白蛇。

丹丹一壁跳舞，原已忙于遮身蔽体，此刻顾得雨伞顾不了舞鞋，看到台下黑鸦鸦的观众，心头发慌，把歌词都忘了，直咽口涎，台下哄然大笑，带点纵容。丹丹羞得伸伸舌头，满脸通红。

台下偏走进一个人来。

金啸风。

金先生闻得丽丽少女歌舞团的预告一出，马上吸引了大批的观众，早早满了。一看，原来卖的是"妙龄少女，粉腿酥胸，绮年玉貌，万种风流"，还有行大字，写着："小妹妹的恋爱故事"。

就是这样，大伙都弹眼落睛地瞧他用啥来绷场面。果然是一批十多二十岁的"小妹妹"。

衣服少得不能再少，伤风败俗地演出，看的人，一壁惊异，一壁不肯转睛。

甫踏进场里，马上有识相的人，安排他坐到前排。史仲明也陪着。二人恰恰见到台上丹丹的憨态，无地自容地，不敢哭，不敢笑。

金啸风一惊，如着雷殛。

——她回来了，她回来了。

毫无心理准备，他仓皇失措，竟发生这桩事儿？

他见到了她！她一定是轮回而来。就在那迎春戏园，五马路最出名的一个戏园子，他也是个一等的案目了，啊，说来是多久之前的事……

日间，每一场说四档书，艺人来演出的，都响档，有说叱咤英雄的大书，有唱缠绵儿女的小书，醒木惊堂，弦索悦耳。

听评弹的都爱喝茶，那些风雨无阻，听书不脱勤的老撑头，入座还不必开口，殷勤的案目如金啸风自会意会。屈食指作钩形，表示红茶；食指伸直是绿茶；五指齐伸，略凹作花瓣状是菊花；握手作拳是玳玳花……

然而今日他有点失魂落魄的。有吃了点熏田鸡熏蛋，想来淡的，伸出小指，示意加添白开水。金啸风在空档，身畔走过那些巡回出售小食如甘草梅子、金花叶、茨菰片、糯米片、粽子等，走马灯一般，他就是那马灯的灯心，谁在走，谁在招，他的心只朝台上亮，常来的撑头也奇怪了。

就是因为满意。

满意姑娘来自苏州，她跟她姆妈搭档，盲母弹，她唱。名曰说小书，实在她也不怎么样。

然而她最动人的地方，是她的年纪，跟说唱完全不吻合。

满意像一朵含苞儿半放的花，迎风微展，不管什么时刻，脸上晕起一层薄红，常常垂首，睫毛几乎把眼珠子淹没了。

她唱得不大好，然而她娇软的嗓子分外袅袅糯糯，谁料到可以含媚带怨？就比她的年纪大得多。然而她也只是中场的"插边花"。

男听客中，很有一些志不在听书，不过捧捧貌美女子的场吧。他们一面喝清茶、嗑瓜子、吃零食，没有锣鼓闹场，单凭琵琶也难使场面安定下来，不过满意一出，因为她的姿色，倒令一众目不暇给了。

其实她赖以定场的不是开篇，不过开篇还是要说的。

"香莲碧水动风凉，

水动风凉夏日长。

长日夏,

碧莲香,

有那莺莺小姐她唤红娘。

闷坐兰房总嫌寂寞,

何不消愁解闷进园坊……"

不知莺莺会遇上谁,不知会乱了谁的心。她只是一个把前人情事,细唱从头的小姑娘。稚气未除,求好心切,音定得高了,劲道不足,高攀不起,所以唱词也不易听清,竟尔断嗓。台下有个促狭的,嚷嚷:

"绞手巾,下台啦!"

其他的听客便发出细碎而谅解的笑声,他们不轰她,她的脸先自轰地红了。

唱错、拔高、接不上。她羞得伸伸舌头,怯怯地继续下去:

"……红娘是推动绿纱窗,

香几摆中央,

炉内焚了香,

瑶琴脱了囊,

莺莺坐下按宫商。"

越唱越快,琵琶跟不上她了,急不可待地要下台过关。金啸风笑着,十分地着迷,他实在过不了这一关……

金啸风在风满楼中等丹丹来。

因为主人长久思念一个女人的缘故,就连那办公的小楼,也习惯地思念着,所以一直被唤作这个名儿,聊以自慰。

丹丹被史仲明领着,十分地不乐意,但又不敢过分张扬。她下场后,惊魂甫定,下了一半的妆,就来了这个经理级的史先生,道金先生要见过。

头一回上场就出岔子，还要见老板，糟了，怕是不行了，正盘算着，不干就不干，反正饿不死，也许明天再去想办法，大不了，往荐人馆挂个号。当下因人到无求，连老板也不怕了。一坐下，小脸沉沉的，努着嘴。

"你就是宋牡丹？"

"是。金先生。"

"干么？"金先生有点好笑，"谁欺负你来了？"

"是我不好，跳歪了，坍台了，向你道歉，不过我没有欺场。这史先生——"

"仲明，你怎的得罪个不更事小姑娘？没分寸。"

史仲明被他这样当着外人面前一说，吊梢眼睛眨一眨，他一看，已经了然。不过有点抹不开，到底只是小姑娘家罢。遂淡道：

"只是催她快一点。"又笑着补上，"她直问：'谁？金先生又怎样？'"

哦，真不知天高地厚。

丹丹惊觉地，眼珠子溜溜眼前这金先生，不巧他也在看她，还看着她浓墨般眼睛，附近又有一个痣，像一大团的墨，给溅了一小点出来，不偏不倚，飞在角落，冤魂不息。

他挥挥手，史仲明出去了，濒行，瞅了丹丹一眼。他跟金先生这些年了，也见过不少美人，像金先生的雄才伟略不择手段，天下尽多骄矜自恃的，都落到他手上了，照说，怎的看上这纯朴而又凶蛮的小姑娘？

——虽然她也长得美。完全是那一个泪痣，添她不自觉的悲哀。

金先生问她："有男朋友么？"

丹丹一愕：

"不告诉你。"

淡漠也掩不住不安："没有。从来没有。金先生，这又不碍你——你是以为出错了，因为不专心？对不起，要是真把我辞退了——"

金啸风不动声色。

"你为什么逗留在上海？"

"留什么地方都一样。我不吃饭不成？此地不留人，自有留人处。"

"说来说去倒迫我辞退你似的，我可没工夫管这种小事。"

"那你管什么大事？"丹丹问。真奇怪，她不怕他。一开始就不怕的人，从此就不怕了——也许见他表现得很从容，胆子因而大了。不知天高地厚，便有这好处。金先生得不到奉承，反过来，他奉承她去了：

"看谁够条件，就提拔他。"

"你如何提拔我？我懂的不很多，不过有机会，我肯学。学学一定会。"

"嗳，我有说过提拔你么？"

丹丹脸一红，她掉进这个语言的陷阱中，有点负气：

"那你让我回去。"

金啸风一直凝视着她，她一点机心都没流露，不过像他这样观人于微的，他知道她有，她怀有不可告人的目的。可以从紧抿的嘴角看得出，她是不妥协的，她将与谁为敌？说不定他拗不过她。

"他们喊你什么？小丹？"

"不是小丹，是丹丹。"

"我就喊你小丹吧，你比我小很多很多。"

小满、小满、小满。他想。

"对，你多大？"

"我太老了，不方便告诉你。"

丹丹忍不住，笑了：

"是不肯？那有什么关系？不说就别说好了。我十八。"

金啸风觉得有意思极了，才丁点大，自己那么厉害人物，她被玩弄于股掌之上也是不会晓得。

不过，不知基于何种因由，他一意由她：

"你要啥？"

"你们上海最红的女明星是谁？"

"段娉婷。"

"好！"丹丹奋勇地道出心事，"我要比她红！"

"那当然，一捧你出来，就没有段娉婷了。"

真的？丹丹的眼睛也闪亮了。

在这世上，不是你死，就是我亡。她最记得了，怀玉道："——而且，我有人了。"

像自己手无寸铁，凭什么力争上游？一定是个吹捧的人。她不是不明白，如果没有权势的支撑，她永远是人海中一个小泡泡。

金啸风一直凝视着她，他开始盘算，然后故意道：

"不过，你不是我的人，投资重了，怎么翻本？"

"我拜你做干爹好不好？"

"哈哈！"金啸风大笑，

"我不收。收了你作干女儿，以后连一句打绷的话都不能说，那多煞风景！真是没赚头。"

丹丹一听，脸色一变，青红难辨，手足无措，什么叫"赚头"。

她如一头被触怒的小猫，于风平浪静时，使使小性子无妨。一旦怒发冲冠了，尾巴的毛都给竖起来，目中流露一点凶光,咬牙龇齿,自保地：

"我是不肯的！你别仗势欺负人！不要你捧了，大不了我走，你跟天桥的流氓有什么不同？……"

说着便悲从中来，哇哇地哭，一来便着了道儿，被迫良为娼："放我走放我走！我不肯！"

"别哭，"金啸风笑，"肯什么不肯什么？真傻。"

"你们都是这样！上海净是坏蛋！"

金啸风由她闹了好一阵，无动于衷地欣赏着，待她稍好，便觑准时机，道：

"咦？你也十八岁，不是八岁。我要费劲捧红一个人，当然有目的——你尽可以不答应，谁按你脖子硬要你点头？啧啧，啥事件笃子念三的？"

丹丹抽噎："对不起金先生。"

"小丹，这样地跳几个舞，也是鞋内跑马，没多大发展。在上海，差不多有一万个，跳跳就到三十岁。卖大腿还卖不到三十岁呢。女孩子也只是几年的光景。"金啸风很有兴趣把她给栽植出来，看是一朵什么样的花儿，她有潜质——也许后来会原形毕露，就凭这豁出去的胆色。一个有胆色的美女，总比没胆色的美女更要好看点。

"我就赌一记吧，小丹。你当我是垫脚石。我钞票太多，花不了。"

"我是不肯的。"

"以后再说，"金啸风一笑，"只一个条件：你跟定了不会跳槽？"

"不会！"

"好，一言为定。"

满腹疑团的丹丹走后，金啸风也有点迷糊，他捧红她干啥？他要她一步一步地，自动肯了？一个费时颇长的游戏，前世今生。

爱一个人，无论如何都是一种冒险。当然，买就轻松点——不过并非谁都可以买。

丹丹一夜都睡不着。

丽丽女校的宿舍，挤满了床的三楼，一张挨一张，无穷无尽。一万个能歌善舞的少女中，只一个明星，难道她不知道，她是开始步入泥沼中么？

不过，她也开始倾慕无比的权威了，爱之欲其生，恶之欲其死，捧红，也踩黑。为什么得蒙垂青？自己也有点迷茫的自得。如果要往上攀，非得狐假虎威不可，英雄或是美人立万儿，说穿了，也没多少个是正道，自小听回来的书词唱段，都告诉过她了。

上海是个影城——全国再没有哪个地方，电影发展比这里更繁华了。

大势所趋，无声片要过渡到有声片，"第一部"斥重资所拍的有声电影，在拍摄的当儿，能把声音也收入蜡盘唱片，大家都觉得了不起。

"人面桃花"开拍已有半个月，还没拍到重头戏。这故事是讲一个受封建礼教毒害的歌女，段娉婷演，遭受重重的折磨和压逼，仍不屈服，爱上了一个唱戏的，唐怀玉演。利用有声的条件，穿插了京戏的片段，全是他的拿手好戏："火烧裴元庆"、"双枪陆文龙"、"界牌关"、"杀四门"。

今天拍摄的是"杀四门"戏场，怀玉为了配合电影，上的妆不能像舞台浓。段娉婷陪伴他，一直往镜子里瞧，她问：

"你记得我们的对白吗？"

怀玉专心地上红，便道：

"我分你半个梨子，你见了有点伤心，低声道：'我不要，我不想跟你分梨！'对吧？"

段娉婷笑：

"你知道么？从前要是忘了对白，就可以道：'一二三，一二三四五六七！'"——现在不行，要躲懒也不容易。"

摄影棚的布景是后台，怀玉的角色是一身孝，黑与白。段娉婷替他整整那块不规则的下摆，白他一眼：

"有句话：男人俏，一身皂；女人俏，一身孝。哦，啥风光都由你独占了？"

到了排戏的时候了，段娉婷把那句话，尽量说得深情款款：

"我不要。我不想跟你分梨！"

声音太低了，录音不清楚，导演喊："咳！把钓鱼竿移近一点。"

再来，话还没完，导演又喊："咳！进画面了进画面了！"

那用长竹竿系住的、带线的话筒，便在游移着，晃高晃低。试了七遍，感情都干涸了。段娉婷与唐怀玉挂着疲倦的微笑，不得已，提高声浪，几乎没嚷嚷：

"我不要！我！不想，跟你分梨！"

真受罪。

好不容易，拍完了一天力竭声嘶的戏份，明星可以走了，导演还得向那来自美国的、骄横跋扈的录音师请教效果。不得不低声下气，因为虽有出钱的老板，却没可用的技师，只得依靠外国人力量。

谁知他又摆架子，看准了中国人非求他们不可，老把录音机器房视为保密重地，等闲不让导演进去。

就在这中外人士的瓜葛以外，段娉婷一俟怀玉下了妆，便着玛丽拎来一个纸箱子，写着"士麦脱"，原来是一套米白色的三件头的西装，还有白袜子，还有一双白色通花镶了黑齿花的皮鞋……

谁知怀玉也狡黠一笑，拎出另一个纸箱来，是送她的。

夜幕低垂了，汇中饭店的舞会也开始了，这里按例原是不准中国人参加的，不过重新开张之后，也欢迎衣冠楚楚的"高等华人"

内进。璀璨的灯火欢迎着漂亮人物。三个乐师努力地吹奏着荒淫的乐曲，一眼看去，大厅里只见搂在一起的男女陶醉在醋歌妙舞中。

他挑衅道：

"你不敢公开地搂抱我么？不敢？"

大厅上吊着一盏精致而又辉煌的灯，玻璃碎钻似的微微颤动，发放媚眼似的风华。地板是闪光的，好像直把每个人的秘密自足下反映到地面，无所遁形。低低垂下蓝色的天鹅绒帷幔。天鹅绒，看上去凉，摸上去暖，总给人恍惚迷离身不由己的感觉，不相信自己竟随着音乐作出一些细碎而又难受的舞步。她倒在他怀中，渐渐由微动而不动了，二人只在一个小小的方寸地晃荡着。他公开俘虏她，她公开投靠他。

香。

怀玉只觉自己不知何时开始，十分适应地担演着上海滩一个出众的人物，每个人都看着他那得意非凡的身世。

即使在汇中，这高等华人出没之所，人人都高等，不过名字为大众熟悉的，就更高人一等。

曲终人散，人也朦胧地入睡了。

怀玉睡不着，顺窗望出去，满天的星繁密忙乱，虽然全无声息，然而又觉一天热闹意。整个上海，陌生的城市，开始安静地入睡了。空气是透明的，隔着空气，只见她如婴儿般沉沉蜷伏。

脸色是银白的。她常说道：年来也没几觉好睡，如今陡地放下心来，芳魂可以自主地遨游。完全因为放心。带着一点微微的笑意。

怀玉捻亮了灯，一看闹钟，是三点半。闹钟——这以前，在北平唤"醒子钟"，倒是稀罕的。

玻璃下压着怀玉的照片，压得密不透风，铁案如山，他又记得她这样说道：这下可好，从此逃不了。

在他夜半点灯殷殷窥探之际，段娉婷乍醒，好似仍被一个好梦纠缠着，硬要挣扎，不肯出来，折磨一阵，有点悲凉："我要做梦，我不要醒！我不要醒！"

蓦见身畔的怀玉，恐慌地紧拥他，道：

"给我讲句好话——"

说着童稚地泪花转乱，怀玉细语：

"我在，我在。"

"圣经上说，"段娉婷笑，"一句好话，就像金苹果落在银网子中。"

怀玉如同呵护一个孩子似的呵护着她。真是夫妻情分。踏足于此，银网子？他便摇身变为金苹果了。他们再也不寂寞。

——只有一个人是寂寞的。

宋牡丹。丹丹也住霞飞路，她被安顿在这高级住宅区的另一所房子里头。她有佣人、司机，也有一个安排得妥善的女秘书，应有的派头，提早给预备了。她接受全新的改造，本性却没有消失，最痛苦便是这样，到底她没有自然流露的艳光。不是这路人。

她比不上任何一个金先生的新欢——她不是新欢，她是"旧爱"。

金啸风眷顾丹丹的自由，只是隔几天来看进度。

丹丹天天试新装试发型，实在有点不耐烦，只道：

"这样的改造，没完没了，又不让我拍电影去，我不干了！"

还没走到厨房，伸出半个头：

"我下面去，金先生你要不要吃？"

"自己下？"

"她们调弄得不对胃口。"

他由她自个儿在厨房里调弄。自来水，自来火，她也晓得了。

末了端来两大碗的面条，寻常百姓家的小吃，丹丹很得意：

"看，这是'一窝丝'，有面丝、肉丝、蛋丝，还有海米、木耳、青瓜丝，吃来有滋有味。"

一边吃，一边还在夸：

"我还会贴饼子、包饺子，还会蒸螃蟹——不过，要当了明星，就没工夫干了。"

金啸风饶有趣味地看着她。

"金先生……你说我不像明星，对吧？"

"对，不够坏。"他笑。

"我当然会坏，善良的女人都是笨的——为了坏男人，半死不活。"

她停了箸，隔着氤氲的蒸汽，追问：

"我什么时候可以当明星？"

他灵机一触：

"她不是'花瓶'，何必做市面？得顺水推舟才是上路。"

上海南市区这天可热闹了。

蓬莱市场在这天落成，举行了一个典礼。年来，既有九一八事变，又有一二八事变，全国都展开抗日救亡运动。不过上海的经济有畸形发展，日货洋货仍充斥，国货在市场上就一落千丈，没有出路了。

有人背地里传说，金先生的资金，部分来自日方，如此一来，不免背上"汉奸"之罪名——不过此刻大家奇怪地指着市场上高悬的横布条，原来上面书了"土布运动"四个血红的大字。

未几，镁光乱闪，引出了一个标致的小姐，身穿一袭土布旗袍来剪彩，那是淡淡的胭脂红，长至足背，衣衩开在腿弯下，领袖和下摆都绲了双边。小姐成了万众瞩目的焦点，也有捺不住的紧张兴奋。只听得宣布："宋牡丹小姐。"

金啸风顺水推舟，连消带打，便赞助了这个"土布运动"。旗袍的衣料由布店奉送，并由服装店连夜赶制，目的是招徕顾客，推销国货。不过金先生的意思，还要宣传土布为"自由布"或"爱国布"，因为这种意义，再也没有人怀疑他的"爱国"心态了。

还有，今天他们选出了一位"土布皇后"，便是眼前这美得天然的宋牡丹。金先生轻轻往她背上一拍，示意她金剪一挥，市场欢声雷动，大家马上便接受了一个如此"端正"的皇后了。他们鼓掌，还在喊：

"宋小姐！宋小姐！"

还有人涌来请她签名——只消买下几个临时演员来带头起哄，一切水到渠成。丹丹瞥到人群中有人在挥手，她微微一笑——是沈莉芳。

众沸沸扬扬传颂，不消几天，金先生的地位，宋小姐的声誉，便被肯定。

市场还点燃了一串爆竹，噼噼啪啪地响了半天。

丹丹很快乐。每个人心头都有一团火，她点燃了——他那么地照拂。

虽然她的皇后当过了，爆竹也燃过了。红彤彤的残屑，到了夜晚便被竹帚一下给扫掉，露出灰白的泥地。游戏已经完毕，但名衔到底是具存的。

她还被绕上彩带呢。

晚上，丹丹拥着彩带，睡得不好。青春的活力令她的一团火沿着血液浑身跑。她一步一步，赢给他俩看。顷刻之间，她已发觉自己身上有一种焕发的自保的说不上来的力量，那是可贵而又可怜的。

她很怜惜地，抚摸自己贲起的胸脯，有点羞涩。她摆脱不了命运的操纵，她又"生"了。如握着一头待飞的小鸟，她的身体。也许真的如传说中一般——一个女人，捧她的人多了，她的命就薄了。

"那不要紧。"她对自己说，也对金先生说，同样的话，"我只要几年。我才不要长命百岁。"

有一句话却在心头打转："我要报仇！"忽地只觉背上一暖，忆起金先生轻轻一拍。

那斯蒂庞克轿车把金啸风和丹丹送至静安寺路畔的跑马厅去。还没来得及下车，已经有记者来拍照了。

金先生很自然，顺势搂一搂她。

丹丹没有抗拒，一切都像循序渐进，他往她背上一拍，他把她肩膊一搂，如同慢火煎鱼，到了后来，她便在他手上给烧好了。

也许这是男人的奸狡——他在制造一个表面的事实，人人以为她是他的人，目下还不是，不过，谁知道呢？他们都若无其事地让人家拍照，这一回，丹丹势将有名有姓地，以她"土布皇后"的身份来示众。赛马在下午举行，尤其是星期六的下午，场地中间，掘了沟渠，障着土阜，马匹到了这里，必须超越而过，称为"跳浜"。很多银行、洋行，往往按例停止办公半天，让人看跑马去。这天真是人山人海。丹丹下了车，只见跑马厅四周，有短栅没墙垣，有些人便备了长凳，专供小市民站在上面看，隔岸远观，每人收几枚铜板，作为租费。也有年纪相若的姑娘，满脸好奇地朝里头引颈翘首的。

丹丹傲然地随着金先生作入幕之宾去了。高昂的票价，严格的规例，都不在眼内——如果她不是宋牡丹，她便只好被摒诸门外。

老实说，她之所以有今天，完全因为被看中，她不会不明白，生平第一遭来看跑马，分外地专注，驰道分外档和内档，骑师穿着各种颜色的服装作为标识，绕场若干匝，直至靠东南角的石碑坊为止，以定胜负。还没开跑呢，所以胜负未见。

正游目四盼，忽见不远处也围上了记者。看真点，不是他是谁？

他高大了一点，也英俊了一点——因为隔了一段日子不见了，有一点姑息和企盼，觉得他实在很好，只是他改穿了西装，而她呢，今天不穿旗袍了，身披一件荷叶袖连衣裙，领口翻飞着一层又一层的轻纱，腰间系了蝴蝶结，一双白手套，这时装真摩登，怪道"人人都学上海样，学来学去难学像。等到学了三分像，上海早已翻花样"。

丹丹恨自己落伍而且尴尬。

与此同时，金先生也见到了。

他握住丹丹的小手，拍拍她的手背。

丹丹放心，天塌下来，也有人顶住。

他明白她的自卑，笑道：

"咦？啥事体作事没长性？"

她咬唇一笑，有点惭愧。

史仲明递来一沓香槟票，给她玩儿。她一看，什么A字香槟、B字香槟、大香槟、小香槟……跳浜、赛马之后，还来个摇彩。金先生问：

"那边厢是啥闲账？"

史仲明回话：

"那有声电影'人面桃花'快拍完了，要上了。趁此白相白相。"

"哪间电影院放？"

"片子没完，还未有排定。"

"老黄一向跟中央打交道。"

丹丹不知就里，对他们的话题一点也不明白，只一脸纳闷地呆听。

金先生很照顾，安慰她："让他们热火热火吧，好不好？"

"不好！"

"那怎么办？我可没有能力不许人家拍照的呀。"他逗她。

丹丹刚刚出的一阵风头，马上又波平浪静了，她一阵失意，真难为啊，到底还是败在她手上。

"小丹。"他喊她，她不应。他又笑道："宋牡丹小姐，看你多小器。我就是要来个'不鸣则已，一鸣惊人'。"

丹丹狠狠道：

"我要比她红！"

金先生无意地问："她身旁的是男主角，唤唐怀玉——"

丹丹马上接话碴儿：

"我不认识他！"

"好好，吃饭去。"

说着说着，丹丹忽听得四周闹闹嚷嚷喊："六号！六号！"

六号也是他们买下的号码，它跑出了。丹丹一时忘我，抓住金先生的双臂，大喜："我们赢了！我们赢了！"——我们？丹丹缩缩脖子缩回手。

"人面桃花"在种种困难的情况下完成了，也超出了预算，原来黄老板打算投资十二万的，到结账时，已花了十八万五千多。

一般的戏拍完了，便要请戏院老板喝几盅，红红脸孔，然后提出上片的要求，希望老朋友帮个忙，给一个映期。要是对方口气不热，还得赶着把拷贝给送过去审定审定。上海是全国最大的电影市场，映期好，对本对利也说不定，映期不好，三天两头的，便要陪戏院老板吃饭孵温堂喝咖啡上跳舞场……不过"人面桃花"忒新鲜，不必怎么轧朋友，中央、金城等大戏院已来接头。万众瞩目，要看演戏的片上发声。好吃香。段娉婷和唐怀玉经了一番宣传，也吃香起来了。银坛新配搭，戏还没上，黄先生先约了在红房子吃大菜。

红房子经营的是法式西菜，价钱很贵，他们点了烙蛤蜊、奶酪出骨鸡、海立克猪排……末了还来一客白脱起司酥和奶油泡芙。

怀玉已然十分地习惯他手中一杯滚烫的咖啡了，也开始有派头了。

黄先生开门见山，掏出一份文件：

"我想跟二位签个合同。"

他要捧他，也要留她，签个合同自是上算。而且因着互惠的情况，条件订得高。段娉婷比较老手，一向不肯受束缚，这回眼看形势很好，且有声片一出，谁还再去拍无声片了？

对面的黄老板肥头胖耳，相处下了，也不算什么刁枭厉害胚子。

自己是个明星，明星这行业不保险，一不小心，就过气了，过气也就完蛋了。不知自己在哪一天走下坡呢？总不成到走下坡那一日，才发觉危险。故此，听了价钱，便提出加倍，进进退退，终于给加五十巴仙，她就当场签了，怀玉也签了。

三年。

合同规定在一年内拍三部电影，如果拍不了既定之数，不用补戏。不得外借给其他电影公司……

待二人签好这份合同，电影就扰攘地预备在中央大戏院上了。

首映礼，真是一时之盛。

在中央戏院二楼的大堂设了酒会，可以请来的行内人，都来了。

男女主角没有一道，分开一先一后地到。西装笔挺的唐怀玉，由电影公司的人员陪同亮相了，大家惊诧他的气色很好，天时地利人和都应了，神采飞扬，眉梢眼角之间，有股阴霾扫尽的英气——他又出人头地了，终于等到今天了。

想想，多月之前，还是一头一脸的灰，简直不敢抬起头来做人，空有一身好本领，六面没出路。如今嘴角挂上笑意，竭力掩藏傲慢，与各界周旋。

周旋，便是："谢谢大家来，都是黄老板的面子大，请多指教！"哼，谁要谁来指教！生死有命，富贵由天，也全凭个人造化。

未几，段娉婷由玛丽陪同着，也来了。一来，记者们起哄，要男女主角亲热点合照。

段小姐总爱笑着解释："哎，不是啦，我跟唐先生根本不熟，拍戏的时候才见得多点儿，拍完了大家研究一下演技，希望演得更好——别乱说了，那是宣传伎俩，不信问问唐先生。"唐先生又道："我当然希望追求段小姐，不过她裙下不二之臣可多着，也许我得施展十八般武艺来较量。不排除这可能性。"

记者们诸多要求，一时要她绕着他臂弯，一时要他搂着她香肩，作出十八种姿态来满足照相机和镁光灯。拍完又煞有介事地分开了。

而，金先生也来了。黄老板亲迎，他很高兴自己有这个面子，金先生道："我有兴趣看看片上发声多新鲜！"

方转身，唐怀玉神清气朗脱胎换骨地迎上来，他把握这个良机，正正地看着他的对手，一字一字地道："金先生，上海真是个好地方，一个筋斗，也就翻过来了！你肯来，真是我的光荣！"

金先生颔首微笑，道：

"听说你筋斗翻得不错。"

怀玉也笑："是么？我自己倒也不在意。反正有就是有。哈哈！"

金啸风脸色一沉，马上便回复常态：

"这，才是第一部电影吧？"

"是的金先生。不过已经订了三年合同了，眼看快要忙不过来。"

"恭喜，跟咱上海攀上关系了啦？"

怀玉一笑，仗着年轻，说：

"才三年。我有的是三年又三年。"

好不容易才有今天，还不看风驶尽蜾？

段娉婷走过来，也是举杯敬酒，一脸笑意，娇艳欲滴：

"金先生，难得啊。小戏院小片子，今儿晚上没约人吧？我们陪你看。"

"约了。来了。"

回头一看。谁？

是她！

是她！

怀玉一直都不相信这个事实。丹丹也脱胎换骨地自门外袅袅而来，史仲明伴在身后。

他猜想一切可能发生的事，一个最大的疑团。他还不能确定这是不是他的敌人，有些胆战惶惑。她？

她是谁？怀玉从来都没发觉丹丹汪汪的眼睛不经意地如此媚人。庄重地。又泄漏了一点风声——一定经过不得已的变迁。

人丛中有人喊：

"土布皇后！土布皇后！"

啊丹丹也是镁光的焦点呢。

如今各领风骚了。只见她一头短发，贴着精致的头脸，额前一排稀疏刘海，若有若无。

细模细相，油光油滑，衬托一袭一点也不肯炫人的旗袍，贴合着身份。

金先生笑："我的皇后来了。"

怀玉万分迷惑，她留下了？她来了？他认不得她。多少话想说，但沉下去，重压在心头。他的嘴唇不争气地喃喃：

"丹——"

丹丹虎着脸过来，伸着手，先发制人地报复：

"宋小姐。"

他只好这样地跟她见过：

"宋小姐。"

段娉婷一瞥，只维持着微笑，寒暄：

"哦，宋小姐当了'土布皇后'呢，很好。先土布，下一回一定可当绸缎、织锦什么的，很好啊。"

丹丹不知如何应付，便变了色。

段娉婷体贴地：

"慢慢来啊。多参加首映礼，让记者拍拍照，还怕没人找你拍电影去？——嗳，我真忌妒，从前哪有捷径好走？"

丹丹急了，忙借点势力："我但听金先生的。"

段娉婷见怀玉只强笑，便捏捏丹丹的旗袍料子：

"好料子！是不是当选送的礼物？"

她认得这丹丹。最好她不是冲着自己来。自己名成利就，而她刚迈出第一步，初生之犊不畏虎。她这样地出现，多像角儿登场，眼下是出什么戏？有没有威胁？

她把她的旗袍捏了又捏，捏了又捏：

"咦？有点皱，不是土布吧？"

史仲明觑此形势，便帮腔：

"这名堂够新鲜吧？是金先生特地给设计的。"

段娉婷不及对"金先生特地……"起反应，史仲明还不让她喘息：

"就是看市面上一般形象太滥了，有意给塑造一个端正点进步点。宋小姐这样出道了，还没什么雷同的呢，就图气质特别。"

丹丹感激地看了史仲明一眼。

有个靠山就有这点好。且不劳那位高手多说半句，马上就有亲信出头解围、还击、对付。

史先生看出来自己的位置，想他也看出来段小姐的位置。做人甚是上路。

丹丹冷笑，跟二人对峙着，但觉一帮人都向着她，心底凉快到不得了，把对面的奸夫淫妇踩踩成泥巴。末了还在门坎上给擦掉。只是自己不免有点凄酸苦楚，不可言喻。

转瞬已是入场看戏的辰光，人潮一下子生生把他们拆散了，各与各的人，终于坐到一块。丹丹向金啸风使小性子，狠道："哼，看到一半，我便跑！我故意的！你是不是也一道。"

金啸风自己也意料不到，他看丹丹的眼神，可以柔和起来。像秋日阳光，日短了，火红的颜色淡了，路旁的法国梧桐率先落下第一片叶子。

丹丹并没有"真正"成为他的情妇，这点令她有点奇怪。他只要她陪他，看着她，心魂飘忽至她身后稍远一点的地方，然后十分诧异她的日渐精炼成长。从前若他道：

"幸亏拉了你一把，你看，报上都骂歌舞团。连鲁迅也写，说卖大腿的伤风败俗。国难当前——"

她会瞪着大眼睛问："鲁迅是谁？"

如今在上海浸淫一阵，她精刮了。他怠慢点，她也怠慢点。

像看谁先低头。

他还有正事要办，最近方把日夜银行所吸收了的大量资金，挪出大部分来买进浙江路上一块地皮，造了批弄堂房子。

她在霞飞路寓中孵一个礼拜，秘书向他报告：

"宋小姐花钱倒水一样，用来发泄。天天上街，都架不同的太阳眼镜来瞩目。"

他冷一阵，来个德律风，她会气得摔掉了。

老虎跟猫，它们是如此地神似，差别在于是否激怒。这里头一

253

定有些神秘而又可爱的因素——她觉得他既驯了她，便要负责任，他没负责任，也没尽义务，倒觉韶华逝水，望望无依。

金啸风终着史仲明把她接到公馆来，当天也约了电影公司的黄老板，和两个场面上的朋友，一起打牌、吃蟹。其中一位范先生，是军政府的，另一位杨先生任职买办，一向跟外国的香烟商打交道。

丹丹到的时候，牌局已近尾声，上落的数目她不清楚，只闻金先生笑道：

"待会有工夫再算，先喝一盅，来来来，入席了。"

原来吃的是来自崇明岛的阳澄湖大闸蟹，顶级本有十两重，不过蟹季还未正式开始呢，是今年的头遭，赶着上，也不过七八两。同桌的除开一帮男人，丹丹是惟一女客。他为她摆设筵席。

"小丹，"金啸风为她剥开一只大闸蟹，"这是青背白肚、黄毛金钩，你看，又唤作'金爪蟹'。"

佣人过来侍候，一桌都是精致繁杂的小工具，他不管，只为她剔去糜烂的紫苏叶，只道她是没吃过蟹的囵囵，嘱咐：

"在蟹壳中央，蟹膏上面，有一块八角，最寒了，不要吃。"

——他只道她没吃过。她有点气，还嘴："我知道！我自家还会蒸呢。"

"怎么蒸？"

"全扔进沸水锅里蒸的。"

"哈哈哈！"金先生好玩儿地取笑：

"没加上紫苏叶？没放蒸笼上隔水加热？蟹身没翻转——还有，蟹是给松了绑的？"

不不不。前尘往事涌上心头。

为什么？为什么北平的螃蟹是张牙舞爪的，上海的螃蟹是五花大绑的？还有繁复的程序，慢慢地守候，还没有死，早已烦死了。

虽然阳澄湖的蟹，是全国最好。膏是鲜腴的，肉是肥美的……到底，她也是吃过螃蟹的人呀，顿兴离乡背井的落寞，当初，是谁与共？

"真好，蟹季来了，我也就馋得恶形恶状了。"那范先生道。

"一公斤蟹苗可收成五六万。"史仲明附议，"有得你馋。"

"可惜蟹季短，拼尽了也不过两三个月，好日子真不长。"杨先生叹道。

金先生忽有发现："咦，这蟹，吃起来比去年还要好？"

范先生压低了声浪：

"对呀，此中自有玄机。"

一直不怎么开腔的黄老板问道：

"说来听听。"

"——不好说。"

不说不说，当事人的范先生也说了：

"你们知道吗？有战事了，蟹特别地肥美——尸体沉在湖底，腐烂了，马上成为它们的食粮……"

金先生举起花雕："喝酒喝酒，吃蟹赏菊，只谈风月。"

金啸风瞧了丹丹一眼，示意：

"花雕去寒，喝一口？"又笑，"酒烈，怕不安全，别喝醉。"

举座哄笑。

丹丹看看那杯香烈的液体，她竟在酒中见到他的影儿了——那夜，丹丹持蛐蛐探子撩拨老娘嫁了孑然一身的志高。怀玉劝他："你可不能一点斗志都没有。"……她记得他讲的每一句话呢，在那贫瘠的夜晚，只有蟹，没有酒，但她有人。很丰富。

人。

刹时杯弓蛇影，心里一颤，手中一抖，酒便洒了：她的斗志。

丹丹站起来，夺过佣人的酒壶，自顾自再满斟。然后，一口干了。

烈酒如十根指爪，往她喉头乱叩。几乎没呛着，她很快乐，终于一口把一切干掉。

杨先生循例起哄：

"你这'蛟腾'，把小姐灌醉，正是黄鼠狼给鸡拜寿。"

"什么？"丹丹惺忪问。

"——没安好心。"史仲明道。

"月亮还没有出来？——"丹丹不知道自己在讲什么了，抬眼透过窗纱，真的，见不到一点寒白的月色。只是浑身火烫。吃得差不多，便见那黄老板即席尴尬地开了一张支票。先迟疑一下，才又填上了银码，递给金先生。

金先生一见，便笑道：

"白白相，消遣消遣而已，老哥怎么认真起来？太见外了。"

"不不，"黄老板道：

"愿赌服输。"

金先生把支票拈来一瞧：

"别调划头寸了，多麻烦。"

说着乘点烟时，便把那支票给烧掉了。只补上：

"闲话一句，你把你们电影公司股份送我五十一巴仙。"

无意地，随口又再补上："还有些什么演员合同，那段娉婷、唐怀玉什么的，一并归我，弄部电影玩儿玩儿。就这么办。"——丹丹的心狂跳。

丹丹的酒意上了头脸，一跤跌进一个酩酊而又销魂的神奇世界中。四周是一片金黄的璀璨的光影，她身畔是双闪耀着强烈感情的眼睛——不管她什么时候，无意投过去一瞥，他都是看住她的。

中间有一个水火不容的境界，只待她一步跨过去，甘愿地。

她有点飘忽忽地由佣人领着去洗手间洗了一把脸，自来水的蒸汽，叫眼前一面圆形大镜有点迷乱，丹丹伸出一根手指，指着镜中的自己，说道：

"你要小心！"

心跳得很厉害，面颊微微地也痉挛着，一滴眼泪偷偷滚了出来，心底升起又浓甜又难受的感觉和感动。

——他把一切都买下来，重新发落！

他是为了她。

丹丹跌跌撞撞地，没有再到筵席上去，佣人报告了她的醉。

金啸风到了他的房间，一时找不着丹丹，正诧异她又跑到哪儿浪荡去了？

四下一瞧，只见丹丹蜷坐一角，正正对着那几个打开了的铁笼子，她一定吓呆了。人住的地方，竟尔藏了一头蜥蜴、一条响尾蛇，和一只蜘蛛。她误打误撞地放生了。青白着脸，战栗起来，神志不清，有点像着魔，一见金啸风，便颤着。

"金先生——"

"你要什么？"

"杀掉！杀掉！"

"别怕！"金啸风走到他床边，在床下搜出一把手枪来。

"砰"的一下，先把蛇干掉了。

丹丹飞奔过来，夺过枪，也朝那蜥蜴一轰，不中，再来，血肉模糊地，认不出真身。只有那头大蜘蛛，也被他用重物击拍得一塌糊涂的绿浆，肚子中竟跑出数之不尽的小蜘蛛来，一时间四散奔窜，看得人毛骨悚然。

"别怕！"他拥着她。

丹丹实在不怕了，一切的死伤，啊，惯见亦是寻常——她什么没见过，没经历过？

忽然间兴起一阵厌倦，厌倦一切的死伤，追和逃，这念头突如其来地，漫遍全身，是的，心肠肺腑，末了付诸血污。

只余空虚苍白，不着边际。当她拥着这一座山似的男人时，停步四望，还是他最可靠。谁愿再努力苦撑？日子变得全无意义，只想倚靠他，直到下一生。

"小丹，"他喃喃呐呐，"看不出你杀气腾腾的。"

地欲陷天欲堕。她也意外：

"是呀，我都不知道会是这样的。"

"给你一点酒，就原形毕露了？"

她厌倦了追和逃。

血花纷飞的刺激，令她变得容易悸动，也令他兽性大发起来。

他疯狂而又急煎地向她探索和进逼。把她的脸转过来，使劲狰狞地加添她无限的疑惧。

他的宠物都报销了，她是目前惟一的宠物了。

而且，难道他不知道这还是个雏儿？

有些事，是女人逃避不了的。

丹丹只念，凡事需要决绝，自是早比晚好。也许是酒意，也许是自欺，不知如何，她由衷萦绕着一种新鲜事体，譬如说，对男人的渴想。真奇怪，这渴想蹑手蹑足地来了，原来潜藏着已久，伺机便爆发——或是在暗中已猜测过？

浑身都有不安的兴奋。越来越强。

她还是一个得宠的人呢。不再被抛弃，幸福在五内焚烧，身体熔成一摊。嘴唇枯焦，伸手不见五指。她很紧张，甚至是被动的。玻璃丝袜像一层皮似的被煎下。

她不敢动。

金啸风设法令她蜷曲的身体舒展开来。面对他的威武，她只能更加软弱，一贯的刁横无影无踪。

她像一块承受刀俎的鱼肉，猛然地："哎！我很疼！你放过我吧！"

他的小满——

他到她的满意"书寓"去。她心中没有他，只奉他一杯茶……他不可能天天打茶围，终有一回，趁着盲母不在，他非要她不可。

"小满，我一见你的脸就想——"

满意力竭声嘶地抗拒，一地都是推翻了的清茶水烟袋和瓜子，零落如草莽。男人一旦要一个女人了，简直如洪水猛兽，眼睛血红——他不明白，自己已是个一等的案目了，他对她明显地偏私，照拂日久，难道她一点也不领情？

因她挣扎得太不留余地了，拼死一样，他凶暴起来，在她娇嫩的尖白脸盘上刮了两记耳光，马上，双颊辣辣地透红。他气喘咻咻。

满意一呆，大吃一惊，泪水冒涌，叫道："你不要逼我！我心里已有人！"

——金啸风直至今天，也不知他究竟败在谁的手里？这永远是一个隐伏在青天白日的敌人。他也许一生也翻查不出底蕴。只是那一天，他如雪崩海啸似的豁出去了，极度的亢奋也令满意走投无路……

忽地，措手不及，满意拾到一块茶碗的碎片，在自己瓜子仁儿的脸上划了一个鲜血斑斓的十字，她失常地惨叫："我的脸坏了，你放过我吧！"

金啸风忽觉这经不起人道抽搐着的丹丹，舌尖都冰凉了，她凄凉婉转地长叹一声：

"我——要死了！"

她很惶恐就此死去，然而她再也使不出半分力气，意乱情迷群魔扰攘似的。金啸风爱怜地捧着她的脸，他又重蹈他最初的恋慕。

——莫非是夙世的纠葛，那么不可能的人，如今压在他身体下。他深深地吻着丹丹，无限地痛楚。他喊："小满！"

小满遭野兽般的蹂躏，一脸一床的血。第二天，她就跳黄浦了。

她一定是浑身都系了最重的物体，石块铁块，血海深仇一并沉没在江底至深，不肯给他一个机会。即使他夜夜在江边，眼看汹涌的水流混沌一片，如心事般沉重。夜渡灵柩一样漂流着，岸灯闪出阴险的微光。隔不了多天，总是有山穷水尽的人来跳黄浦。不过，只是不爱他而已，她倒情愿一死？以后，金啸风高升了，他为了他那未曾公开过的"金太太"，终生不娶。

绝口不提。

丹丹空余一身细细的汗，半息游丝——竟全没有工夫念到，何以一夜之间，她就是他的人了。一切都是渺茫……

"哈哈，哈哈，啊哈哈……"怀玉笑给段娉婷听。

"嗯，这样绷的笑法，好假。"

"不是假，是难。"怀玉道，"每个角色的笑法都不同，既要形似，又要神似。孙悟空的笑跟猪八戒的笑也不同。"

"孙悟空怎么笑？"

怀玉给她作一个眯睐眯睐乐孜孜的猴儿脸，段娉婷很开心，又问："猪八戒怎么笑？"

怀玉木然。

"怎么笑？"

"笨笨的一个大鼻子搁在嘴巴上，怎么笑法，都没有人知道。也许，它从来不笑。"

"你怎么笑？"

怀玉这才打心底笑出来了，得意地笑。

"人面桃花"在中央大戏院，连满了一个月。虽然，毛病还是出来了，几乎每一场都有毛病，因为放映时，一方开映机，一方开唱机，彼此快慢稍有不同，片上演员的动作跟发音便脱节了，有些场先张嘴，后出声；有些场先出声，后张嘴。这种唱双簧式的蜡盘配音，是有一点点的"遗憾"，不过，第一部，大家都迷上了。

也都迷上了片中的男主角。

他一笑，来劲了，就把他半生学来的笑，师父教过的，自己见过的，都跟他的女主角表演了。什么冷笑、奸笑、强笑、骄笑、媚笑、狂笑、苦笑、羞笑、妒笑、僵笑、骇笑、谄笑、傻笑、痴笑、狞笑、惨笑……笑得累了，怀玉一弹而起："到邮局去。"

段娉婷倚在床上，燃着一根香烟。

隔着袅袅的漫卷的烟篆，她开始想，今天笑完了，明天哭，哭完了，便愁。七情六欲，也许几下子就过去，一一演罢又如何？他一天比一天壮阔，她却一分一秒地老。情，像手中的香烟，烧烧就烧掉，化作一缕幽幽的白气。

怀玉换了一身轻便的运动装走在霞飞路上。霞飞，这正是他那放浪的心。天气凉了，然而上海的秋阳是暖烘烘的，像一个女人，烘在你的脸上。

他原不必自个儿到邮局去，而且他也不必那么早便到邮局去，然而只为了一点"自由"的辰光，抽身出来。

当他走着，霞飞路也驶过一辆车子。

史仲明有点意外地，发现他伴着的宋牡丹小姐，再也不像他的初遇。

她有奇异的蜕变，变得最多的是眼神，乌亮闪烁，不由自主。她来了多久？但眉梢眼角，暗换了芳华。

她变得自得而惆怅。

史仲明没怎么正视过这个小姑娘，然而他总是在她身畔，她是他上司的人，他也是他上司的人。在上海这可怕的地方，若有能耐，便不断拥有一些人，一些别人的儿女，为你竭尽所能，以取所需。

像宋牡丹这般的，他也见过不少，不过从来都没有像此刻，问了一句他也奇怪的话：

"宋小姐，待会要约位编剧家与你会面，金先生吩咐他特地为你写一个剧本。金先生——宋小姐，你快乐么？"

丹丹一笑。

如今的丹丹也精炼了，但凡不好说的，一律一笑。

"你——这真是为了什么？"

"虚荣。不可以么？你是谁？我有必要回答你么？"

史仲明冷不提防她那么地直率和势利，只深深看她一眼，仿佛有点火花在心中一闪，这一闪，昭昭地掠过他身体内，某个隐蔽的，他也不自知的角落，一闪即逝。

丹丹眼前也闪过一个影儿。

她见到怀玉，一身时髦的西洋白运动装，昂扬地上路。心念：虚荣，他也用自己去换虚荣。然后弃她如遗。她一咬牙，刷的一下，把车上那轻俏的白窗纱便扯上了。

在这电光石火的一刹，刚好史仲明也转过头来了。一直沉默。

回力球，这是上海滩新兴的运动。

球场门口竖立着一块大牌子，标为中央运动场，附着英文"HAI ALAI"，洋气十足。

晚间这里举行球赛，用闪烁的电灯照明，供人赌博，场方聚赌抽头，方式很多，分什么单打、双打、红蓝赛、香槟赛、独赢、双独赢、连赢位、位置……一如跑马跑狗。怀玉与段娉婷来过一次，得悉日间是不开赌，只租予有头脸的人来玩。

矫健的游龙，又哪堪蛰伏于温柔乡中呢？一身精力，便向三面坚厚的墙壁进攻，球儿打向墙头，击力很大，且这球，硬梆梆，分量足，打起来动用臂力，来回跳弹，大汗淋漓。怀玉从前练功的身手，用用还在。永远在。他就是不耐烦干熬，像拍戏时，等打灯光，等培养情绪，等导演先到燕子窝上上电……

终于两小时过去了。

他又自个儿到附设的咖啡座喝上一杯咖啡，开始写信。

信是写给志高的。

志高，志高有想象过"回力球"是什么玩意么？因他在此久了，才合辙了，但志高，远着呢。远。怀玉只念：自己也回不去了。

还是那管自来水笔呢，但信是："志高：许久不见，念甚，念甚。"这样写着，下笔开始排山倒海地倾心：

"近日甚是不安，虽云选择无误，理直气壮，然常担忧终致一无所有。夜来辗转，牢骚亦多，只恨无人可诉。人死留名，雁过留声，方是不枉，遂又逼令自我奋发，上海水土渐服——"这样写着，到底还是要提的，"丹丹已在上海立足，身份亦变。彼此不复当年，不过一岁，皆已成长，交情转薄。差异令人欷歔。人人之间，只在时也命也，得之，时也命也，失之亦然。错不在你我，一言难尽，寸心难表，志高若另选贤人，或有天作之合。近况想必平安，渐进。烦多照拂老爹，多报喜讯。怀玉，十月——"

"喂，你！"

他一愕，抬首。

不知什么时候，段小姐竟找来了。

怀玉示意她坐下。

"又说到邮局去？"

怀玉低头写信封，北平、宣武区……

"我这不是要到邮局去么？"

说完站起来，段娉婷便也追随。

出来时不免也碰上了影迷。二人也不便过于密切，保持一点距离。影迷们私语：

"看！段娉婷！"

又喊他：

"唐先生！段小姐！"

"唐先生！"

哦，不是唐"老板"，是唐"先生"。老板多乡土，先生才是文明。自己已在上海立足，身份亦变。电影明星！

他在等他的下一部电影。

而特地给丹丹写电影剧本的编剧家颜通，是一个海上文人，瘦长面孔，常带三分病容，颧骨很高，像两块顽石被硬塞进去了，不甘雌伏。

他是那种寡言但精悍的老门坎，只消把丹丹打量一番，闲聊几句，已经知道该作什么剪裁。

他的故事大纲，金先生很满意。

时局变了，一直流行的鸳鸯蝴蝶醉生梦死式的伦理片子，追不上了。自事变后，轰烈的抗日救亡运动也展开，这就是为什么"土布皇后"被受落的原因。

颜通建议来一部"进步电影"，由宋牡丹担演。她便是东北农民之女黑姐，因为战争爆发，家破人亡，青梅竹马的爱人树根与她经历重重的艰险，终也难以团圆。黑姐被环境催逼成长，加入了抗战行列，将计就计，夺取敌人军火，在炮声中、火光中，壮烈牺牲……

金先生一壁在忖度改个啥戏名好，大伙你一言我一语，什么"东北浩劫"、"鲜花情血"、"摩登女性"，终于他灵机一触：

"就唤'东北奇女子'吧。"

丹丹交叠着手，抬起眉毛来看他的铺排。她心里明白，生命中重要的时刻来了。她问："男主角是谁？"

"你想要谁？"他睨着她。

剧本写好了。

电影公司把剧本送演员。

段娉婷收到后，一看，"东北奇女子"，心里很高兴，嘴里却嘟囔："哎，又要忙死了！上回胃痛，还没完全好过来呢。"

回去好生一看，再看。她不是东北奇女子，她是东北奇女子的邻居，是一个村妇，后来抱着孩子在逃难中死掉，头五场就死掉了。

段娉婷脸色大变。

闯到黄老板办公室，质问：

"这是啥事体？"

他有点为难了。女主角是自己一手签下的，在当红的一刻，然而……他解释："下一部，下一部——"

"什么下部上部的？"段娉婷没好气瞟他一眼，"你这三年合同是怎么签的？哦，白支我片酬，又让我闲着？——"

"这……段小姐，公司是——"

"换了老板？"

"没换老板，是加入了合作人。"

"那没关系，拍电影是花绿纸铺路，讲赚头的，不是赌气的。"

"他指名要捧宋牡丹。"

"宋牡丹？"

"我也提醒过他，段小姐是要不高兴。他说心里有数，电影也是生意，讲生意眼。"

"红的靠边站，黑的硬上场，这是生意眼？他是谁？"

"他吩咐不好说。"

段娉婷一听，急躁攻心，但转念这样定当失态，虽然烦乱，但妩媚的眼睛没忘记它们的身份，她套问：

"我多了一个老板，也得知道一下，凭我俩交情，这稀松平常的事还是私密？"见他不答，"真不说？我拒演。"

"别这样，惹毛了大家不好。"

"合同上又没有注明'不得拒演'。"段小姐说。

"但注明了'不得外借'。"

即是说，不演就不演，三年也别演，公司会雪藏她。段娉婷忽然恍悟了：一定是！

史仲明听得金啸风准备在日夜银行中又拨出二十万来拍电影，觉得很冒险。

前不久，他才挪了资金买进浙江路的一块地皮，造了批弄堂房子，房子未落成，钞票回不来，虽云交易都是买空卖空，周转周转，不过——

"仲明，我有我的主意，你别管！"

原来这郑智廉先生，也不智，也不廉，官门之后，公子哥儿，好酒，做生意一道，尤其是冒险性行业，一窍不通，金啸风想到他手上有一大笔股金现款，便也动脑筋吸收过来。

他故意道：

"现时开办交易所，信用不好的都倒闭，马马虎虎地开张，无异把大洋钱给扔进黄浦去，以后怎好向各界交代？"

游说推拒一番，方勉为其难，收下他的款子，转入日夜银行，作为投资合股，发展业务。所以，银行一夜之间，又充裕了。史仲明旁观不语。

有了现款，拍起电影来就更好办。

即使丹丹看了剧本，要改，要加，要减，他都由她，他只为她揽一个好电影，让她一生记得。

丹丹把男主角的身世都改掉了。

黑妞青梅竹马的爱人树根，变成了一个立场不稳，又冒昧怯懦的小人物，即使他当初是那么地纯朴、健康，不过遇上了战事，竟然投机取巧，投靠了日本人，当了汉奸，反过来欺压同胞，小人得志，把当日的情谊抛诸脑后。黑妞非常看他不起，所以也恨之入骨，到自己加入抗战行列时，便夺了敌人军火，一枪把他结束了。

颜通依她的意思改剧本。

丹丹好似一个天真的总舵主，她知道自己的权力，因为他给予她。

唐怀玉接了这个戏，越演越不妙。

越演越不妙。他没有拒演是因为他有信心把什么角色都演好，谁知后来变成反派，难以翻身。

"开麦拉！"导演一喊，戏便正式了。丹丹咬牙切齿地痛骂着怀玉。

戏中的黑妞，是因为国家仇恨，然而，现实中哪有这么伟大？

都是儿女私情。一些与民生无关的心事，长期地啮蚀，阴魂不散，心深不愤，欲罢不能。像火烧火燎，都脱不去的，一生盘踞不走的一颗小小的泪痣。

因为妒忌才会憎恨，而且又失败了，心潮汹涌，入戏太容易了。

一见到他，狂焰烧起，惊惶失措。

她骂道：

"树根，你这卑鄙小人！出卖了自己，投靠鬼子，他们是什么禽兽？他们逼害着你的父母亲人，侵略你的国家……"

"黑妞，我没有——"

"你别以为我不知道，你要高升，要自保，在敌人包庇下过好日子！"

"——"树根羞惭地低下头来。

黑妞变了样子，鼻翼由于内心激动而贲张，眼里闪着一股只有把全副家当输掉的赌徒才有的那种怒火，夹杂着失意绝望，她的脸扭歪了，声调渐急：

"你忘了我对你那么好！一直地等你回来！"

"我实在不知道——"

她用尽全身的力气，打他一个耳雷子，如雷轰顶，怀玉一个踉跄。

她哭了：

"你说中秋再偷枣儿给我吃……"

"咳！"导演喊，"台词不对。'你说给我买一双千层底的鞋'，接下去是'我宁可光着脚丫子，也不穿带着同胞血肉的汉奸鞋！'"

丹丹的脸惨白。她实在是幼嫩的，不管她学习狠毒到什么地步，一到危急关头，真情就露馅了。她入戏了，再也难以自拔。不断痛哭，泪流成河。方抬眼——

忽见金先生来探班了，便飞扑至他怀中，她只有他，抓得牢牢的："我很想见你！"

"小丹，你命令我来就来了！"他在耳畔抚慰。

"各位，趁老板也在，我要说——"

怀玉当众道："我，唐怀玉，罢演这个戏！"

怀玉自摄影场回到屋子里时，已是凌晨三时了。

他拍了三场戏，一场助纣为虐，一场羞见故人，一场自我反省……演来演去，角色告诉他，这样下去，没有意思没有骨气。

怀玉很疲累，和衣往床上一躺。

段娉婷没有睡，一意等他。她拒演了，一拒，人便在千里之外，再也不好踏足摄影场，以免为宋牡丹气焰所伤。

见怀玉一回，便去端了一杯褐色的滚烫的汁液出来。

怀玉一尝：

"咸的。"

"保卫尔。快喝吧。"

"保卫尔是什么东西？"

段娉婷把气都出在这句话上：

"你道我下毒？我会害死你？什么东西？我会胡乱给你喝'什么东西'么？"

说完一伸手，便把那杯牛肉汁抢过来，自己一口一口地喝，太烫了，舌头一下受不了。怀玉见她没来由激动,念着女人都是这样的，动辄跟自己过不去，这个那个，不问情理，硬是不对劲。他又把那杯子给抢过来，当她面，大口地喝掉，她才冰释前嫌。

段娉婷懒懒倚在枕上，预备倒下，又用两只手臂绵绵支撑，仿佛在呼吸他喝这牛肉汁的姿态。他如此地若无其事，一仰而尽。她道：

"唐，我……过期了。"

"什么过期？"

她的眼睛的表情，把她的话烘托得精致点：

"当然是我过期，难道是你过期？——万一是真的，也许不一定。要真有了，我们到杭州结婚去。"

她近乎低吟地娓娓缕述下半生了：

"我们要有一张大红结婚证书，吃着最有趣的西湖莼菜——莼菜,知道么？像一块小小的荷叶。我明打明地，当红之际退出影坛了。你也别再拍电影了，洗净铅华……"

洗净铅华？怀玉有点吃惊。他铅华刚上，便要给生生洗净了？

上海人一直奇怪，今年天气变暖的趋势十分明显。一天一天，秋天已流逝过去，不再回头，招引了漫漫的暗紫色密云。法国梧桐又凋落了，一片片如零碎女心。

初雪一般开始于十二月下旬，还没到时候，怀玉寒意一夜加添。没有心理准备。

她不同，他想。她自是不同，纵横江湖上多年了，十几岁，到廿几岁，应有尽有，一切都有过了，发生任何事，不会手忙脚乱。而自己，刚刚兴起，又败下阵来。心很灰。强颜：

"我不拍戏了，谁养活你？"

"要是你比我先死呢？"

"不，你比我先死，我养你到死的那一天。"

"好，我决定比你先死，我死在你手里。"

"或者是我死在你手里。"

"大家不要死。耶稣诞，我们结婚？西湖、西泠桥、六和塔——六和塔好吧，如今蛮流行到六和塔证婚去。"

段娉婷洗浴时有一种特别的派头和布局，滚烫的汹涌的热水，香珠浴露，千百芳菲，她把整个身体沉迷在这微荡的液体中，苦心孤诣地反刍她的一个骗局，或是赌局——势色一旦"不对"，她也就"不会"有孩子了。

好，看他下什么注码。

金先生下了重注，便来至他霞飞路的"金屋"。留声机播放着华尔兹的音乐，明媚但荒淫，丹丹自白天的戏场中回复过来。金先生问：

"唐怀玉，这小子闹罢演，他赔得起么？你跟他怎么说？"

"没。就让他受教训！"

"来自北平天桥的吧——你认识他多久？"

"刚认识。"

"你不也来自天桥么？"他随口再问。

丹丹一诧："我没说过——"

"说过的。"

"哪一回？"

"咦，你不是曾经骂我，像是天桥的流氓么？漏口风了。"

"哪一回？"

"没说过？——我老了，记性坏，不过你记性更坏呢。"

"是。"丹丹气馁了，"我记不起来了。"

"记不起来就别记了。你是我的人了。"

"我什么都记不起来。"

丹丹一时之间，萎靡不振，她在过去短短的生命中，没有一桩顺心事儿，没有一个可靠的人。

她柔顺地，藏身在金啸风怀中。不知道他是谁？自己倒像自一个男人手中，给转让到另一个男人手中。黄叔叔、苗师父、宋志高、唐怀玉、金啸风……

哦最对不起的是宋志高，还顶了他的姓，却不是他的人。"宋"，像叨了光，无端借了一个男人的姓。想想那些幸福的平凡女子，嫁得好的，也是赢了一个平安的姓，冠于自己的名儿上，×门×氏，就一生一世了。

她把头俯得老低，就着金啸风的衣襟，浓密的睫毛底下重新流出眼泪，泪水滴上去渗进去，成为一个个深刻的渍子，比衣服的颜色，硬是深了一重，暖的，似滴到他肺腑五脏。

他扫弄着她的短发——他永远也不知道，从前她的头发有多长，叫人一见，满目是块黑缎。他道：

"怎么乖了？不要变，不要乖，你看着我——"

他开始粗暴起来。

丹丹接触他那渴望而暴戾的目光，身不由己地挣扎，如此一来，他的欲念被勾引了。丹丹小小的脸上，不经意地流露了一点妖媚和仇恨，各种神情，陆续登场。多荒唐，她把灯关上了，在黑魆魆的境地，她知道，她本质上的邪恶蠢蠢欲动，不进则退——她一意要浪给遥远的怀玉看。如今他们俩……哼，她要比段娉婷更浪。

渐渐，丹丹学会了怎样辗转反侧来承受她的男人了——只是，当在激荡销魂之际，她忽地幽幽地喊：

"哎，怀玉哥——"

金先生陡地中止了，他贪婪的眼神受了致命一击似的，闪了凶光。

他摇撼着酥软半昏的丹丹，喝问：

"你喊什么？"

丹丹微张迷茫的眼睛，反问：

"……什么？"

"你喊什么？"

"我？我记不起来了——"

金啸风一咬牙，开始用最原始凶猛的方式来对付这小小的姑娘。她说她忘了，他知道她没有。于是怀恨在心。

她在哀求："你——不要——"

他暴怒：

"我要你死在我手里！"

……死去活来的丹丹，拥被蜷在床的一角，她的身体弥留，心神却亢奋。她令他气成这个样子？

她令他摇身变为一头兽？这真是个迷离而又邪恶的境界。她是谁？他是谁？

她微喘着气，翻着眼睛，白的多，黑的少。金先生，这叱咤风云的一时人物，他怀恨在心！她明白了，傲然一笑。

"小丹，我是老江湖，没有什么是不晓得的。"

"我保证不会。"

"那最好，小丹，"他把她一扯，倒在怀中，抚慰道，"对不起你了——"

丹丹倦极不语。难得他放轻嗓门再问："我第一回见到你，你唱啥？"

"毛毛雨。"

"毛毛雨，下个不停？就像现在？"他取笑，"唱给我听听？"

"不唱。"

"唱一个？"

"不唱！"

"唱吧？"

"不唱不唱不唱，我要睡了。"

"好好好。到你乐意了才唱，逼你对我没好处。"

丹丹笑，小狐狸一般：

"金先生，你对我那么好，又有什么好处？"

"没有呀。"他搂得她很紧，突然地，"也许你是报仇雪恨来的。"

"我？"

她疑惑地看他一眼。他什么都晓得，她什么都不晓得。各怀鬼胎，身体贴得那么紧，岁月隔离了种种凄凉故事，说不出来。二人都恍惚了。太奇怪，怎的会躺在同一个被窝里？

正恍惚间，德律风铃声大作。丹丹一接，原来是气急败坏的史仲明。

史仲明找金先生找得很心焦，公馆、澡堂、日夜银行、乐世界、风满楼、俱乐部……终而找上了霞飞路宋寓。

"金先生，电影出问题了！"

他匆匆跟史仲明碰头。

"是制作上的问题么？"

"剧本上的。"

原来拍电影之初，故事大纲因金先生面子，不怎么呈检。片子拍了一大半，背景是东北，乃农民与进犯敌寇抗衡的"进步"题材，谁想过会出问题？问题是，故事内容辗转传送到国民政府中央电影检查处，一"审"之下，他们不高兴提到"东北"，提到"敌寇"，提到"抗日"，故下道急令，须把片子冻结，把东北改成边省，把敌寇改成匪徒，把抗日改成剿匪，年代往上推，最好是清末民初军阀时代，那就毫无问题了。如今与国策大有抵触。

"这岂不是等于重拍？"

"金先生，已经花掉十几万了。"

"银行里——"

"还有一桩，金先生，郑先生因着身份尴尬，不好与政府方针有什么勿清爽，为免难绷，决意把他那笔款子给提了。"

"提款？那不是要我难绷？事情弄成这样，银库里是淘空的，弄勿落！快想办法！"

快想办法，快想办法——民不与官争，恁是多有头有脸的闻人，都如被扎了一刀的皮球，泄气了。急如热锅上蚂蚁，浅水中蛟龙，无处着力翻腾。

事情是平空发生的。

从来都没想过，这般稀罕的事，会发生在金先生身上。世上有些人，摔一跤就致命，有些人一身刀剐犹顽强地活着。但这些都是与金先生无关的，他根本也没有心理准备。

原来人人都没有任何心理准备，往往在它夜半敲门时，方才大吃一惊。

郑先生坚决要提款，劝说三天无效。

金啸风把史仲明召到跟前，拍案大骂："你在这桩事上，一点能耐也没有，你在中间斡旋，给他安顿，事情也不致此！"

"金先生，"史仲明被这一说，不免一寒，"不是怪我搭浆吧？"

"——"金先生一挥手，"养兵千日，用在一朝，仲明，你追随我也好一段日子了。"

"事出突然，我也尽了全力。"史仲明不带任何表情，"我一向不是掉枪花的人，只是——"

金先生话没听完，出门去了。空余史仲明，和一个没收拾好的半残的局面。

车子一直往银行驶去。

金啸风的脑海里只有这个噩耗旋风似的乱卷，郑先生若把款子提去，事情通了天，那些股东纷纷也到银行取款了，银行一时支付不出，唱扬一地里知道，便道他信用不佳，声誉崩溃，一下子……

还没到银行，已闻得人声鼎沸。拆烂污，来的尽是二三十元到二三百元立折开户的老百姓，从牙缝里省下来的一点钱，摆在身边不放心，一听说银行要倒了，更加不放心，黄夜来排了长长的龙阵，因已日夜营业，来的人更多，在苦寒的夜里呜咽哀鸣似的，要拿回血汗钱。枯瘦的手猛伸乱拨……

挤兑？

金先生吩咐把车子驶走了，兵败如山倒，到什么地方避过这烦恼？

车子只朝霞飞路缓缓地有意地拖曳着，给他一点喘息的时间。恐惧开始笼罩他。半生翻滚，从没如此惊怖莫名，连心脏也掉到车厢座位中，漆黑中捡拾不回来。

金啸风回到丹丹的屋子里，楼上楼下都早已悄然无声，他沉重的步伐只好轻轻地踏进去，像践踏在每个人的梦上，一不小心，便踏碎了她脆薄而又反弹无力的梦。风浪劲，冬天了，满路的树只余枯骨，满目都是苍凉。

生命原没有奇迹，他是把毕生的精力和时间都掏出去，才换回来今日的气派，像煎药，用了四碗水，熬了半天，才成就一碗药。岁月漫漫，是的，即使失去一切，说不定卷土重来——只是，人陡地老了。

他甚至不肯亮灯，不乐意面对一切人与物的光彩，那些痕迹。只愿把自己深深地埋藏在一个温暖的斗室之中，以消长夜。长夜昏沉，一如葬礼，整个大地都穿了丧服，哀悼一个短暂英雄的沦亡。

不不不，他抖擞着。

事情也许不至于那么糟，还有一票江湖上的朋友，钱，来来去去，一个筋斗就翻身了，过了今夜才算。

他疲倦地倒身在沙发上，很久很久很久。他不能忘记刚才的一倒，也许因为死寂，他便听到自己骨头嘎嘎地响，若没血肉相连，骷髅就拆散了吧？

"唉！"他无声地叹了一口气。

这间女性的屋子，他游目四顾，沙发前有张小圆几，几上有个瓷瓶，插着玫瑰，半残的，因为主人没心思？

顺着玫瑰看过去，原来在窗台旁，悄悄立着一棵矮树，是圣诞树呢，绕着不亮的灯泡。圣诞？一个小姑娘离乡背井来到陌生的地方，跟她生命中陌生的男人过一个外国人的节日，上海的风尚，她倒是学会了。

一抬头，见到丹丹狠狠地瞪着他：

"五天都不来！"

他笑一下："有事情。"

丹丹睡得不好，有点烦燥，上前一手把圣诞树给横扫跌倒，电线犹缠绵绵地绕过树的身体，她用力扯开，负气而又任性。

"以后都不要来！你大爷不高兴就扔我到一旁，又不发通告拍戏，又不理我，难道看我是妓女？"

金啸风又再抖擞着。

他把丹丹扯过来，她摔开。他道：

"你以为妓女容易当么？——你有这能耐么？你凭啥把戏弄空头弄白相，讨男人欢心？"一边说，一边把黏在她头上脸上那一缕缕的棉絮撕走。

棉絮是圣诞树上那虚假的雪，一切都是伪装。

然后他静定地告诉她：

"倒是因为我喜欢你，反而不必讨我欢心。对，我问你，你是否也喜欢我，只一点点？有一点点吧？"

"我没说过。"丹丹脸红了，她一定是念到，这是不是因为他是她第一个男人呢？她道："你给我编的。"

"一点点也没有？"

"不——"她看着他。

"有？"金啸风心头一动。眼为情苗，心为欲种。她不应该那般地看他。虽然他老了，头上都是夹缠不清的白发，半生过去了，然而在这前无去路，后有追兵的一刻，漫天盖地只是一个不相干的女人的目光。

他觉得不冤枉。

偶然相遇，命中注定。她来了，他便濒临绝境，她一定是他命中的克星，不是说，因为犯桃花，正运倒招损了？——也许从前一切都不是他的桃花，她才真真正正地是。一阵不祥涌上心头，是她，他所有的，都离了轨道。

为贪慕这片刻的辰光，纵使付出了一生，也是避无可避。他有点奇怪，这是真的。就像一条老练的蚕，终不免被自己吐出来的丝，无端地捆缚纠缠，逃不出生天了。

他不要透露半点风声。

"过几天继续发通告。布景出了问题。"他把话安慰她，"别慌。"

"你来看？一定？"

"来，一定。现在我想吃碗面。"

"什么馅儿的？我去下。"

"不要馅儿。"

"好，那是阳春面。多好听，什么都没有，光有个好名堂。"

丹丹饶有兴味地欣赏金啸风吃面条。"阳春"，想想也真好听。她笑：

"那日他们说，黄鼠狼给鸡拜寿，是没安着好心。我现在倒是鸡给黄鼠狼拜寿了。"

"是啥意思？"金先生呼噜地抽吸着热腾腾的家常的没馅儿的面，一边问，"送上门来了？"

"不，是我送上你门来。"

"不不不，是我送上你门来。"丹丹一顿，有点嗔，吩咐他，"嗳，你今儿个晚上怎么吃得那么痛快？不要急嘛，随时都有得吃。撑死你！"

她想，不过是一碗面吧。

他想，一碗面。对了，一旦沦亡，寻常老百姓没得锦衣玉食，也不过是一张床两顿饭菜，又一生了。他自嘲地含敛一笑，要他真是个寻常老百姓，又怎会得到她？她会跟他？开玩笑。

她是被气派掳掠，绝不是情感的回报。一身宿笃气，她投靠他作啥？

而她只是瞪大一双眼睛，看他吃她下的面。天真的小丹，惹出无穷祸祟，犹懵然不觉。他着她去取酒，她道："什么酒？"

"有什么，要什么，人生难得几回醉。"不管是什么酒，一伸手，取来仰首直灌。不知人间何世。明日的愁虑，还是费煞疑猜。只愿溺身迷汤之中。

段娉婷也备了好酒，不过是庆祝。

她想通了，自怀玉脸上阅读了他的模棱两可，好好一个情人，何必用一个虚假的小生命来逼成柴米油盐的丈夫？婚事不由他提出，一生也蒙羞。她不是罔顾自尊的。她举杯：

"唐，我们庆祝两桩喜事。"

怀玉把脸上那面具除下来，一切都是木然，赛璐珞的圣诞舞会面具，一个红鼻子，一把黑胡子，还戴了个眼镜框框。没几天快到圣诞了，她说要提前开始过节，买了一桌法式西点，是老大昌的胡桃麦格隆、白脱千层……一个奶油大蛋糕还裱了花。她笑："第一，你放心，没有孩子。第二，我交关得喜，乐得说不出话，从来没这乐过——"

怀玉听得第一桩，已经放下心头大石——此刻他方才发觉自己是不愿意的。掩不住如释重负的笑意，又听她道：

"那金先生，倒灶了！哈！"

"倒灶？"

"圈子里头都传说了，日夜银行是个空架子，也就是个蛀空了的坏牙，禁不起动摇，嘿，搞电影？他要看我垮掉，难呀——"

当她这样说着时，那张艳丽无匹的脸，竟如怒放的花，又重演旧日色相了，发亮的，恶魔的，充满快感。

她一双手也沉冤得雪地招摇了，晶亮的指甲，尖头细爪，裁成杏仁样式，红蔻丹掩映着，红里头带着紫，是一种中毒的颜色。

"为什么？"怀玉惊诧地问，"一夜之间，他就倒灶了？"

"得罪不起那比他更威猛的大好佬。瞧，一山还有一山高。"

"真有得罪不起的人？"

"官门的，吃不了兜着走。"

"那姓金的，在帮的得力不少呀，倒有今天？"怀玉也幸灾乐祸地，吐了一口气。他有今天因为他，而他自己，也有今天了。怀玉一口把酒干掉。突地，酒把他呛住。自语：

"我还有得再起么？"

段娉婷听着，犹在笑：

"他的得力助手也不得力了，看那史仲明，看他身边一个一个——"

怀玉突地听不见对面那奇异的声音奇异的笑语。他身边……他身边……这"东西"像硬碰了他一下,他断断续续地在心底吞吐迟疑,宣诸于口：

"她，知道么？"

"她？宋牡丹那贱货？她那土包子知得多少？说不定还蒙在鼓里，做她春秋明星梦——明星可不是人人都当得起的！"

怀玉挣扎半晌，终于他也发出奇异的声音，连自己也认不出来：

"我得告诉她。让她自保。"

段娉婷一怔，暗锁双眉。

即使宋牡丹那么地整治他，到了这危急关头，他反倒去救她了？

真可笑，他从没想过保护自己，他去保护她的对头。

"她这样对你，你还肉烂骨头软？她究竟是什么东西？巴不得姓金的卖了她去还债！"

"她……不过小时候的朋友。"怀玉一念，这决非支撑他的力量，只是，他非在水深火热中拉她一把。古老的戏文，都讲情重义，称兄道弟，他如何背叛那个道理，企图说服目下的女人：

"秋萍——"

只这一唤，便把她的眼泪唤出来。不知谁家仙乐飘送，撩乱衷肠，她哀伤地看着他，他又唤她一早已深埋的本名，那俗不可耐的本名。她本命的克星。她一字一顿："你不要去！"

她竭尽所能地吻他，含糊地：

"你你，不要去，我怕！"太危险了！她会失去。

他开解着："你听我说，听我说——我把情势告诉她，劝她回北平去，现在回头也还可以，我不能见死不救。秋萍，你听我说好不好？——她纵有千般不对，不过因为年岁小，心胸窄。你比她大一点，你就权且——"

还没说得明白，段娉婷蓦地鸣金收兵一般，萎顿下来。她停了吻，停了思想，停了一切的猜测和不忿。

恐怖！

是的，恐怖。什么都不是，只有"年岁"是她的致命伤，她永远永远，都比她大一点，终生都敌不过她。是因为年岁。她不能不敏感地跌坐，就一跌坐，自那大镜中见到遥远的俪影。这一秒照着，下一秒就更老了，刚才熟悉的影儿也就死了，难逃一死。她的青春快将用罄。为赌这一口气，她非得把他攫回来。

她强制着颤抖：

"你一定要去的话……去吧！去去去，"她赶他，"去，不要回来！"一迭声的"去"，与肺腑相违。

怀玉强调道：

"在北平，另有个等着牡丹的人。"

"是吗？"

段娉婷一想，事态可疑："那，为什么留在上海？为什么要跟了姓金的？她坏给谁看？"

"秋萍，"怀玉省起最重要的一点，"我怎么找得到她？"

哦，当然找不到，你以为凭谁都找得到金先生的女人么？这门径可是要"买"的，出高价。她还为他打听？为他买？哪有如此便宜的事？铺好路让狗男女幽会？

"我怎么知道？"

怀玉脑筋一转，便披衣要出门，他也想到了。段娉婷垂死挣扎："真要去？挑什么地点会面？众目睽睽，老虎头上动土？"

这一说，怀玉又拧了："我知道有个清静的地方——"

他已经会得安排，也有钱了，他要去：

"你且放过我一回好不好？"

门终被轻轻地关上。

段娉婷面对着那裱花的奶油大蛋糕，不曾喝尽的酒，不肯定的男人，依旧美丽但又不保险的自己，忽地擦擦眼睛。

她狂笑起来，便把蛋糕摔死，一地混沌的。

"好，不是你死！便是我亡！"

如果不是气到极点，怎能这样地笑？放过？他一定心里有鬼，再思再想，血液也沸腾了，流到哪一处，哪一处的皮肉就不由自主地滚烫，十分难受，几乎没被妒焰烧死。眼睛不觉一闪，如墓穴中一点蓝绿的复仇的鬼火。

非得把他攫回来！明枪易挡，暗箭难防。她拎起听筒——

对，要他去管她。

是金先生接的德律风。

他在这一头，正与史仲明剑拔弩张谈事情，谁知来了一个措手不及但又意料之中的消息，彼方是个悚然自危的女人，把自尊扔过一旁，强装镇定地嘲弄他："我都不知你面子往哪儿搁了。"

金先生平淡地回话：

"哦，你倒不关心自己的面子？对不起，这没啥大不了。"

"他俩是老相好。"

"我俩难道不是老相好？哈哈！天下无不散之筵席呢。我还有点正经事儿要收拾，再见了。"

史仲明被这一中断，正谈着事情，也不免好生疑惑，但又没问，只见金先生若无其事地又继续了。他无意地觉察他眼神有点古怪，酸涩而又险恶。

如果不是追随他那么久了，肯定不会明白。

但实在因为追随他那么久了，他完全明白他，一到利害关头，这下可好，考验自己的真本事来了。

他也有点紧张，像牌局中，看对手打出一只什么牌。他输定了，不过也不能看扁他，谁知是否留了一记杀手锏？

史仲明机警聪明地处处先为他着想：

"金先生，您尽可考虑，不过，不宜耽搁，不然晚了，事情不好办，我也不愿意牵丝扳藤的。"

金啸风一笑：

"仲明，你看来十拿九稳，倒像三只指头捏田螺似的。"

"不，金先生，我不过受人所托，而且，银行陷入无法应付的境地了，也得有人出来策划收拾。"

史仲明提出来的，真是狠辣而高明了。谁的主意？

看中了他浙江路上那块地皮，和建造的一批弄堂房子，说是世界性的经济危机，若银根紧了，到时降价抛售以求现金周转，便无人问津。对，他是看他日夜银行头寸枯竭，便来洽商生意，不过也救不了燃眉之急。

"金先生，话倒是有，我不敢说。"

他有点不耐烦："有话就说，我没工夫打哑谜。"

"他们要乐世界和名下的交易所。日夜银行您可以挂个名，占小股。不过说真格的，目标倒在烟土上。一切守秘，整个上海滩不会有人知道。"

金啸风一听，暗暗吃惊。

真绝！

乘他落难，并吞来了，当然目标在烟土，法租界里头有十家大的鸦片商，统统是他金某人一手控制，其他小的烟贩跟烟馆，则由这十家分别掌握。每逢有特别的大买卖，便抽出"孝敬"他的钱；一年三节：春节、端阳、中秋，他开口要，烟商也就商量凑数，给他送过来，不敢讨价还价。

烟商之所以给他这个面子，自然因为他有"力量"去庇护，即使官门查禁，雷声极大时，他也能把"包打听"打发掉。

有一日在吴淞渔船中，查出私土，值一百万元，曾经被扣留若干时日，不久即开释了，报上都登了，私土来自云南、福建、四川、贵州、广东等省，分作重一磅或二磅一包，作圆球形……这批"圆球"，不了了之。

他的"力量"何来？他心里明白。

而烟土，正是他的财路。

一旦他庇护不了，谁买他这个账？

只要他"急流勇退"，马上便里弄传扬。

"整个上海滩不会有人知道？"连小囡也骗不倒。

这史仲明，三分颜色上了大红，竟把他金某人也看作小囡了？

谁起来，谁倒下，天天都发生着。慨叹梦里不知身是客，一晌贪欢。

这么地心狠手辣，着着占了先机？

"是谁？"

"金先生我不方便说。"

"可是郑先生？"

"……有他一份。"

"背后呢？"

"真不方便说，只推我出面跟您谈，因为我跟您比较熟。"

金啸风冷冷一笑，到底是熟人。

"哦？案中有案似的？"

"您自己推测也罢，我只是个兵，不好泄漏太多。"

背后操纵？从郑先生想起……啊，金啸风一身冷汗。

这郑智廉是官门之后，他对做生意一道，毫无心机，但"官门"，他明白了。

仿佛是突地豁然开朗。

他明白了。

在上海，他太显赫了，挥金如土，一呼百诺，好些达官贵人军政要角，见了还都矮一截，看他颜色。

实实在在，也功高震主。难道社会上党国间，容得下这尾大不掉的人物么？就是无处下手。好了，如今借了一点时势，看他是从自身腐败起的，由里坏向外，他不稳妥了，真的，不过是借题发挥，大笔一挥，乘势物换星移去。也许不必三天，另有一番人事。但也给他面子，倩人说项，好话说尽，只道协助他过关。

过了这一关，过不了那一关，都是生死关头。

金啸风涔涔地渗出冷汗，就像正有数百双凌厉的眼睛，在监视他交出帅印。他的信心，排山倒海般竟仆到史仲明前。风满楼中，尽是五色花灯乱转。

心胆俱寒。

他感到头顶上，的确来了朵乌云。雷电不响，只在他心中闷哼。一波未平，一波又起，不，波已平，波不起。他颓然，已是强弩之末：
"让我想一想。"

"好吧。"

"仲明，我其实也想问，你当然有好处——"

"也没什么好处，瞎忙。不过金先生，也许我得养些兵。'养兵千日，用在一朝'呢。"

金啸风恍然大悟。

史仲明，好！原来就是受不了这句话。

他倒戈了，倒戈相向，自然也就高升了。从前有自己在，他只是八仙桌旁的老九，坐不到应有的位置。自己不在，顺理成章，他也不是好惹的——到底追随那么久了。最后一击，才显了本事，现了原形。

"仲明，你不失是条好汉子。我的事我会好好考虑。但因你曾是我的人，不得不借重最后一遭——"

忽闻办公桌上一阵急铃。

"喂——"不想听，到底还是要听。

"金先生，不好了！"是日夜银行的司理，"有个老太太在哭嚷！说是银行倒闭，她连个棺材也混不上，一头碰墙寻死觅活，现在给送医院去。金先生这里情形太糟，我们也出不得门，巡捕快控制不了——"

"……放心吧，事情有转机了，局面马上就明朗了。"

他无力地把听筒搁下。是的，他不会死，他肯定混得上一副好棺备用。他只是衰退，消逝。回首更似一场梦——马上想起乐世界落成那天，他神采飞扬地站在人丛之中，扬言："这是上海惟一的娱乐大本营！"

他也就把其他小一号的游戏场一一击败，方可独树一帜，世情往往如此：此消彼长。冉冉物华休。

史仲明把握一个最好的时机，自上衣口袋中拎出一张票子。像是预设的陷阱，只待他一脚踏空。他指指上头的数字。

金啸风一瞥：

"是这数目了？"

"绰绰有余吧金先生？"

"以后你还唤我'金先生'？"他一笑，"或者——'老金'？"

史仲明坚定而又深藏，还以一笑：

"还是一样：金先生。"

"好，好。仲明，你为我跑最后一遭。"史仲明满腹疑团地看着他。

丹丹此刻也竟接了个奇怪的德律风。

一拎起听筒："喂——"

半晌，没话。她又喊："喂——"

听筒沉默。

对方没有搁上。她看看时钟的双臂，是夜里一时五十分。似一个人打开了怀抱，又不至于全盘地打开，有点迟疑。钟摆摇晃着，滴答滴答，实在也累了。在这屏息静气的夜里，神秘而又恐怖："谁？"

"是我，怀玉。"

丹丹陡地一震，像有只遥远的孤魂，忽自听筒窜出来，马上充斥了一室，怎么办怎么办？她自己也魂不附体。

是电风琴的音韵，如果唱出来，那就是：

"平安夜，

圣善夜，

万暗中，

光华射……"

还有三天就过圣诞节了，上海比较摩登的男女都以参加圣诞舞会为荣，得不到机会的，惟有到教堂静默祷告。

只有这两个来自北平的异乡人，不知什么兰因絮果，在上帝面前重逢。

全身都有些麻木，一颗心却是突突、突突乱跳。彼此不知该靠得近些，还是远着——彼此身体，似乎都交由另外的人监管，已经不是天然。

丹丹是头一回来到这三马路转角的圣三一堂，怀玉不是。同样的位置，他又面对另一个女人。

丹丹只很懵懂地看着这电影里头的男主角。电影没有了，什么都没有了，男主角还在——她最初的男主角。

她有点愤怒，丢人现眼，为什么竟由他告诉她？表演了一场伟大，担当救亡的工作？她身边男人的事，自己知道得最晚？

怀玉道：

"钱，车票，我会给你弄妥。你走吧。没了靠山，很危险，犯不着。"

"不，这难不倒我……"丹丹支撑着。付出了一切，换不回什么？她惟有支撑着。

"到底不是咱的地土。"

"你要收手了？"

"——我是劝你收手，你不敢回去当个安分守己的人？"

"嘿，唐怀玉，"丹丹冷笑，"你回北平，还有面目见江东父老？所以你不敢，我不是不敢，我是不肯！我们都损失了，回头还来得及么？——"

丹丹忽地猛力抓住他的手，不够，她的手一松，再紧紧地没命地搂住他，颤抖得什么都听不见，把自己的胸膛抵住他，恨不得把他镶嵌在身上：

"我跟你走！"

又道："你不走，我也不走！"

再道："就一块在上海往下沉。"

唐怀玉想起丹丹当初也曾这样明明地威胁过他的。

心里有排山倒海的悔意——原来他辜负了她。他已忘了，她犹念念。一切的作为，只博取今天。

预感会有这一天，一定有这一天，他提心吊胆，提起的心，有阵伤痛。

他拥着她，非常骇人，好像经过一场激烈的追逐，不可以再让她逃脱了，他再也没有气力了，这已经是个残局，不加收拾，还有什么机会？——也许明天就完了。

喉头咕噜了一下，仿佛有个潜藏的主意伺机爆发，一路地挣扎，末了忍不住硬冲出来：

"走吧！"

她惊诧他马上意动，不知道原来是一直地彷徨。

"到哪儿？你说。"

"——杭州？"

"那是什么地方？"

"你别管。让我管！"

心像展开翅膀地向前狂飞，都不知杭州有什么？在哪儿？只是如箭在弦，不得不发。预感会有这一天。

哦，他的魂魄终也低头了。他终也压倒他那苦苦的维持支撑。丹丹偷偷抿嘴一笑，就像那冤沉黄浦的魂，缥缈回到她手上。手上的怀玉。

她勉强嘲笑自己的激动，只得掩饰着，一个劲儿狂乱地吻他，他的脸，他的腮帮，他的额，他的嘴，他的人。红教堂中，开始有侧目的人。

他控制她：

"这里不行，现在不行——"

她羞耻地停住。

怀玉在她耳畔：

"我们还有一生！"

"真的？"

他想了又想，想了又想。

"真的！"

——呀，经过了三思，可见他不愿意骗她。丹丹很放心，他奋勇豁出去了。

她凄凉地，再也没有眼泪："我这样地堕落，完全为了你！"

万般的仇恨，敌不过片刻温存。

他们都彻底原谅了对方，不管发生过什么越轨道的事儿。

杭州？

是，遂相约了三天之后在火车站会面。如此一走，多么地像一对奸夫淫妇。

丹丹竟有着按捺不住的罪恶快感，他们快要对不起身边所有的人，先图自己的快活，只为自己打算。是他们垫高了他俩，一脚踏上宝座。

怀玉有点歉歔："——只是，志高……"

"你为志高想，怎不为我想？"

"丹丹，要是我找你，铃声响了三下就挂上了，那表示 I LOVE YOU！"

"什么？"

"是英文——"

"怀玉哥，我不要听英文！"明知他从哪儿学来的英文，醋意冒涌，"我以后也不要听英文。你也不许说英文。"

"真的，"怀玉也觉肉麻了，"我原本只是个唱戏的，这都不是我分内。"

又听到电风琴的悠扬乐韵了，也是"英文"似的，十分渺茫，不知来自什么年代什么地域，一千九百三十多年以前的一个新生。他们在神圣的地方决定作奸犯科的计划，三天后便实行了。无比地兴奋，仿佛人生下来便等这一天。

最后她又紧拥他一下才走，没有不舍。他们还有一生。

她掩人耳目地先走了。出到九江路，大伙喊它二马路，她便迷失了，只见人群在身畔打着转，朔风在发间回旋。冬日的太阳迷惑温暖，附近有两家糖食店贴邻开着，招牌都标着"文魁斋"，都说自己是正牌老牌，别家是假冒，更赌咒似的绘着乌龟，大大的自白书："天晓得"。

丹丹一笑。看谁才是正牌老牌！只觉此时此地没一样是她认识的，天晓得，她终于有一个人——好落叶归根了。

耳畔还有怀玉的叮咛：

"你认得路么？"

丹丹自个儿一笑，很得意：

"我自己的路，当然认得怎么走。"

待丹丹走远了，无影踪了，怀玉徐徐自红教堂出来，心里盘算着，如何面对段娉婷的一份情义，好不难过——爱的来去，真奇怪，说时迟那时快……

正走着，后面仿佛跟上些人，回头一看，不过是圣三一堂里的善男信女，全是上帝的羔羊，刚才还在同一爿瓦下祷告，各有自己的忏情。

怀玉不以为然地低首慢行，不觉来至转角冷僻小里弄，冷不提防，便蹿上来几个人！还是那些人，不过，怀玉心知有异。当下，只听得那貌甚敦厚谦和的肿眼睑汉子喝令：

"唐怀玉，站住！"

怀玉头也不回，只暗暗凝神，耳听四方。是什么来头的？是他的密约图穷匕现么？照说这神圣的地方，没有谁知道。

"你们想干什么？"

"无啥，不过受人所托，小事一桩。想向你借点东西用用——"

他话还未了，怀玉但见四面楚歌，局势不妙，想必不是善类。"借点东西"？

遂先发制人，不由分说已展开架势，打将起来。他总是被围攻的，矫健的身子又再在这里弄中翻腾飞扑了——只是，这不是戏，一切招式没有因由，每个人都来夺命，一点也不放松。事已至此，他也顾不得什么了，这些流氓，来自谁的手底下？

但为了三天之后的新生，他决要为她打上一架，在他最清醒的一刹，也就是最拼命的一刹，他一定要活着。

上海是个危机四伏的地方——不过他一定要活着！

忽地，对手都停手退开了，怀玉一身血污咻咻地空拳乱击，一时煞不住掣，有点诧异。蓦然回首，天地顿时变色。

怀玉凄厉惨叫一声。

恐怖痛楚的惨叫声，便把这死角给划破了。梧桐秃枝底下，抱着一头小狗过路的女人吓呆了。

淫风四布的上海，拆白党太多，寂寞的女人有时相信一头狗，多于一个男人。女主人都喜欢在日间亲昵地拥吻着她底宠物，夜里享受它们那灵活又伶俐的长舌头。

这抱着小狗的女主人，乍见一个跌跌撞撞的男人，今天又不知是谁遭殃了？庆幸她爱的只是"它"，不是"他"，遂急急地与她那不寻常的爱人扬长而去。当她需要慰藉之际，完全没有风险。

众亦扬长而去。只留下一阵冷笑来衬托呻吟。

"借了的东西，有机会再还你吧！"

上海市的路灯亮了。

与此同时，乐世界的灯，一盏一盏地灭了。红绿的灯饰乍灭，夜空呈现出一片单调乏味的宝蓝色，只在人的错觉里，还留着痕迹。

金啸风默默而又稳重地，一步一步，走出他一手缔造的王国。国策也是"先安内，后攘外"。回家。

不是回到巨籁达路的公馆，而是到了霞飞路的宋寓，即使什么也没有了，他都会竭尽全力保存这个小小的安乐窝，给他小小的女人一直住下去，住下去，伴着他。想起他派予史仲明的最后任务，虽是时移势易，难得他欣然允诺："好！一切包在我身上！"不是活络门闩。

但觉仲明还是忠心的，不枉他看顾他多年了。

他跟丹丹道：

"小丹，我有点累，要躺一会。"

丹丹一语不发，因心中另外有事，听了便感内疚。在他落难的一刻，她竟计划着她处心积虑的风流，心里一软，酸楚地，便也默默地依偎着这迟暮的英雄,一动不动,直至他放心地沉睡了。

他睡得最熟的时候,还是紧抓着她不放的,只要她有点不安定,在梦中,他依旧手到擒来。

抓住一只蛹,不知道她在里头诡变,一意化蝶冲天。

正是圣诞节的那天。

为了一早赶事,丹丹并没睡好,天一亮更睡不住。她倒有点奇怪,听来的"私奔"故事,十恶不赦,干这勾当的人,都是摸黑的,瞻前顾后,慌惶失措。然而她太顺利了,只像出个门,心里牵念,身子却是自由。这两天,金先生竟没来过。这个一手栽植她的男人,他不知道自己背叛了他。

自己也不知道往后的日子,只是天地悠悠,此生悠悠。已在梵皇陀路西站等了一阵。

到杭州去的是早班车,不到七时,车站也挤满了人,有去玩儿的,也有去结婚的呢。便见两对新人,女的模样很相像,猜是姊妹了,都穿得很登样,别了朵红绸花在襟头,身畔陪了新郎倌似的男人,轻怜蜜爱,看得人好不羡妒。四人各提了装得满满的皮包,正搀扶上车去。他们买的只是三等硬席,不过喜气遮盖了一切,即使他们根本找不到舒适的座位,要站到杭州去,还是此生最值得纪念的一天呀。难怪新娘子毫不在乎。她看着他的眼睛,直看到心窝。

忽地便听见一声长鸣。七时十五分,火车开动了。怀玉还没来。

丹丹记得是怀玉管的车票,便又再等,下一班?要等到九时四十五分。她不怕他失约失信,他不是这样的人。她是怕他逃不出来。

这样的信靠,她最明白了:他曾躲避她,越躲避,是越想跟她在一块。现今分明了,大胆而迷惑地,作一次案,渺茫中令她感觉到一种比他俩相加起来还更大的劲头儿,催促二人,投身水深火热,旁若无人,目中无人。然而又等到九时三十分,她疲倦了,开始有点骚乱，只把皮毛领子又裹又松。四下里的旅客已然换过一批，此中有否奔赴杭州蜜月去的新人？她已无心一顾。

她烦躁地重重地又在木椅上坐下来。一声长鸣又带走她的希望。

下一班？是晚车了。直至有个披黑长大衣、戴着呢帽的身影走近，她装作不在意，等他来负荆请罪。一开口，原来是史仲明："宋小姐，我有话跟你说——唐怀玉不来了！"

丹丹只觉一阵地暗天昏，心灰志堕。

剧烈地疼。

剧烈地疼。

这种疼痛是突袭的，陡地一下，像一把利钻，打眼睛钻起，钻进鼻腔，撬开喉头，直插五脏六腑……

熊熊地燃烧，双目干涩、滚烫。怀玉只觉有种怪异的惨呼，自他牙关窜出。完全不经己意，不知所措。

发生了什么事？

他急急地捂住眼睛，发疯似的，重重地东西跌撞，太重了，证明自己尚在人间。只是脸疼得扭曲了，皮肉都绷紧。不住地哆嗦，浑身战抖、发冷。

发生了什么事？

紧咬下唇，止不住疼，唇上渗出血痕来。

只听得紧弦急管在头脑里轰鸣，一下一下，一下一下，尖刮的粗钝的，头脑快要炸开，涌出血泉。

"……借了的东西，有机会再还你吧！"

再还你吧！

再还你吧！

他连那下毒手的人是谁，都不清楚，他如何还他？

——他究竟借的是啥？

怀玉丑陋而疯癫地翻滚呻吟，痛苦征服了他，他倒身红尘，一脸的石灰。

石灰把他一双眼睛，生生烧瞎了。

自一个又一个惊恐万状的噩梦中悸动挣扎，每一回，几乎是直跳起来。

奋力张开眼睛，张至尽，四下回望，四下回望……那么着力，眼眶为之出血，什么都见不到，什么都见不到。

怀玉发出可怖的叫声，双手又捏着自己的脖子，脸上愤怒得红通通，不断地喘着气，像是一头陷于绝境的黑马，谁碰它一下，都要把对方一脚踢死。

忽地，一双温柔绵蜜的玉手，便来抚慰着他。

不知过了多少晨昏……

耳畔一阵软语："唐，唐，我们到杭州来了。你听，下雪的声音。雪下到断桥上了。"

下雪的声音？下雪的声音？怀玉顿觉他的耳朵比前灵敏了，不但听得雪下，也听得泪下，遥远的泪。

门铃一响，丹丹在沙发上直弹而起，好似被世上最尖锐的针刺了一下。

她控制不了，手足都失措，连门也不会开了，佣人自防眼一望，回首问：

"小姐，是送东西来的。"

"谁着他送来？"

"金先生。"

再晚一点，金先生人也来了。问道：

"东西呢？"

原来心神不属的丹丹，不知就里，只往墙角一搁，是老大的两个箱子。打开一看，每个箱子有二十四瓶褐色的液体。

瓶子是昏昏沉沉的绿色，隐约明昧。

"小丹，来尝尝，这是可口可乐。"

这种是外国人的"汽水"。汽水？丹丹没喝过，听说在清时，唤作"荷兰水"，很贵。而这可口可乐，年初刚来上海设厂制造，大家开始学习享用它。

丹丹一瞥：

"瓶子颜色多像双妹嚜花露水——"

"这可是摩登饮品。年初他们设厂时，说上了轨道，给我送几箱来，等到现在才送。"

年初。年初人人都知道有金先生。年底就不一样了，亏这可口可乐厂的东主，还是给这面子，深究起来，反倒有点讽刺了。

丹丹拎起一瓶，看了又看：

"好喝么？倒情愿喝酸梅汤。"

"北平的酸梅汤？"

"是。一到热天，就到琉璃厂信远斋喝冰镇酸梅汤。青铜的冰盏儿，要打出各样花点儿来。"她用心地详尽地说一遍。

"念着家乡了？"

"北平不能算是家乡。"

"哪里才是？天津？济南？石家庄？郑州？苏州？——杭州？"

金啸风随意一坐，眯眯笑。丹丹轻轻摇首："哪里都不是。"

"要哪里都不是，干脆耽上海好吧？上海滩可没亏待过你宋小姐呢。"

"对，我要习惯把上海当家乡了。"

"那不如先习惯喝可口可乐。你大概不知道，整个中国，要有啥新鲜，总是上海占了先机，还轮不到北平，或者什么苏州、杭州的。"

丹丹垂下眼睛，微微一抖，头接着也垂下了，只顾专心把玩着手中一瓶可口可乐，手指随着那白色的英文字纠缠着，一圈一圈。

金啸风的手放在她半露的颈项上，也在打着圈圈。忽然失去控制，粗暴地问：

"我的事，你知道么？"

"——知道一点。"

"你看着我！"他命令。

她不肯，存心不肯就范。

金啸风不管了，就强捧着她一张小脸，正正相对：

"适时应世，是我与生俱来的看家本领。过一阵，当我东山再起，我要你一直在我身边！我要你知道，我金某人是打不死的！"

"金先生我知道。"丹丹也正正对着他的脸，"你是个了不起的人物，你倒像个没事人一样，就把缶拉缶七的东西处理掉，迈着四六步儿，不慌不忙地又来了，我很敬佩你！"

丹丹闪闪眼睛，浅浅一笑：

"今天不谈其他，先喝一点摩登的饮品。我去给你斟来满满一杯。"

"不，一开瓶，就麦管可以了。"

"——我给你倒进杯子里头，好喝点。"一旋身，她便进厨房打点去。

还在扬声："我要你天天来，我天天陪你喝。"褐色液体在玻璃杯中直冒泡，细如微尘的心事重重地泡。

他伸手接过："在这寒当里，喝这冰冷的东西，够呛！你先尝一口？"

"我？"丹丹狡黠地瞅他一眼，"我早已经偷偷尝过了，不好喝，辣的，苦的，受不了！"然后孜孜再献媚。

"下面给你吃——我又学会了几种新花样。"

不一会，便热腾腾地殷勤地上了桌。

民国廿二年·冬·杭州

杭州有数不清的桥。

单以苏堤、白堤、孤山、葛岭一带而言，就有十来廿座了。

不过大伙都记不清它们的名儿，惟有断桥，却是家喻户晓，每个来杭州一趟的旅人过客，都踏足这原来唤作"段家桥"的断桥。

段娉婷不过是头一回踏足，偏生一种亲热，这是"段家"，是她的家——她骤觉惊心动魄，好似冥冥中，数千年前，真的安排了她一则因缘了。

断桥既不是建筑奇古，也没金雕玉砌，说来说去，甚至没断过。这座十分平凡的桥，不及苏堤六桥漂亮。

它只是独孔、拱形，两侧为青石栏杆，它的魅力，段娉婷想，是因为于此白蛇终也得不到许仙吧？

圣诞过了，元旦也过了，又是新的一年。

冬天过了，银妆素裹的桥头只余残雪，雪晴了，他也好起来。

段娉婷实在太窝心了，今天是她大婚的好日子。怀玉看不见她一身鲜妍的打扮，那不要紧，他摸得到，他还摸得到一张大红的结婚证书，可以在适当的位置上，签上他肯定的名字。

没有证婚人，但那也不要紧，整整的一座段家桥便是明证，还有雪晴了的西湖——也许还有被镇在雷峰塔底的白素贞。

她指引他。

"这里，是——"

为他蘸满了墨，淋漓地挥笔。

"唐，我们来了，谁也不知道。真的，很荒谬，两个最当红的明星退出影坛了，谁也不知道。"

"——也许日后的历史会记载吧？"

"怎么会？我也不要了。"

唐怀玉念到韶华盛极，不过刹那风光。电影进入有声新纪元，却从此没他的份。他想说些什么，但段一手捂住他的嘴：

"不让你说任何话，说不出来的那句，才是真话。"

然后轮到她签名了，签到"婷"字，狠狠地往上一钩。一钩，意犹未尽，又加了括号，括上"秋萍"。

铁案如山。

段娉婷实在太窝心了。

一般的爱恋都不得善终，所以民间流传下来，女人的爱恋情史都是不团圆的，不过她满意了。获致最后胜利。得不到善终的因缘，是因为爱得不足够吧——她做得真好，忍不住要称颂自己一番。

西湖上也有些过路的，见到一个女子，依傍着一个戴了墨镜的男子，有点面善，不过到底因远着呢，又隔了银幕，又隔了个二人世界，也认不出来了，今后谁也认不出谁来了。

段娉婷的脑袋空空洞洞，心却填得满满，真的，地老天荒。

她如释重负。

唐怀玉在她手上，在她身边，谁也夺不去。今不如昔，今当胜昔，相依过尽这茫茫的一生。

"唐，你记得么？我说过没有孩子的，不过也许很快便有了。你要几个？"

她开始过她向往的生涯了——最好的，便是他永远无法得知她是如何地老去，他永远记得她的美丽她的雍容她的笑靥。永洗不清。

音容宛在。

万一她也腐败沦落了，他的回忆中她总是一个永恒不变的红颜知己。知己知彼，所以她胜了。

真是吃力的长途赛，不是跳浜，是马拉松。成王败寇，看谁到得终点？

有些蛹，过分自信，终也化不成蝶，要不是被寒天冻僵了，要不遭了横祸，要不被顽童误撞跌倒，践成肉酱。任何准备都不保险。

——她之所以化成彩蝶，徜徉在杭州西湖，一只寒蝶。当然，一山还有一山高，强中自有强中手，她的灵魂里头，硬是有着比其他女子毒辣而聪敏的成分，这是她江湖打滚的最后一遭了。谁知她有没有促成一场横祸，不过一场横祸却造就了她。

怀玉轻叹了一声，便不言不语。

他的不幸倒是大幸，从此身陷温香软玉的囹圄，心如止水，无限苍凉。不过一年他就老了，他醒了他睡了，自己都不知道，只道一睡如死。好死不如赖着活，他又活着了。

北平广和楼第一武生。

上海凌霄大舞台第一武生。

中国第一部有声电影"人面桃花"的第一男主角。他的妻，段娉婷，是默片第一女明星。

他又目睹了上海滩第一号闻人金啸风坍台了。

这几个的"第一"。

短短廿二岁，他就过完一生了。

在怀玉"生不如死"的日子当中，他看不见雪融，只觉天渐暖，相思如扣。

每当他沉默下来时，心头总有一只手，一笔一笔地，四下上落，写就一个一个字，字都是一样。

丹丹一定恨他失约，恨他遗弃。终生地恨。连番的失约，连番的遗弃，最后都叫她苦楚。要是她终生不原谅自己，那还好一点，要是她知道了，她又可以怎么办？

——哦她曾经有一头浓密放任的黑的长发。满目是黑，当真应了，像他今天。

荷花是什么颜色的？黑的。一岁枯荣，荷塘藏了藕，藕也是黑的。西湖余杭三家村挖藕榨汁去渣晒粉，便成就了段娉婷手中一碗藕粉。在怀玉感觉中，那么清甜的，漾着桂花荷香的藕粉，也是黑的。

莼菜是黑的，虎跑水是黑的，醋鱼是黑的，蜜汁火方、龙井虾仁、东坡肉、脆炸响铃、冰糖甲鱼……他在慌乱中，一手便把那盘子炒蟮糊横扫，跌得一地震动，满心凄酸。一生太长了——

还有什么指望？他不是空白，他是一个无底的深潭。

桃花潭水还只是三千尺，他却无底，无穷无尽，无晨无昏。

民国廿三年·春·上海

丹丹略为不安地看着金先生才吃过几口，便一阵痉挛，推倒一桌的面条。

"金先生，炒蟮糊下面呢，不对胃口么？"说来倒有一点委屈，嘟囔着。

"不。"他道，"嗓子干，给我一杯水。面很好吃。"

金啸风寻思，真的老了，近日神气差了，疲倦急躁，不，他一定得挺住，别让他惟一的女人瞧不起！

"可口可乐，好不好？"

金啸风忽地紧紧地抓住丹丹的手，良久，道："也好。"

她觉察到了，在这剧变的岁月里，他不但老了点，也虚弱了点。毕竟，他的尊严叫他要花费多一倍的力气去应付自己的末路，他不忍见自己末路。但他腰没有弯，两肩一般地宽，意志不可摧折，刚一不慎，只是眼神出卖了他。最厉害的眼睛，也有悲哀的一刹。

丹丹带着体谅的笑容：

"这几天你上哪儿去？干些什么？"

"我？这几天，这十天，你对我特别地好，我觉得什么都不冤枉。刚才上哪儿？去洗浴，理个发，换件好衣服——"

"有节目么？"

"没节目，气色不好。"

"见谁去？"

"记者。"金啸风道，"我要他写一篇'访金啸风先生记'，要他把我写就一贯的、不变的金啸风，还拍了相片，稿子后天登出来。"

丹丹疑惑地看着他。

"还提到下个月陆海军副总司令来海上游览时，将出席欢迎大会，尽地主之谊……谈了很多。稿子后天登出来。"

"后天么？"

"是。你会看报吧？"正说着，金啸风又一阵地不适，真奇怪，总是松一阵紧一阵似的。他有点尴尬。

坚决而又客气地支开了：

"给我倒点可口可乐来。"

她抽身而退：

"我不看，我什么也不看了。"

他的眼神盯着她的背影出神。冒出一种不可抑制的火，冰冷的火，燃烧不着他人，只燃烧着自己。

他还是高贵的，永垂不朽，人人都记得他。脑子里起了细微的骚乱——他到底没倒在一切对手的面前。

丹丹递给他一杯解渴的液体。可口可乐，为什么是可口可乐？因为它的颜色深不可测，味道怪不可忍，它是一种巫魔的药。

金啸风新理了个发，花白的头发短了，漾着清香的发油，看上去稍微滑稽——每个新理发的人，都跟往常不同。

他接过玻璃杯子，试着把注意力移到丹丹脸上，不管她说什么，他努力地听，或是努力地不听。

然而他举起杯来，免不了，也把液体溅出了一点，洒在好衣服上，如一小摊已经变色的、陈年的血。

她看来是愉快的，只想伺候他吃喝，简单而又原始的愿望，让他吃好的喝好的。这十天来，还常常变换花样来下面。昨天给他三虾面，用虾仁儿、虾脑、虾子加上调料炒好，浇盖在汤面上。今天吃的是鳝糊面。

真是用心良苦。

他看她，看得很深。

他从来没受过任何威胁，终于用一种很潇洒的姿态，仰首把可口可乐一饮而尽，因为冒着气泡的关系，一下狂饮，喉头便大受刺激，他一边咳嗽，一边很放任地笑起来："再来一杯吧！"

丹丹也一直地看他，看得很深。

等到他喝完了，方才记得挂上一丝笑容，她脱胎换骨地满心欣悦，容光焕发，一瞬间像个生命的主宰，眼睛发出自己也难以置信的光彩，眼角一点小小的泪痣乌亮，连皮肤也兴奋而绷紧。

好，再来一杯。

当她再来时，金先生不在厅里。

他像一头倦极欲眠的困兽，末了还是爬到他的隐所去，他的灵魂游荡于这小小的金屋之内，一切的声音在耳朵边模糊起来，金先生觉得奇冷。然而大颗的汗滚下两颊，渐渐地，浑身沐浴在方寸枕褥间，四周都是寒意。脸开始变成紫色，喘息着。

见丹丹又给他倒了满满的一杯可口可乐，但却犹豫着，这一刻，他堕入感动的惊奇和陶醉中。

他早已明白了！

然而这沉溺于爱恋的瘾君子如何自拔？到底她为他的所作所为花了一生的心思。金先生傲然地取笑道：

"小丹，你心不够狠……你就不肯下重一点！"

丹丹的脸，登时一热，一身的血，全急冲上脑仁儿。她恐怖地看着金啸风。

就像图穷匕现的刺客。

她僵住。杯子摔了，人也恍惚了。十根指头一时间无法收回，像一头猫，猛地腾身伸出两爪，来不及下地，在半空便被一阵狂雪急冻，终于僵住。

耳畔只有他的话："……你就不肯下重一点！"

洪亮得如鸣锣响钹，一下一下地扩大，有非常的威力，在她太阳穴锤打攻击。

她的阴谋败露了，变得狰狞起来——她一点都不觉察，是在心底最深之处，略一犹豫，他识破了她。他在什么时候竟明白了？

丹丹其实还是愤怒的，原以为天衣无缝的计划，一下子变成幼稚可笑，生死有命——是，不过金啸风这个狠辣的魔头，还是决意把一切玩弄于自己股掌之上。

她但觉窝囊。一生都做不到半件大事。此刻也坏了。

他哆嗦中，忍着剧痛，抽出一把手枪来。直指向她："不准过来！"

她认得那手枪，她用过。

他昂起头来，痛楚而又威严地吩咐他的后事，态度傲岸，轮廓分明，纵使他在末路，他还是个英雄。他任由脸颊继续改变颜色，血脉要破肤而出，皱折的皮肤仿佛重新充满弹力，他精壮的日子回来了，他的口吻是命令：

"一，让我的相片和访问稿子正常地刊出，让世人知道我挺得住。二，我花了一万元买好了一副上等楠木棺材，我的葬礼要风光，然后大火一烧，骨灰给撒在黄浦江上。三，后事交给程仕林，别交给史仲明，我一直没瞧得上仕林，难得到了今天，他倒是唯一最忠心的；四，我不准你迈过来一步，我要死在自己——"

丹丹奸狡地盯着，盯着，盯着，当他吩咐后事的时候，她的微笑混杂着讽刺。

她一步一步地上前了。

他"对付"了唐怀玉,哪有这样便宜,自行了断?史仲明告诉她:"唐怀玉不来了,金先生对付了他!"

她陡地咬牙呲齿地飞扑至床头,即使是残命一条,她也要自己来收拾!

丹丹咆哮一声,不管手中拎到什么,悉数覆盖在这末路英雄的口鼻上,蒙了一头一脸,软缎的枕被,滑不溜手,三方疯狂挣扎,难以脱身。

她用尽毕生精力全身的血肉,杀气腾腾地整个地压上去,力争上游。枕被底下,波涛汹涌着,一种惊恐得骇人的纠缠,她咬紧牙关,不让他打滚,不让他翻身。她要他的温柔乡,变成一座令人窒息的荒冢。

在她这样摧枯拉朽的当儿,不免也昏昏沉沉,幽幽乱乱。

——就是那一天,等到正午的阳光,等不到要来的人,只见史仲明……

她完全地绝望。

在以后的十天,却重新充满了欲望。那黑褐色的粉末,给安置在一个小小玻璃瓶中,远看近看,都像调料。一口气吃下去?不,那太好办了。丹丹计算准确,一天一天地下,慢慢来。

史仲明一定没有告诉她了。原来那补药"人造自来血",中间略有一点成分,是败血菌,轻微的败血菌,促进新陈代谢作用,使肝脏更活跃,但分量一定得严格控制,一下子多了,便成为毒药。

丹丹一天一天地下,败血菌慢性地在他体内繁殖,一分钟一倍,在繁殖期间,半分中毒迹象也没有,只是疲倦、心悸、痛。金先生享用着丹丹下的面,阳春面、一窝丝、三虾面、爆肚面、排骨面、鳝糊面……还有两大箱的可口可乐，一切都遮盖黑褐的色彩，混沌成就她的报仇雪恨大计。

她计算准确，不到十天，他就可以萎缩了，他那复杂阴沉的全盛时代过去了。

他没动用到那把手枪，原可以先把她干掉，然后成全自己。不过——也许，他不忍。她有点怀疑，他是不忍的？直到丹丹掀起枕被来看他时，一脸大红大紫，表情错综复杂，热闹迷离。他张口结舌，似有满腔难言之隐。

如今半推半就地慷慨就义了，紧握着的手枪始终没发过一响。

原来他也是真心的。

丹丹的第一个男人。

金啸风甚至不可以死在自己手中——不过，想深一层，他其实也死在自己一手缔造的事业和女人手中。说得不好听，死在一场荒淫而美丽的横祸里。寻常老百姓又怎会拥有此番的曲折？

因着一场搏斗，丹丹也如一瓶泄气的可口可乐了，空余绿幽幽的玻璃瓶，和不肯冒泡的静止的液体。

一床都是横乱纷陈，他的口袋，倾跌出他的铺排。她见到了，相当于遗书吧？是洪福长生行那副上等楠木棺材的收据，一万元，无论他如何兵败如山倒，他一定是早已策划好他的身后事了，要不亲自策划，谁出来收作？收据上还有他惟一忠心耿耿的，一度为他打入冷宫的程仕林的德律风，那数字：九三七零二。

还露出相片的一角，她猛地一抽，是自己！一张"东北奇女子"的剧照：她是一个农民的女儿，她大长辫粗衣裤的时代，她的黛绿年华，随着渐侵的夜，冉冉褪色——她摇身变成紫禁城中一个谋朝篡位的奸妃。

在这剧照还没拍出来的对面，她的对手，唐怀玉。她深信杀害他的人，已经伏尸在身旁，大仇得报，无梦无惊。

夜已沉沉来到，到处开始有灯火影绰，夜上海又充血了。

她一个男人也没有了。

不是舍不得，而是，为什么这样的结局？真奇怪，扮演了凶手，赢不回一点含血喷人的痛快，只像拍电影——她一生中不可能完成的，惟一的电影。当初的感觉，椎心滴血，握拳透爪，彻夜难眠，对金啸风、唐怀玉，甚至段娉婷，她都没有恨的能耐，因缘已尽，世道已惯，回首风景依然，她却万念俱灰。

一直这样地跪坐，姿势永远不改，腿也麻木了，心也麻木了。屋子里的钟，竟然又停了。

她跪在尸体旁，让昏黑吞噬。

她的第一个男人。他那样爱过她！

脸颊上痒痒的，是一串不知底蕴的泪水。她没来由地，开口唱了。

"柳叶儿尖上尖唉，

柳叶儿遮满了天。

……

想起我那情郎哥哥有情的人唉，

情郎唉，

小妹妹一心只有你唉。

一夜唉夫妻唉，

百呀百夜恩……"

丹丹细细地唱着，没有一个字清晰，所以到了很久以后，她才恍然，原来所唱着的，是一首湮远而又凄迷的"窑调"。

姑娘儿们最爱唱了。窑调。

她吃了一惊。什么时候，她沦为妓女？她一直不肯给金啸风唱一个，一直不肯。到得肯了，唱的是那盘古初开、无意地烙在心底的一首窑调——切糕哥教过她的。一俟他唱完，还身在北平，胭脂胡同。怀玉正色："我们三个不管将来怎么样，大家都不要变！有福同享，有难同当！"说着把手伸出来，让三人互握着，彼此促狭地故意用尽力气，把对方的都握痛了。

要是把中间的一段岁月都抽掉了，今儿个晚上，把日子紧凑地过。卡一下，把中间剪去，电影都是这样，那剪掉的胶卷，信手一扔，情节又可以一气呵成。要是像电影……

或者她不过打了个盹，睁开惺忪的眼，呀，是个不可理喻的梦——不是噩梦，不必填命。一觉醒来，在北平、天桥、雍和宫、广和楼、东安市场、陶然亭。

然而她已经卖掉她的光阴。其实一觉醒来，被抽掉的却是北平的日子，她花般的日子。

冻月在夜空中走尽了。

空气异常地凉薄，一室都是灰青，仿佛还有尸臭，那是嗅觉上的失常。

丹丹挣扎着下地，把整瓶的"调料"，倾在自来火上刚热好的面上。她一箸一箸地，唏里呼噜，鳝糊不糊了，只是老了，老去的鱼有种很乏味的粗笨，她把面吃光把汤喝光。

……后来，史仲明来了，她已经倒在他怀中不动。

史仲明狂唤她："丹丹！丹丹！丹丹！丹丹！丹丹！丹丹！"

民国廿四年·秋·北平

"好，现在考考你。什么是'美人自古如名将，不许人间见白头'？"

　　志高手长脚长地蹲在小木板凳子上，一边用一个豆包布剪裁缝制而成的、漏斗形大网去捞动小金鱼儿，一边笑嘻嘻地在想。

　　"你别躲懒，快回答老师的问题，别动！我这是'烫尾'的！病了，别打扰它。"

　　小姑娘一手抢回那个扯子，便再逼问：

　　"快说！背都不会背，难道解也不会解？"

　　"哦，这个我明白。美人跟英雄都是一个样儿的，就是不可以让他们有花白花白的头发，这是给双妹嚜染发油卖广告的——用了双妹嚜，不许见白头。"

　　"你怎么乱来？"小姑娘信手一掀手中那纸本，正想再问。

　　志高岔开了："哪儿来的破书？"

　　"前年在琉璃厂书摊上买的，正月里厂甸庙会，也照样出摊，我爹见地摊子好寒伧，只有这本书还登样——"

　　"前年？前年我还不认得你们哪。"

　　"再问你：'花开堪折直须折，莫待无花空折枝'呢？"

　　"那是说，看到花开得好，非摘它几朵，来晚了，让人家给摘了去，只得折枝去做帚子用。"

"哎，你看你，一点学问都没有，狗改不了吃屎。爹还说要我管你念唐诗。"

"我是狗，那有什么? 好，我是狗，你是水泡眼。"

"水泡眼才值钱! 你看我这几个水泡眼，我还舍不得卖出去。名贵着呢。"

志高看着那副小小的担子，木盆中盛了半盆清水，用十字木片隔成四格，一格是大金鱼，一格是小金鱼，一格是黝黝泼泼的蝌蚪，一格是翠绿的水藻，边上挂了个她刚夺去的扯子。真的，崇文门外西南的"金鱼池"，就数这龙家小姑娘的最宝。

她是个圆滚滚的小个子，很爽气。有双圆滚滚的眼睛，微微地凸出，就像金鱼中的水泡眼。

小姑娘专卖的是龙睛和水泡。她本姓龙，唤龙小翘，也许爹娘没想着到底会成了卖金鱼的，要不也会改个名儿"小睛"，龙小睛，比较好听。她不喜欢"小翘"，翘是"翘辫子"的翘，十分地不吉利。

龙睛是金鱼中的代表鱼，绒球类，双球结实膨大对称挺立，是为上品。当不了龙睛，只好当水泡。

水泡也不错了，它顶上有两个柔软而半透明的漂动的泡泡，个儿圆，身长尾大，游动时尾巴摆动，像朵大开的花;静止时尾巴下垂，便如悬挂着的绫罗。有一种唤"朱砂水泡"，是通身银白，惟独两个大水泡是橙红色的。因此，她也爱穿黄花幽幽的衣裤。

远看近看，不外是尾小金鱼。

志高促狭地调侃她："喂，水泡眼，把你扔进河里，怎么个游法?"

她闪闪那圆眼睛，不答。

"像这'烫尾'的吧? 一烂了就不好了，没辙。"

"会好的，你别瞧不上，等它脱色了，又养在老水里，过一阵，更好看。"

"啧啧啧，可惜你不是它。"

话还未了，水泡眼噼噼啪啪地洒了志高一脸水。志高逃之夭夭。

小翘见他走了，无事可做，继续吆喝："吱——大金鱼儿——小金鱼儿来——哎——"

招来一些贪玩的小孩围着看。

正埋首捞着尾橘红的翻鳃，便听得一把亮堂的嗓子在为她助威了："吱——来看了——大金鱼儿——小金鱼儿——水泡眼——卖不出去的水泡眼——"

小翘一扔扯子就追打去。志高在警告："小摊子坍了，鱼给偷了——"吓得她又撒手往回走。

志高与一个人撞个满怀。

"志高，什么时候上得了广和楼？净跟师妹耍，还是那样没长性？"

"快了快了，唐叔叔，怀玉信来了没有？"

"信没来，钱倒是汇来了。够了，用不完。我也不图，孩子还是待在身边的好。你听说过什么？"

"没。也没听说再有什么电影了。不过也许是一两年才一部的那种大片子，红不赤的就好。钱在人在嘛。"

真的，怀玉的消息淡了，连丹丹的消息也淡了，志高只信尽管那里岔道儿多，谁进去谁迷门儿，发生了什么事，也不过是拍电影的余韵。有声电影，有声的世界，就比他多强了，他也很放心。

不是说不必相濡以沫的鱼儿，相忘于江湖么？那是各有高就，值得称庆。

上海离得远，消息被刻意封锁了，很久很久，都不被揭发。大城市也有它的力量。

志高跟的师父姓龙，原是名旦福老板的一位琴师，他跟他操琴，算起来已是二十六年了。福老板有条宽亮嗓子，音色优美明净清纯，一度是民初顶尖旦角，谁知这条嗓子，太好了，往往不易长久，到了中年，已经"塌中"，音闷了，人也退出梨园。

龙师父流落北平市井，只仗卖金鱼儿。后来，到得广和楼重操故琴，也看上了宋志高是个"毛胚"，一意栽植，半徒半婿。宋志高仿如大局初定，心无旁骛，一切都是天意，眼看也是这个范畴了。

顶上一双翎子，即如蝙蝠蹁跹、或如蜻蜓点水、二龙戏珠，甚或蝴蝶飞翔、燕子穿梭……他都只在这儿了。

十月小阳春，秋雨结束，冬阳正炽，气温很暖昧，向阳处地头塍畔，草色返青，山桃花还偶然绽放它最后的一两个粉红色的花蕾，绰约枝头。

志高在他"良宅"前一壁晒衣，一壁晒人。

小翘远远地就扬声："你不怕日头火辣？穿成这个样儿？"

"不，我是穿了来晒。"

"你真懒！"

志高不响。他任由她管头管脚，骂他。"爹说，你昨儿个踩锣鼓太合拍，像木偶一样，身段跟了四击头一致，却又没心劲了。喂，你坐好一点，歪歪的。"

"你懂什么？"志高眯睐着一双晒得有点暖烘烘的眼睛望天而道，"这日头，反而杀了个'回马枪'，还可以热一阵。水泡眼，给我倒碗甜水来。"

喝来好惬意。

志高明白，他自个的"回马枪"也不过如此。

龙师父跟他研究一段新腔，总是道：

"腔不要出人想象地新，大伙听戏，听得习惯了，怎么拉扯，偷、

322

换、运、喷，都有谱儿，要新，必得在习惯里头新。"

所以他更明白了。

他开始上路，不唱天桥，唱戏院子；不唱开场，不过，顶多到了二轴。他便是稳步上扬的一个小生。

也会红的，却不是平地红透半边天。即如放烟火，是个滴滴金，成不了冲天炮，不过比下有余了，有些人一生都成不了滴滴金。

廿来岁，一直这样地便到了三十岁，娶了媳妇儿，添个胖囝囝，日子也就如此地过下去，地久天长，地老天荒。

俟大地到了隆冬，一切变了样，只有命是不变的。漫天飞雪，气象混沌，街巷胡同似是用一种不太肯定的银子铺成——因为有杂质。不纯。

志高但觉一切如意，两父女一齐寄望他出人头地，很用心地夹缠调教。

夜里他躺在炕上，家中无火，不能过冬，围炉之乐，三五人固然好，一二人亦不妨。炉火渐旺，壶中的水滋滋地响着，水开了，沏上壶好香片。要钱方便了，着盒子铺把紫铜火锅和盒子菜：酱肉、小肚、白肚、薰鸡、肉丸子等，一一送了来这"良宅"，小伙计帮着燃点木炭、扇火，等锅子开了，端在桌上，说声"回见"便走了——好好地请个客，要是怀玉在……要是丹丹在。

丹丹怎么喊他的媳妇儿，唤"水泡眼"？唤"嫂子"？三年不见，十分地生疏，要是丹丹在，他亲过她的，都不知该怎么下台好。

他惶惑而悲哀地辗转一下，便又入梦了。

不知如何，梦中的自己居然穿上一套新西装了，白色的三件头，灰条子的大领呔，别着个碎钻的夹子。还有袋表，还戴着钻戒——要多阔有多阔，人群簇拥，身畔美人明艳雍容，原来水泡眼擦了眼影子也可以这般地美。

是个出轨的美梦。

他在梦中叹口气。

"唉！"

只听得一声微微的长叹，响自广和楼外，戏报之前。段娉婷总是在他刚开始嗟叹之际，马上便紧紧地握住他的手，很明白地，表示她在。

日轮的光彩，不因隆冬而淡薄，它犹顽强地挂在天边，利用这最后的时机迸发最后的光芒。古老的有几百年历史的红墙绿瓦黄琉璃，被镀上一层金光，像要燎原，像急召一切离群的生命，回家过夜去。

他道：

"你念给我听！"

她一看戏报，是的，大红纸，洒上碎金点。

她念道："是这个么？宋志高，'小宴'、'大宴'两场，吕布：宋志高。就是你要听的把兄弟了？"

他提了提手中的一份礼物，那是他手造的一把伞。

唐怀玉后来成为杭州都锦生丝织厂的一个工人。

每当号竹的老师傅自淡竹产地余杭、奉化、安吉等县挑好了竹，便交到竹骨加工的工人手中去。擦竹、劈长骨、编挑、整形、劈青篾、铣槽、劈短骨、钻孔、穿伞盘等。西湖的第一把绸伞，在民国廿三年面世。在此之前，并没有人想到，丝绸可以用作伞面，春色也上了伞面，整个的西湖美景，都浓缩在一把绸伞上了——是那个头号工人看不见的美景。

他把它定了型，一把绸伞三十五根骨，那段竹，从来没曾劈了三十六根的，是因为他把的关。

——没有谁得知底蕴，从前，他手把上的是刀、枪、剑、戟，是双锤，一切的把子，在他手上出神入化，是他制敌的武器，是他灿若流星的好日子。

他从来不曾技痒，把任何一根淡竹盘弄抛接过。总推说是眼睛不灵光的遗憾。

要送志高的，选的是"状元竹"，画的是"翠堤春晓"。

冬天快要过去了。怀玉怎能忘却这三年之约？到底他又在一个昏黄凄艳的时分，由落日伴同践约。他熟悉的脚步携带他进了场。

进得了场，怀玉也就把他的墨镜给拿下来了。他闭上眼睛，场里头很多爱听戏的，不免也闭上眼睛在欣赏，他终于也是一分子。

他又问：

"人多不多？"

"都满了。"

段娉婷把她那深紫色的披肩一搂紧，伴他坐下。一瞥靠墙有排木板，也有小孩踮起脚尖儿在看。是"看"不是"听"，满目奇异。

果然便是"小宴"，怀玉竖耳一听，已然认出。咦，换了个娃娃腔呀，吕布来个拔尖扯远的娃娃腔，到底不同凡响：

"我与桃园弟兄论短长，关云长挥大刀猛虎一样，张翼德使蛇矛勇似金刚，刘玄德使双剑浑如天神降……"

怀玉听，一句一个"好！"，他很欣慰，忙不迭又问：

"穿什么戏衣？"

她听一阵，一省得是他问，便道：

"粉红色的，深深浅浅的粉红，衬彩蓝、银，哎，看他的翎子，一边抖一边不抖，多像蟑螂的两根须！"

"好看么？"

"好看——没你好看。"

志高已经在唱：

"怎敌我方天戟蛟龙出海样，

只杀得刘关张左遮右挡，

俺吕布美名儿天下传扬。"

怀玉一拍大腿："比从前还棒！是他的了！"

"小宴"在彩声中下了幕。志高回到后台，不错，一上广和楼就稳了。水泡眼递他一个小茶壶，还帮他印印汗珠儿。

他取笑："力气这么蛮，印印我就受伤了，看哪有人喜欢你？轻一点！"

一瞥他的彩匣子，在大镜子旁，原来给插上两根冰糖葫芦，大概是她特造的，竹签子又长又软，串上十来个山里红，比一般的多一倍，遍体晶莹耀目，抖呀抖，不是他的一双翎子么？

在他开怀地又因满脸油彩不能大笑时，后台忽有个陌生人在他身后擦过去，低着头。

惟志高眼中没有其他了。

饮场之后，舌端还黏了点茶叶子，一吐，是黯绿的一片——当初也曾青翠过呀。他又顺手小心一拭，怕坏了油彩，一边便把自己顶上一双翎子跟那冰糖葫芦比划着，双方都很顽皮地讨对方欢心。

虽则他常跟水泡眼吵嘴，此刻声音放至瘫软，也不喊她水泡眼了：

"小翘姑娘好巧手哩！小生这厢有礼！"她伸手一戳，指头上便染了脂粉。

骂管骂，还真是双俗世的爱侣。一切都是天定。

一时间眼中没有其他了。谁料得当初他也有过一段日子，想念一个人，昏沉痛楚，藕断丝连，还要装作笑得比平日响亮。

"志高，恭喜恭喜！"

是自上海一役，也就意兴阑珊地退出江湖的李盛天李师父。看来，他的确老了。

李师父现今只在家收徒儿，投他名下的，都是穷家孩子，学习梨园以十年为满。他不唱了，世上还是有接他班的人，舞台上的精粹，一代一代地流传下去了。正如生老病死轮回不息。

李师父身后领来两个十一二岁的师兄弟，挺神气的。都是学武，走起路来，迈八字步龙行虎状，有点造作，不过一脸精灵，细细地耳语，碍于师父在，不免收敛着，也因为有角儿在，也看傻了眼。

二人自一个黝黯的角落现身，志高回头见着，好像蓦地看到若干年前的自己，和怀玉，吃了一惊。顿时感慨万端，发了一阵呆，不能言语。

摔摔头，方晓得喊：

"李师父！"

"志高，你过了今天这一关，就成角儿啦！艺正卖到筋节儿上了，还是你踏实。"

志高只咧嘴笑：

"李师父您下面坐好，听了不对，别当场喝倒好，人后给我一顿臭骂就是。小兄弟来看蹭儿戏么？有送见面礼没有？"

招呼了李师父到场上去。真的有人给送礼物来了。

他放在手上摆布一下，是什么？

呀，是一把伞。

水泡眼呼的一下，把它撑开，伞面是轻如云衣，薄似蝉翼的丝绸呢，她大概一生也未见过这么好的伞了。

绸上染就"翠堤春晓"，碧水翠堤，是一种人世的希望。

"谁的礼物？"志高问，"谁送来的？人呢？"

"不知道呀？"她瞪着一双圆眼睛。

"哎，你替我把他找来——糟，'大宴'要上了，你给我办好！"

铙与小锣已齐奏两击，鼓也急不及待地打碎撕边了，由慢转快，催逼他上场。戏如生命，没得延宕。志高先演了再说。

在上场门的一个角落，正有个低着头的人影，怔怔地瞅着他对另一个姑娘亲昵地叮嘱——不是寻常关系。

这个人影，看真点，也是个女的，穿得很厚很重，那棉袄裹着身子，如老去的胭脂敷在一张蜡色的脸上。额前的刘海，像是古代新娘遮盖春色的碎帘，眼睛自缝隙之间往外探视，异常地瑟缩和卑微。是一种坚持来看人、坚持不被看的姿态。

如果再看真点，自然惊觉那原来亦是个标致女子，只是没来由地邋遢，也很局促。

没有人听她开口讲过一句话。幸亏没有，否则一定更惊诧，她的发音粗而浊，沉而老，唱戏的，管这嗓音唤"云遮月"，就像晴空朗月，忽被乌云横盖，进尽全力，还是难以逃逸，再没有谁见得它的本来面目。

不单嗓门变了，脸盘儿也变了，脸上的肉消削了，鼻儿尖尖的，烟油四布，嘴唇焦黄。青春早随逝水东流，逆流而上的，不过是一个残存的躯壳。

丹丹。

天气虽然冷，后台里人来人往，也有点蒸。不过她怀里抱着个热水袋，很受不得，紧紧地抱着来渥手取暖。

就这样，怀抱着她的诺言，来看切糕哥的风光。看他实实在在的快乐。他真是个好人，这是他的好报。

"我不是好人，这是我的报应。"丹丹看着璀璨的前台。她在暗，他在明。

当丹丹自最黑暗的境地醒过来时，史仲明在身边。

小命给捡回来，又倾尽全力地保住。

只是，不知心肠肺腑被败坏到啥程度？不停地喊痛，一痛险险要昏倒。外面还是好的，金玉其外，败絮其中。

痛得不治，史仲明惟有让她抽鸦片，这一抽，就好了，什么都给镇住了。

金先生风光大葬，已是一个月后的事。

治丧委员会，还是史仲明一手掌握，轮不到他遗言中的老臣子程仕林。生平阔天阔地，最后一次，亦甚哀荣，排场闹了三天，党国要员也都安心地来了。金先生是土葬，他没法到黄浦江，去追寻他的故人。

上好的美国防腐针药令金先生的尸体安详地躺上一个月，待过了年，一切收拾安顿好了，史仲明才漂漂亮亮地"哭灵"。

一个大亨急病身故，一个大亨乘势崛起。他又接收了宋小姐，是为了照顾她。

——也许一切也不过是为了她。

"你是谁？我有必要回答你么？"丹丹如此势利地瞧不起他。

星星之火，可以燎原，他发誓要得到她。在全世界尚懵然不觉之际，他已处心积虑。

他让她每筒只在烟泡上半节对火吸进三五口，紧接着烟斗的下半节，不能吸，因为上半节比较纯，脸上不会泛露烟容。待得三筒瘾过，欲仙欲死了，他灌她饮一种中药金钗石斛浸好的汁液。

然后他就要她。

因为鸦片的芳菲，她的眼神总是迷惑不解的，烟笼雾锁，不知人间何世。

史仲明痴心地吮吸着她，恨不得一口吞掉。这个惺忪而又堕落的美人。后来，一段日子之后……

她的瘾深了，他的心便淡了。因为到手，也不那么地骄矜。

史仲明看上长三堂子一个最红的先生，一节为她做上六七十个花头，那先生，十分笼络着新兴势力，看重撑头。

渐渐，牡丹也就急景凋年了。

福寿膏没带来福寿，为了白饭黑饭，很难说得上，女人究竟干过什么。只带来一身的梅毒。

此番回来，不是走投无路：丹丹是有路要走的，特地回来"道别"。她记得三年之约，目送志高高升了，然后她便走了。否则她不甘心……"要是找不到，也有个路费回来。"她羞于见他，她彻底地辜负他。

在上场门，挑帘看着宋志高。宋，她一度借来的姓。信目而下，咦，是志高的娘来了，她胖了很多，非常地慈祥相，放下屠刀立地成佛——但总有接班的人。红莲成为面目模糊的良家妇女，不停地嗑怪味瓜子，真是，当家是个卖瓜子儿的，自己却是个嗑瓜子儿的。也许还有包炒松子，是留给志高，散戏时好送上后台，很体面地恭贺儿子出人头地。

身后有那被唤作"水泡眼"的姑娘，在乖乖遵从志高的吩咐，巴嗒巴嗒如金鱼儿永远不闲着的大嘴巴："谁送来的伞？有谁见过他？呀，有张条子——"

正想打开条子一看，忽见上场门有个排帘的，脸生，水泡眼疑问："咦，这婶子来找谁？"

丹丹一惊，忙乱中，只得擦过忙乱的人的肩逃去。

"婶子"？——可见太龙钟了。

不是老，不是梅毒，是完完全全地，大势去矣。

"嗳，热水袋给丢了——"

丹丹头也不回。冷，走得更坚决。

连在这般不起眼的偏僻角落，都不可以待下去。大庙不收，小庙不留地孑然一身，她被所有人遗弃了！自己也不明白，漂泊到什么地方去好？

只得专心地找点事情干上。丹丹头也不回地走了。

志高自下场门进来，一见那条子："平安。勿念。保重。怀玉。"

他就像一条蜈蚣弹跳而起，翻身至台前，自散戏的人潮中，目光一个扒子样，非把这小子给揪出来。

久经压抑，久未谋面的故人。他大喊：

"怀玉！怀玉，你出来！"

声音洪亮地在搜寻追赶。

如雪后的闹市，房子披上淡素妆，枯枝都未及变为臃肿不堪的银条，围墙瓦面，仿似无数未成形的白蛇在懒懒地冬眠。白茫茫之中，夹杂着一些不甘心的颜色。

幕一下怀玉就走了。只怕被人潮冲散，她依依挽手："冷么？"

"下雪不冷。雪融时才冷呢，也熬得过去了。"

足印在雪地上，竟然是笔直的。

段娉婷又问：

"后天回家去了，有一天光景，你想到哪里去逛逛？"

"你呢？"

"嗯，北平最好的是什么地方？"

"——有一个喇嘛庙——"

"喇嘛庙？从没听你说过。"

"雍和宫，我没说过吗？小时候还让人给算过命。"

……

志高等了半晚，妆也下了，人也散了，他把玩着那伞——那一冬都用不上的绸伞，满怀信心。兴致来了：

"好小子！衣锦荣归，搭架子来了！我就不信你不亮相，你敢躲起来耍老子一顿哼！死也要等到你出来不可，妈的，你出不出来？"

冷寂的后台只他一个嗓子热闹着。水泡眼气鼓鼓地也坐着等，不知所为何事，等的是谁。一切都是空白。眼也翻白了。

天桥大白天的喧嚣，像是为了堆砌夜来的冷寂。

那座砖石桥，万念俱灰，一如丹丹的肺腑，十室九空，再也榨不出什么来了。远处总有逃难的大人，紧抱着小孩，给他温暖。他们来自陷敌的东北，无家可归了，只谦卑地到来"乞春"，希望得点馊余，苟活着，好迎接春天。要真没吃食，也便把温暖来相传。到底有个明天。

也许要到明天一大早，偶尔一两个过路人，方才发觉有个笑着的姑娘的尸，死命抱着桥柱不放，若有所待。

她知道自己要死了，不仅知道，也正一点一点地觉出来，忽地有一种奇异的轻快，步步走近，那未知的东西。间中她身体惊跳，抽搐，那是因为她的血要流泻出来，中途受了险阻，然而，厚重的棉袄贪婪地自她腕上深切的刀口子，骨碌地吸尽了血，颜色因而加深，更红了，无法看出本来面目。

渐渐地非常地渴，非常地冷，伸出颤抖的薰染烟黄的手，抓住身边任何东西，就紧抱着，以为这就可以暖和暖和。

渴死和水冷死的人脸，是"笑脸"，肌肉僵化了，上唇往上一缩，笑得很天真、很骄傲。在这憔悴浮生，依旧乐孜孜地听着：

"呜——呀——噢——"

夜阑人静，更柝声来自遥远莫测的古代，几乎听不清楚了。

忽然，

天地间有头迷路的猫儿，黑的，半根杂毛也没有，凄惶地碰上她。

它满目奇异地瞪着她，不辨生死，不知底蕴。情急之下，一跳而过，朝北疾奔。

就像被个顽皮的小姑娘追逐着。

朝北，

直指，

雍和宫……

著作版权合同登记号：01-2013-1836

图书在版编目（CIP）数据

生死桥 / 李碧华著 .-- 北京：新星出版社，2013.11（2023.12 重印）
ISBN 978-7-5133-1173-1

Ⅰ.①生… Ⅱ.①李… Ⅲ.①长篇小说 - 中国 - 当代
Ⅳ.① I247.5

中国版本图书馆 CIP 数据核字 (2013) 第 077169 号

生死桥

李碧华 著

责任编辑	汪 欣		**特约编辑**	林妮娜　陈梓莹
装帧设计	韩 笑		**内文制作**	王春雪
责任印制	李珊珊　史广宜			

出 版 人　马汝军

出 　 版　新星出版社
　　　　　　（北京市西城区车公庄大街丙 3 号楼 8001　100044）

发 　 行　新经典发行有限公司
　　　　　　电话（010）68423599　　邮箱 editor@readinglife.com

网 　 址　www.newstarpress.com

法律顾问　北京市岳成律师事务所

印 　 刷　山东韵杰文化科技有限公司

开 　 本　850mm×1168mm 1/32

印 　 张　10.75

字 　 数　250 千字

版 　 次　2013 年 11 月第 1 版　　2023 年 12 月第 20 次印刷

书 　 号　ISBN 978-7-5133-1173-1

定 　 价　59.00 元